知翎

知翎

花嬌
四

第一章

吳太太憋在心裡正難受著，聽陳氏這麼問，又想著陳氏是個口風極緊的，也就沒有了什麼顧忌，打發了身邊服侍的，就開始說沈家的八卦：「……據說沈先生來臨安就是因爲不想和沈太太在一個屋簷下待著。妳說，女人做成這個樣子，還有什麼意思？可我看沈太太那樣，反而怡然自得的，一點也沒有覺得自己做錯了。平時別說關心沈先生的起居了，就是說話都沒有一句好言語的。」

陳氏愕然，道：「那這次沈太太來臨安做什麼？這眼看著要過十月初一了！」

吳太太當然也不知道，可這並不妨礙她對這件事好奇。

又過了幾天，吳太太來郁家串門，她拉了陳氏說悄悄話：「我可打聽清楚了，那沈太太和沈先生，關係眞的很不好。」

陳氏雖然不是個喜歡主動打聽別人家私事的人，但能聽到她感興趣的小道消息，她還是很喜歡聽的。

「連這樣的事您都能打聽到！」她佩服地望著吳太太，親自給吳太太剝了個橘子。

「我這不也是湊巧嗎？」吳太太顧不上吃橘子，橘子拿在手裡，低聲對陳氏道：「那天妳回家後，我越想越覺得妳說得對。妳說這馬上要祭祖了，誰家的當家太太不是忙得腳不沾地？沈太太居然還有閒工夫到處逛！我就跟我們家老爺說了一聲，裝著什麼也不知道的模樣，派心腹婆子帶了些家裡做的點心送去了縣學，說是聽說沈太太來了，特意送給沈太太的。可事情就這麼巧，我們家婆子送點心去的時候，正好遇到了沈太太和沈先生吵架。」

「啊！」陳氏非常驚訝。

吳太太嘆道：「我們家婆子也沒有想到，當時都不知道該怎麼辦才好。好在是縣學裡的先生都上課去了，服侍的小廝、婆子也不知道爲什麼都不在，沒有旁人在場。我家婆子當時進退兩難的，卻聽了個一清二楚。聽到說是那沈太太受了別人所託，才特意陪了別人家的一位小姐來的臨安。」

這件事陳氏知道。她聽郁棠說的，還知道沈太太因爲這個才住進裴家的。

「沈太太是做得有些過分了。」陳氏是不贊成沈太太的選擇的，道：「但兩人也不至於爲這件事吵得讓下人看笑話吧？」

吳太太就朝著陳氏若有所指地笑了笑。

陳氏道：「難道其中還有什麼我不知道的？」

吳太太笑道：「妳聽我說完就知道了。」

陳氏洗耳恭聽。

吳太太繼續小聲道：「這原本也沒什麼，誰家還沒有個三朋四友的？可怪就怪在這裡。沈先生一聽，勃然大怒，指著沈太太的鼻子罵她僞善。還說沈太太對著他一副目下無塵的模樣，現在還不是爲了權貴低頭折腰，像個媒婆似的，說什麼沈太太若是還要點臉，就趕緊從裴家搬出來。」

作爲女子，被丈夫這樣指責就有點誅心了。

陳氏「啊」了一聲，有些不贊同沈先生作派般地皺了皺眉。

吳太太嘆道：「我聽我們家婆子這麼說的時候，心裡也是一急，還想著，這要是沈太太一氣之下做出什麼三長兩短的事來了，只希望我們家婆子夠機敏，能拉得住沈太太。

可誰知道人家沈太太根本不是個省油的燈。聽沈先生這麼說，不僅沒有傷心欲絕地走開或者是反駁，而是冷言冷語地開始數落沈先生。說什麼沈先生自己沒有本事，自己不上進，就以爲別人都應該和他一樣，看見權貴之家就躲著走，別人看著覺得他是憤世嫉俗，忌恨那些比他有本事的人，偏偏他還自以爲是，覺得自己是清高傲氣、不惹世俗……總之，句句帶刺，我們家婆子學都學不過來了。

沈先生當時可能是被沈太太說得氣不過了，抓起手邊的茶盅就朝沈太太砸了過去，還吼著說，若是沈太太兩天之內不搬到縣學去住或是回杭州城，他就親自上裴家去請沈太太。把沈太太氣得，又把沈先生說了一通，諷刺沈先生，說沈先生只許自己放火，不許別人點燈。他自己巴結顧家也就罷了，她幫顧家做點事，沈先生就喊打喊殺的，不過是爲了掩飾自己的無能，掩飾自己想巴結顧家卻巴結不上的窘況罷了。她可不是沈先生，她要爲自家的兒子掙個前程。沈先生若是去裴家也行，她就直接去跟顧朝陽說，這件事是沈先生從中搗亂，看沈先生怎麼向顧家交代，還怎麼在顧朝陽面前擺出師尊的樣子！」

「顧朝陽？」陳氏猜道，「難道是顧小姐的兄弟？」

吳太太聽了立刻叫了起來，不滿地指責陳氏：「原來妳什麼都知道！妳竟然在我面前裝著什麼都不知道的樣子！枉我把妳當體己的姐妹，有什麼事都先跟妳說……」

「不是、不是。」陳氏慌了起來。

她從前臥病在床，和王氏走得最近，像吳太太這樣的朋友，她從來沒有過。她是很珍惜和吳太太的情誼的。

「我之前聽我們家阿棠說過一次，不過並沒有放在心上。」她忙辯解道，「聽妳這麼一說，也就是這麼一猜的。」

吳太太想了想，覺得陳氏沒有必要瞞著她，要怪，也怪自己事前沒有好好問問陳氏。她立刻就原諒了陳氏，把心裡的那一點點不快拋到了腦後，道：「這麼說，妳也知道了？」

「知道什麼？」陳氏摸不著頭腦地問。

「哎喲，妳就別在我面前守什麼君子非禮勿聽之類的規矩了。」吳太太又有些不滿地道，「我也不是那多嘴的人，妳說給我聽了，我最多也就是跟妳說說，對外面的人肯定是一句都不會多提的，我會把這件事爛到肚子裡的。」

陳氏真沒有反應過來。

吳太太就不高興地道：「那沈太太不就是得了顧家的好處，專門來給顧小姐作媒的嗎？」

陳氏目瞪口呆。

吳太太得意洋洋，道：「給我猜中了吧？我就說了，我也不是那多嘴多舌的人，要不是妳，我肯定是不會說的。」

陳氏忙道：「不是，您是從哪裡聽說沈太太是專程來給顧小姐作媒的？顧小姐可也住進了裴府。我們都是生兒育女的人，就算是要給自家的姑娘作媒，也不可能允許自家的姑娘就這樣住到別人家去啊！」

吳太太就仔細地打量了陳氏一番，見陳氏不是在推諉她，遲疑道：「妳是真沒有瞧出來？」

陳氏的腦袋搖得像撥浪鼓。

吳太太就嘆了口氣，半是自嘲、半是好笑地道：「瞧妳這樣，我覺得我看人還是挺準的。之前覺得妳是個可靠的，其實妳根本就是個不可靠的。」

陳氏哭笑不得。

吳太太也就不繞圈子了，道：「妳仔細想想沈先生是什麼樣的人，再仔細想想沈先生說過的話。雖說我們女人家不應該向著男人說話，可這件事的確是沈太太做得不地道。就算是想給自己的兒子掙個前程，也不能這樣低三下四地，讓沈先生的面子往哪兒擱啊？也不知道沈先生的兒子知道不知道這件事？若是他知道卻沒有阻止他母親，我看，沈先生這兒子也不用要了……」

陳氏左耳朵聽進吳太太的叨叨，就又從右耳朵跑了出來，心裡亂了一陣子後再琢磨這件事——若把當事人顧小姐給拋開了，這件事還真如吳太太所說的，越想越是那麼一回事。

她不由道：「就算是這樣，難道就沒有人教教顧小姐？還有沈太太，既然是受人所託，難道也不提點一下顧家的人？」

吳太太看著陳氏直搖頭，道：「說妳是個實誠人，妳還真是個實誠人。」

陳氏不解。

吳太太細聲慢語地道：「妳想想，顧小姐是什麼人？她可是和李家有過婚約的！沈太太固然是受人所託，可驟然這麼一提，妳說，裴老安人會同意嗎？」

陳氏搖了搖頭。

要她是裴老安人，肯定不願意娶這樣一個媳婦進門。

並不是說顧小姐不好，而是顧、李兩家退親，明顯就是顧家強勢主導的，裴家和李家是鄉親，抬頭不見低頭見的，裴三老爺又不是說不到媳婦，何必爲了這件事讓李家不愉快，和李家生出罅隙來？

吳太太道：「所以沈太太才會帶顧小姐住進裴家啊！不過是要打日久生情的牌罷了！」

陳氏睜大了眼睛。

吳太太的話雖然沒有說明白、說透澈了，但陳氏已經懂了。她道：「那、那裴家三老爺豈不是要和顧家大小姐訂親了？」

「聽說那位顧小姐不僅賢良淑德，而且長得也很漂亮。」吳太太幽幽地道，「那沈太太也不是傻子，她既然敢出面，肯定是覺得有幾分把握才來的臨安。」說完，她頓時有些不服氣地道：「雖說我們家沒有適齡的姑娘，且我們家就算是有適齡的姑娘，也輪不到我們家和裴家聯姻，可我怎麼想怎麼不舒服，那顧小姐怎麼配得上裴三老爺！沈太太這麼做，的確有點不厚道。」

陳氏聽了卻猶豫道：「話也不能這麼說，李家是什麼人，我們都是心知肚明的。顧小姐也是受害人。」

吳太太反駁道：「顧家和李家訂親之前難道就沒有打聽清楚？又不是娃娃親。可顧家還是在李家一遇到事的時候就退了親，可見顧家是很講究利益得失的。我是覺得，像顧家這樣門風的人家，怎麼配得上裴三老爺！」

自從裴宴拿了一大筆銀子給江潮重振家業之後，吳老爺私底下就把裴宴誇上了天，連帶著吳太太對裴宴也另眼相看。她這麼一說，對裴宴懷著感激之情的陳氏也覺得顧小姐配不上裴宴了。

吳太太甚至對陳氏道：「你們家阿棠不是常常去給裴府的老安人問安嗎？沈太太到底是不是來給顧小姐作媒的，妳讓你們家阿棠去裴府的時候多留個心眼唄！沈太太和顧小姐還在裴府住著呢！」

陳氏可不想讓郁棠攪和到這件事裡去，她忙委婉地拒絕道：「她一個沒有出閣的小姑娘家懂什麼！若是惹了老安人不快，反而不美。」

吳太太雖然只是這麼一說，可聽到陳氏的回答，她還是不平道：「裴家三老爺要是娶了顧小姐，我以後遇到了顧小姐肯定會繞道走的。」

誰說不是！陳氏在心裡長長地嘆了口氣。

原本對裴宴娶誰她都沒有想法的，可聽了吳太太的一席話，想到裴宴有可能會成爲顧家的女婿，她也有點難受起來。等送走了吳太太，郁棠幫她拿了爲過幾天祭祖準備的新衣裳過來，她忍不住就和郁棠說起這件事來，還向郁棠打聽：「妳遇到沈太太那天，沈太太都和老安人說了些什麼？顧小姐有沒有在老安人面前表現得很特別？」

郁棠聞言像被雷劈了似的，半晌都沒有回過神來。
裴宴和顧曦……這是誰傳出來的謠言？他們也太能扯了！裴宴和顧曦隔著輩分好不好！
不對，是她想左了。
裴宴和顧昶差不多大，還曾同朝爲官過。要不是前世固有的印象，讓她總覺得自己和顧曦是一樣的，她也不會認爲顧曦和裴宴差著輩分了。
這麼說來，顧曦還眞有可能會嫁給裴宴！
可顧曦嫁給裴宴……郁棠想不出那是怎樣的畫面。
但萬一顧曦眞的嫁給了裴宴呢？
郁棠頓時覺得自己像吞了隻蒼蠅似的。不僅僅是噁心難受，還有不能接受。
裴宴和顧曦……怎麼能行！
顧曦配得上裴宴嗎？她憑什麼嫁給裴宴！
郁棠騰地站了起來，如困獸般在屋裡轉著圈。
不行，她不能讓顧曦嫁給裴宴！顧曦是個僞君子，是個假大方、人品低劣之人！裴宴娶誰也不應該娶顧曦！
她得去跟裴宴說。
郁棠心裡這麼想，腳居然就隨心而動，朝門外走去。
「妳這是要幹什麼？」她人都要走到門口了，卻被陳氏一把拽住。
陳氏滿臉的無措，道：「我和妳說裴三老爺的事，妳怎麼轉身就走？嘴裡還嘟嘟囔囔不知道在說些什麼……」

這孩子，不會是魔障了吧？

陳氏緊張地上下打量著女兒。

郁棠因手臂被緊箍的痛感而回過神來。

她……她是怎麼了？怎麼會貿貿然地就要去告誡裴宴？

先不說裴宴和顧曦的事只是她母親道聽塗說而來的，就算是裴家眞的要和顧家議親，又與她有什麼關係呢？

再說了，她和顧曦的恩怨是她們之間的事，裴宴足智多謀，老安人精明強幹，哪一個不比她強？她又憑什麼覺得顧曦和裴宴就不合適的？

顧曦和裴宴合不合適，也應該由裴家人來判斷，而不是因爲她和顧曦不和就自以爲是的代裴家人做決定，認爲顧曦和裴宴不合適吧？

郁棠深深地吸了一口氣，把那些紛亂的情緒壓在了心底，對母親道：「我聽說顧家有意和裴家聯姻，太驚訝了，一時有些失態……」

陳氏並沒有多想，唏噓道：「別說是妳了，就是我乍一聽到也嚇了一大跳。不過仔細再一想，顧家想跟裴家結親也說得過去——放眼整個蘇浙，還沒有訂親的男子，有幾個能比得上裴家三老爺的？要是我是顧小姐的母親，也會打這主意的。我只是想著從前聽人說過，裴老太爺在世的時候曾經說過，裴三老爺的婚事，非三品以上大員人家的姑娘不成的。如今裴老太爺去了，裴三老爺的婚事就給耽擱下來了……」

照顧家這樣的，壓根就達不到裴老太爺的標準。

難怪她會覺得心裡不好受。

陳氏和郁棠不約而同地想著，都找到了一條解釋自己心裡不舒服的理由，心情也都平靜下來。

郁棠還仔細地回憶起那天她見到沈太太和顧曦時的情景來。「您不說，我還眞沒往這上面想。老安人分明就是不待見沈太太，顧小姐呢，在老安人面前也太活潑了一點，感覺她是特意如此，想討老安人歡喜似的。現在看來，她們執意要住在裴家，還眞像是有目的而來的。」

實際上，顧曦在老安人面前表現得挺正常的，只不過是郁棠前世和顧曦一起生活過，顧曦嫁去李家又是低嫁，從始至終都端著幾分架子。今生和前世有所不同了，郁棠立刻就能感覺得到而已。

陳氏咋舌，「這事若是成了，可見那句老話『撐死膽大的，餓死膽小的』這話眞有道理。那我也大著膽子，請沈先生幫妳在沈家的子弟裡挑個人品端方的做女婿好了。反正有些事不去試試，永遠不知道能不能成。」

顧曦這事打開了陳氏的眼界嗎？

郁棠抿了嘴笑，心底卻不知道怎地，始終彌漫著淡淡的悲傷，讓她不得其解。

十月初一祭了祖，家家戶戶就要開始準備過年了。

胡興突然陪著計大娘來郁家拜訪陳氏，說是裴老安人要去北天目山上的別院住幾天，想請郁棠陪老安人一起去住幾天，問陳氏同不同意。

陳氏不太想讓郁棠去別院住，可見是計大娘親自來請，又說了很多「老安人特別喜歡郁小姐，二太太和五小姐也一道陪著在別院小住，最多十天半個月就回來了，您就當是讓郁小姐去串門」之類的話，讓陳氏有些不好拒絕，就私底下問郁棠的意思。

家裡雖然燒著火盆，可離了火盆還是很冷。郁棠想著老安人屋裡的地龍，就有點想去。

陳氏哭笑不得，點了點郁棠的額頭，「貪小便宜吃大虧。妳到時候上了火，可別回來哭著讓我給妳煮菊花茶喝。」

郁棠呵呵地笑，心裡卻想著不知道顧曦和沈太太有沒有回杭州城？自己這次去裴府別院小住，難道眞的是老安人想她了嗎？要是顧曦和沈太太沒有走，她遇到了這兩個人又該怎樣對待？

她一邊胡思亂想一邊指使著雙桃收拾衣飾。在和裴家約好的日子，帶著雙桃，由計大娘陪著出了門。

裴府的別院建在北天目山的半山腰，離臨安城不過半天的路程。

一路上，入目都是鬱鬱蔥蔥的參天大樹、幽靜盤山的青石板甬道，如果不是撩開轎簾朝外望時會有刺骨的寒風吹進來，都會讓人誤會此時正値盛夏。而裴府的別院更是坐落在一片葳蕤樹木的掩飾間，白色的牆院，灰色的瓦當，黑色的如意門，只露出一個門臉，僅能供一頂轎子進出。但進去了，繞過一道灰磚砌成的倒「福」字影壁，裡面卻是別有洞天。綠翠疊嶂的假山，巍峨敞廳，幽深的曲徑，玲瓏的涼亭……竟然是座不輸裴府的大宅院。

計大娘一面在前面領路，一面不時地回過頭來和郁棠說著話：「最早裴家人都是住在這裡的，後來上山下山的不方便，就在小梅巷那裡建了現在的裴府，那邊的裴府在城裡，老爺們做生意、少爺們讀書都更方便。漸漸地，這邊就只在有人要清修的時候來住了。又因是祖產，這座宅院歸宗房所有，過來住的人就更少了。但老太爺還在的時候，很喜歡來這邊居住，連帶著老安人也喜歡過來住。老太爺剛去那會兒，老安人是想搬到這邊來住的，可三老爺還沒有成親，宗族裡各房的家務事一時半會還得老安人幫著調節，老安人住在這也不太方便，就這樣一直拖到了現在。」

郁棠看著這邊的房舍漆柱粉牆的，沒有半點敗落的模樣，估計每年要花不少銀子修整，不由道：「那要是老安人真的搬了過來，妳們豈不是也要跟著過來？」

計大娘點頭，笑道：「所以老太爺去了之後，那些年輕的或是不安心的就都放了出去，老安人現在留在身邊服侍的，多是像我這樣的世僕。再就是像珍珠、琥珀她們這樣從小在老安人身邊長大的。」

兩人說著話，很快就到了老安人歇息的東跨院正房。

郁棠先去了她住的後院東廂房，安置了自己帶過來的東西。

進門一陣熱氣撲面，就連她的客房都燒好了地龍。

郁棠很是意外，可全身的關節都像活了過來似的又讓她倍感愜意，舒服得想直接撲到床上。

她重新梳洗更衣了一番，這才跟著計大娘去給老安人問安。

老安人看著神色間有些疲倦，七、八個丫鬟婆子在旁邊服侍著，她正拿著根秸稈逗著隻黃鸝鳥。

郁棠忙上前去行禮。

老安人放下手中的秸稈，自有小丫鬟上前把鳥籠提到別處，拿了帕子給老安人擦手。

「妳過來了。」老安人神色和藹，擦著手請郁棠在旁邊的繡墩上坐下，道：「妳母親身體還好吧？我把妳叫過來，她肯定捨不得，我在這裡先跟她賠個不是。」

「您言重了。」郁棠又重新站了起來，恭敬地道，「母親是有點捨不得我，倒不是不想我來陪您，是覺得天氣冷了，處處都要用炭，怕麻煩您。」

老安人聽著這話就笑了起來。

普通人家多半會有這樣的考慮。郁家倒都是實誠人。

「是我考慮不周。」老安人道，「這山上冷，等過幾天，我也要回家裡去了。」

果然，老安人不是無緣無故上山的。只是這不關她的事，她也不好打聽。

老安人就和郁棠說起李家賣地的事來：「妳是怎麼想到李家是有意爲之的呢？」

郁棠不好說她是因爲有了前世的經歷，所以知道李家的家底，只好道：「我知道李夫人娘家是福建的大商賈，也沒有聽說林家落魄了啊！」

言下之意，以李家和林家的關係，李家眞的要是缺錢，林家豈會坐視不理？

老安人點了點頭，正要說什麼，有小丫鬟進來，說二太太帶著五小姐過來了。

「快讓她們進來。」老安人聽著，眼底都是笑意，顯然非常喜歡二太太和五小姐。

不知道大太太和老安人的關係怎樣？

郁棠還從來沒有在老安人這裡見到過大太太。

二太太和五小姐見郁棠也在，二太太還好，矜持地笑著朝郁棠點了點頭，五小姐卻一溜煙地跑了過來，大聲喊著「郁姐姐」，高興地問她：「妳也要到我們家過年嗎？那妳等會兒要不要和我一起做花燈？琥珀等等要教我做花燈。」

也?!還有誰？

郁棠訝然。

裴家人顯然沒有準備瞞著她，二太太笑道：「顧小姐家裡出了點事，今年會在我們家過年。」

她家能有什麼事？郁棠在心裡冷笑。

顧曦因她繼母的緣故，和父親、同父異母的弟妹關係都非常不好，甚至可以用根本不管他們的死活來形容。而且，前世也沒有聽說她家出了什麼事……

難道顧、裴兩家真的有聯姻的打算，所以顧曦找了個藉口，老安人也就順勢而為的留下了顧曦？

她很想知道顧家出了什麼事。

如果在前世，她可能會私下裡去打聽。可重活一世，她清楚自己有幾斤幾兩，與其和像老安人這樣的人玩心眼，還不如直接去問，人家願意告訴她，她就聽著，不願意告訴她，她就歇了那份好奇。因而她也沒有猶豫，而是直言道：「顧小姐家出了什麼事？居然不能回去過年？」

老安人和二太太都露出驚訝之色，隨後兩人還交換了一個眼神。

非禮勿視，非禮勿言。涉及到別人家的隱私，一般人都不會問。郁小姐也算是讀過書的，按理也應該裝不知道才是，沒想到她卻這樣直白地問了出來。

這位郁小姐到底是懂事還是不懂事呢？

老安人按捺住心底的困惑，直接拒絕了郁棠：「顧家的事，我們也不好說太多。只是收到顧小姐兄長的來信，想請我們留她在這裡過年。等會妳也會見到顧小姐，妳們年紀相仿，要好好地相處才是。」

郁棠笑著恭敬地應是，心裡卻猜測著自己的到來會不會和顧曦留下來過年有關。

她陪著老安人和二太太說了一會話，就被老安人打發下去歇息了：「妳今天剛來，坐了半天的轎子，下午就在屋裡好好休息一會兒，晚上過來一起用晚膳。」

郁棠笑著應了。

五小姐卻拉著郁棠的手求老安人：「我去幫郁姐姐收拾東西。」

二太太笑著喝斥五小姐：「妳不准頑皮，讓郁小姐先去休息。」

郁棠很喜歡五小姐，而且她新到一個地方，覺得有個熟悉的人在身邊鬧騰會更有安全感。她就笑著對二太太道：「您就讓她和我一道回客房吧！有她在，我也能有個伴。」

五小姐忙抱了郁棠的胳膊，衝著二太太道：「娘，您看，郁姐姐也想跟我作伴。」

二太太還要阻止，老安人發話了：「那妳就和妳郁姐姐作個伴去。不過，不准頑皮。若是頑皮，以後就休想我們再答應妳隨便亂跑了。」

五小姐喜上眉梢，連連點頭。

郁棠也很高興，笑著牽了五小姐的手，向老安人和二太太告退。

二太太不免有些抱怨，對老安人道：「母親，您可不能再這樣嬌慣她了。您看三房的三丫頭，小小年紀就進退有度，一派大家閨秀的模樣……」

老安人打斷了二太太的話，道：「可妳再看看四丫頭！」

二太太不再說話了。

老安人卻繼續道：「五丫頭從前可有這樣地活潑好動？原本守孝就辛苦，她好不容易遇到個能說得上話的人，妳是做母親的，難道就不盼著她能高高興興的？女孩子家，還能在家裡待幾年啊！等嫁了人，還不知道是怎樣的光景。別人我是不管的，我們家的掌上明珠，我可捨不得她受苦。」

二太太一聽忙道：「哪能呢！有您老人家看著，就算是我們有所疏忽，她也不可能受苦啊！」

老安人輕「哼」了一聲，沒有再說話。

郁棠住的東廂房裡，她和五小姐坐在內室的羅漢床上，一面喝著茶一面看著雙桃指使著裴府的幾個丫鬟婆子收拾內室。

原本這些人被指派到郁棠這裡時就打起了十分的精神，如今當著五小姐的面，做起事來就更麻利、小心了。

五小姐對郁棠帶來的繡筐裡做了一半的絹花很感興趣。

她問郁棠：「我也能學嗎？」

郁棠笑道：「只要妳願意。」

五小姐高興起來，嘀嘀咕咕地和她說著悄悄話：「我外婆馬上要過生辰了，我想給她送點不一樣的東西。郁姐姐教我給我外婆做朵絹花吧。我去跟陳大娘要一點棗紅色的漳絨，不知道夠不夠？等郁姐姐休息好，我讓丫鬟們拿過來妳看看……等會三位姐姐也會過來……沈太太和顧小姐也和我們一起上山了……她們住妳隔壁的院子，那邊大一點。陳大娘說，沈太太畢竟是沈先生的太太，不看僧面看佛面，還是安排她們住那邊要好一點……但三位姐姐和我們一道住在這邊……」

郁棠笑著聽了，沒有再打聽顧家的事。

在她看來，老安人既然不願意告訴她，那她在任何場合都不應該再去打聽這件事了。雖然她好奇得要死。

可裴家的另外幾位小姐也會過來，還是讓她很意外的。

她問：「二小姐她們怎麼也過來了？」

五小姐心思全在繡筐裡的絹花上，一面細心地翻著繡筐裡各式各樣的用具，一面心不在焉地道：「二姐姐馬上要議親了，三叔祖母的意思，得先看看人才行。那家人就想趁著來給老安人問安的機會讓二姐姐看看人。快過年了，裴家大宅人來人往的，三叔祖母特意來和祖母商量，祖母就答應了。」

倒還說得通。

可爲什麼要把她也請來呢？她又不是裴家的人。

郁棠還是沒有想清楚。

只是還沒有等她細想，顧曦突然過來了。

她身邊跟著的是她前世的陪嫁丫鬟荷香，荷香手裡還提著個籃子，不知道裝了什麼。

「沒想到在這裡又遇到了郁小姐。」顧曦微笑著，下頷微揚，語氣溫柔卻神色倨傲，和前世她們第一次見面的時候一模一樣，讓郁棠有片刻的恍惚，差點沒有分清楚前世今生。

她想，難道是顧曦知道了她的身分，因此才會對她擺出這樣的一副面孔？

但顧曦對五小姐顯然就眞誠親切多了，她對五小姐道：「我前幾天做的佛香做好了，準備拿一匣子給妳試試，誰知去了妳屋裡才知道妳來了郁小姐這兒，沈太太又染了風寒，我要侍疾，不好在妳屋裡久等，就跑了過來。」

她說著，荷香拿出了一個黑漆螺鈿的匣子。

五小姐的貼身丫鬟阿珊忙接過了匣子。

「謝謝顧小姐。」五小姐道，笑容靦腆，還顯得有幾分稚氣，並不多話，哪裡還有剛才的活潑好動？

郁棠心中微動，若有所思。

顧曦卻好像習慣了這樣的五小姐，她歉意地對郁棠笑道：「不好意思，之前不知道郁小姐也過來了，我就拿了盒百花香過來，平時看書寫字的時候用最好不過了。」

前世顧曦就喜歡製香，而且製的香在臨安非常有名，臨安很多鄉紳秀才家的娘子都以能得到顧曦製的香爲榮。這百花香前世郁棠也得到過，聞起來的確芳香撲鼻，沁人心脾，特別好聞。可惜她只得到過一匣子，沒等她用完，林氏就以她是孀居之人，不應該玩物奢侈爲由，把剩下的香拿走了。

後來，她漸漸適應了新鮮的空氣，反而不太喜歡點香了。

但她還是笑著收下了——以後當成禮品送給喜歡用香的人也不錯。

顧曦就參觀起郁棠住的地方來。

家具、幔帳等都是裴家的，可掛屏、花觚、茶盅卻應該是各自在家裡慣用的。

那掛屏是四幅黑漆描金的梅蘭菊竹，不管是製作還是用材、圖樣都非常普通。花觚則是尊隨處可見的景泰藍。茶盅就更不用說了，是套沒有任何花紋和顏色的白瓷。她剛住進來的時候，圓桌上擺的也是這樣一套茶具，當時被分到她屋裡服侍的裴家小丫鬟告訴她，這是擺來好看的，等住進來的人換上自己帶來的茶具，她們自然會把這些收起來。

郁棠住的地方分明都布置好了，這茶具卻還擺在桌子上，若不是不知道裴家的規矩就是她沒有帶自己慣用的東西上山。

一個千金小姐，到別人家小住，卻沒有帶自己慣用的東西，那還是千金小姐嗎？

顧曦想到自己找人對郁棠做的調查。

臨安人，秀才家的女兒，家裡只有間鋪子和百餘畝田，以及三、四個僕人。

她之前還以爲郁家是低調內斂不想惹事，現在看來，恐怕是眞的很窮。

顧曦白皙修長的手指輕輕撫過光亮無塵的黑漆桌面，無聲地笑了笑，這才轉過身去，溫聲對郁棠道：「郁小姐，那我就先走了。等沈太太好些了，我再來拜訪。」

郁棠笑著點頭，甚至沒有問一聲沈太太怎樣了，就看著雙桃把顧曦主僕送了出去。

然後郁棠就聽到身邊的五小姐幾不可聞地吁了口氣。

五小姐在面對顧曦的時候很緊張嗎？

郁棠不解地望向五小姐。五小姐的臉立刻漲得通紅，喃喃地道：「顧小姐，很厲害，什麼都會，我膽子小……」

因而讓她倍感壓力嗎？

郁棠強忍著才沒有笑出聲來。

前世的顧曦也是這樣的，只要一出現就會成爲眾人矚目的焦點。今生她就算是在裴家人面前有所收斂，刻在骨子裡的東西卻不是那麼容易就能改變的。她若眞是有所求而來，恐怕做夢也沒有想到，那些她引以爲傲的東西會成爲她融入裴家的阻礙吧？

郁棠只想仰頭大笑。

她心情燦爛地安撫五小姐：「沒事、沒事。像顧小姐那樣厲害的人畢竟是少數，我們都是普通人，遠遠地看著就好了。」

五小姐連連點頭，看郁棠的目光又親近了幾分，道：「顧小姐和二姐姐、四姐姐玩得好，三姐姐喜歡和我一起玩。」

郁棠想到那個趾高氣揚的二小姐和目光靈活的四小姐。

也就是說，目前顧曦籠絡住了二小姐和四小姐。

她有些意外。她以爲自律守禮的三小姐會更喜歡顧曦，傲氣的二小姐會和顧曦爭豔。

可見她也有看走眼的時候。

郁棠抿了嘴笑，回到內室，見丫鬟們已經鋪好了床，她也有點累了，就問五小姐：「妳要不要和我一起歇歇？我們等會再一起去給老安人問安。」

五小姐想了想，欣然答應了。

五小姐身邊服侍的丫鬟就進來給五小姐卸妝、熏被子。一通忙碌之後，兩人並頭躺下。

小丫鬟們放下了紗帳。

五小姐看那紗帳頂是原來就掛在這裡的普通白色銀條帳，她不由道：「郁姐姐，妳喜歡什麼顏色？我讓阿珊給妳拿一頂來。我那裡有好多紗帳、花帳的，我送妳一頂。」

「不用了。」郁棠明白她是什麼意思。

前世，林家的小姐來李家串門的時候，不要說帳子、被褥了，就是馬桶都只會用自己帶來的。

她沒有這麼多的講究。當然，也是因爲她講究不起來。而且不管是前世還是今生，她都沒有打腫臉充胖子的習慣。

「我也只是在這裡小住幾日，換來換去的，太麻煩了。」她笑著側了身，望著五小姐，「再說了，我覺得就算是我從家裡帶來的東西，也和你們家用來裝飾客房的東西差不多，就別折騰我們家的小廝了。」

五小姐見她說得真誠，小聲地笑了起來，道：「郁姐姐，那我送妳一個暖爐吧？是我舅母從金陵送過來的，說是金陵那邊最時新的樣子，我也覺得很好看。」

郁棠記起來，二太太娘家的兄弟好像是在金陵做官的。

她見五小姐說得誠摯，不好掃了小姑娘的興致，忙笑著向她道謝：「這可好！你們家燒著地龍還好說，我在家裡的時候，連大字都不練了，手伸出來一會兒就凍僵了。」

五小姐顯然沒有住過沒有地龍的屋子，聽她這麼說半點也沒有懷疑，還暗暗高興自己送對了東西。

兩人低聲笑著說了半天的話，睡意漸襲，慢慢地就都睡著了。

等到兩人被叫醒的時候，已近申正時分，五小姐慌忙坐了起來，焦急地道：「完了、完了。晚了、晚了！」

阿珊是個十五、六歲的小姑娘，據說自五小姐出生之時就在五小姐身邊服侍了。到底比五小姐年長，她不慌不忙地笑道：「五小姐別急，這個時候起身穿衣梳洗正好。」

五小姐看了旁邊一眼，見郁棠一臉的鎮定，她這才放鬆下來，撫著胸訕訕然地朝著郁棠笑了笑，解釋道：「我、我總是迷迷糊糊地，好幾次都遲了……」

郁棠畢竟不眞的是個十七歲的小姑娘，若是前世的這個時候，她看五小姐可能會覺得可笑，可現在的這個時候，她看五小姐只覺得可愛。

「妳慢慢來。」她安慰五小姐，「若是遲了，這不還有我陪著妳嗎？」

五小姐羞澀地笑了笑，一面由著阿珊服侍她起身，一面問阿珊：「幾位姐姐過來了嗎？」

阿珊笑道：「剛剛上山。這個時候估計還沒有安頓下來。等小姐收拾好了，正好一道去給老安人問安。」

五小姐的神色更放鬆了。

郁棠暗暗奇怪。

看二太太的樣子，是個很好說話的人，怎麼到了五小姐這裡，卻一副被管束得極嚴的樣子？

她們打扮好了出門，還正如阿珊所說，在正廳的門口遇到了來給老安人問安的裴家另外三位小姐。

二小姐還依舊如之前那樣驕傲，她穿了件蜜色卻裹著銀紅色邊的褙子，手裡捧著個鎏金梅花紋的手爐，看人的時候頭抬得高高的。

三小姐穿了件月白色鑲著灰鼠毛的比甲，籠著白色兔毛手籠，毛茸茸的，看一眼能讓人暖到心裡去。

她看見郁棠和五小姐，規規矩矩地喊了聲「郁姐姐」和「五妹妹」。

四小姐則興沖沖地跑了過來，拉著五小姐的手，和郁棠打了個招呼之後就開始嘰嘰喳喳地說起家裡準備年貨的事來。淡綠色斗篷在這冬日裡顯得特別有活力。

或者是屋裡的人聽到了動靜，或者是之前已經有小丫鬟進去通稟，陳大娘笑盈盈地出來給她們撩了簾子，對她們道：「老安人算著幾位小姐應該到了，剛剛吩咐下去讓我們煮了桂花蜜進來，幾位小姐就過來了。」

大家嘻嘻笑著進了屋。

四小姐任由自己的丫鬟幫她脫了外面的斗篷，高聲笑道：「還是伯祖母最好，知道我們想喝桂花蜜了。還很厲害，掐指一算就知道我們要過來了。」

老安人被逗得笑了起來。

四小姐拉著五小姐，第一個跑到了老安人面前給老安人行禮。

老安人受了她的禮，隨手賞了她一個把玩的玉器。四小姐高興得眼睛都笑成了月牙兒。

郁棠以爲二小姐會和四小姐爭爭寵的，誰知道二小姐什麼也沒有說，和她、還有三小姐一起，上前給老安人行了禮。

老安人看著眼前一群漂亮的小姐妹，眉眼舒展，道：「快過年了，讓妳們上山來輕快輕快，妳們可不許亂跑，不然下次再也不帶妳們出門玩了！」

大家齊齊道謝，輕聲笑著圍著老安人坐了。

老安人就問問這個這些日子在做什麼，問問那個字練得怎麼樣了，氣氛十分融洽溫馨。

郁棠眼角的餘光忍不住幾次打量安靜地坐在旁邊的二小姐。

四小姐卻不知道什麼時候湊到了她的耳朵邊，悄聲笑道：「郁姐姐不必奇怪，二姐姐馬上要出閣了，她不好意思和我們一起玩鬧了。」

郁棠恍然大悟，卻被聽到四小姐說話的二小姐狠狠地瞪了一眼。她只好歉意地朝著二小姐笑了笑。二小姐別過臉去，不理她。

郁棠哭笑不得。

計大娘進來請老安人示下，能不能用晚膳了。

老安人揮了揮手，道：「擺飯！小姑娘們肯定都餓了。」又溫聲對她們道：「廚房裡今天做了八寶飯。」

小姑娘們有哪個是不喜歡吃甜食的？幾個人一陣歡呼。四小姐還極活潑地向老安人討要：「伯祖母，我們明天能吃龍鬚糖、芡實糕嗎？」

老安人笑咪咪地道：「行，等會就讓廚房裡給妳們做。」

小姑娘們又歡呼起來。

大家正高興著，有小丫鬟來稟道：「沈太太和顧小姐過來了。」

眾人一愣。

老安人臉上的笑意都淡了幾分。

「請她們進來。」老安人道。

陳大娘輕手輕腳去領了兩人進來。

沈太太一副大病初癒的模樣，顧曦卻容光煥發，穿著件青色素面杭綢褙子，襯著她如畫的眉眼秀麗逼人。

郁棠心中一沉，飛快地睃了老安人一眼。

老安人的臉上看不出愛憎，神色平靜地問著沈太太：「不是說讓妳臥病休養嗎？怎麼起來了？妳還好吧？」

「多謝老安人。」沈太太虛弱地笑道，「不過是肚子不舒服，又不是什麼大病，吃幾服藥就好了。」

老安人道：「還是要好好休息。年齡不饒人，妳也是坐四望五的人了，比不得從前，不能由著性子胡來了。」

沈太太臉色微變。

顧曦忙道：「沈伯母，我扶您坐下來說話吧！」

陳大娘一副打圓場的模樣，立刻笑著去搬了個繡墩放在了沈太太的身後，道：「您坐。」

沈太太面色蒼白地坐了下來，看了裴家的幾位小姐一眼，道：「我這不是聽說幾位小姐都上了山，特意來打個招呼嗎？」

老安人不軟不硬地道：「妳是長輩，就算是要打招呼，也是她們去給妳問安，哪裡就要妳親自跑這一趟了。」

沈太太道：「我們兩家又不是旁的人家，不必這麼講究。」

老安人挑了挑眉，沒有吭聲。

幾位裴小姐還小，郁棠又是外人，都還好說，二小姐卻冷冷地哼了一聲。

如果是平時還好說，偏偏此時沈太太一句話說完了，老安人沒有接茬，二小姐那聲冷哼就清楚地落在了眾人的耳朵裡。

沈太太臉色大變，看二小姐的目光都變得有些憎恨了。

既然敢做就要敢當。郁棠當沒有看見。

旁邊服侍的陳大娘卻不能讓氣氛變得太糟糕，她忙笑道：「沈太太大病初癒，也不知道大夫都交代了些什麼？我也好吩咐小丫鬟和僕婦們避著點。」

肚子不舒服不是什麼奇怪的病，富貴人家的僕婦多半都有這方面的常識，陳大娘這麼問，分明就是要打圓場。

老安人不知道是護短還是不喜歡沈太太，並沒有阻止，其他人都以老安人馬首是瞻，當然個個都低頭當鵪鶉。

沈太太的臉色更難看了，嘴角翕翕地就要說什麼。

顧曦飛快地瞥了郁棠一眼。

她沒有想到這位郁小姐是個縮頭烏龜，出了事一副置身事外，安然在旁邊看熱鬧的樣子。

那老安人讓她來做什麼？

難道就因爲她聽話？可裴家的這幾位小姐哪個不聽話？老安人犯得著爲了找個聽話的小姑娘，就把別人家的小姐帶在身邊嗎？

顧曦在心中暗暗地鄙視著郁棠，心情有些煩躁，嘴角卻微翹，笑道：「讓陳大娘費心了。大夫沒有什麼特別的交代，只讓這兩、三天少吃辛辣的東西就行。」

她得想辦法弄清楚老安人爲什麼把郁棠叫來別院小住才行！

那邊陳大娘見顧曦接話，鬆了口氣。

她服侍了老安人這麼多年，老安人的脾氣她是知道的，特別是老太爺去了之後，老安人越發地隨心所欲沒有了顧忌，不要說像沈太太這樣的，就是宋家的大太太，她老人家都是說懟就懟，一點情面也不留。

如今顧小姐給了這件事一個臺階，她自然是要抓在手裡的，頓時笑道：「避諱辛辣的東西我也曾經聽說過。雖說平時家裡的吃食也清淡，可什麼事就怕萬一。我這就叮囑那些丫鬟婆子一聲。」說完，立刻叫了個小丫鬟過來，道：「妳除了要跟廚房裡說一聲，沈太太身邊服侍的也要說清楚了。要是有個紕漏，仔細妳們的皮！」

那小丫鬟唯唯諾諾地應下，快步退了下去。

陳大娘就問沈太太：「您用過晚膳了沒有？要不要加一點？」

這話就問得有些不客氣了。通常要留人吃飯，都會直接挽留，而不是問別人要不要留下來。何況沈太太她們這個時候來，不就是來吃飯的嗎？

沈太太聽了眉毛就豎了起來。

顧曦再次救場。在沈太太沒有開口說話之前就笑著搶話道：「就怕廚房裡沒有準備。我讓荷香去跟我們院裡服侍的婆子說一聲，把我們那邊的晚膳也端到這邊來吧。」

這就是一定要留下來用晚膳的意思了。

老安人看了沈太太一眼。

沈太太額頭冒出青筋，卻沒有反駁顧曦的話。

老安人就笑了笑，道：「也行。沈太太吃不得辛辣的，我卻是無辣不歡，沈太太這才剛好，若是又犯了，可就是我的罪過了。」

老安人嗜辣？郁棠還是第一次聽說。

顧曦卻笑著道：「之前聽舅母那邊的嬸嬸們說，老安人曾經隨在長沙府做官的錢太老爺住過些日子，沒想到老安人的口味都變得和湖南人一樣了。」

這樣的事郁棠也是第一次聽見，她有些驚訝地望向老安人。

老安人聞言，剛才還有些繃著的神色就有了笑意，她以回憶的口吻嘆息道：「那都是五十多年前的事了！」

顧曦笑道：「不管過去了多久，大家都會記得的。前些日子還聽我阿兄說，他的師兄去長沙府的時候，還特意去了太老爺當年修的水渠旁走了走，還說儘管五十幾年過去了，可寧鄉那塊的灌溉還依仗著太老爺在任時修的那幾條水渠呢！大家都感念太老爺的恩典，還有人家依舊供著太老爺的牌位呢！」

「真的嗎？」老安人又驚又喜，看顧曦的眼神再也沒有之前的冷淡，變得熱烈起來，「還有人記得我父親？」

「真的！」顧曦點頭，神色真誠，道：「是我阿兄寫信回來說的，要不然我怎麼會知道？而且我阿兄的信還不是給我的，是寫給我大伯父的。說當官就應當如太老爺似的，讓我大伯父教育家中的子弟向太老爺學。」

「哎呀，讓妳阿兄費心了。」老安人客氣著，臉上卻笑成了一朵花，還說起了小時候跟著父親在任上的事。

顧曦不時地附和幾句，氣氛熱烈。

郁棠很是佩服。

前世，她還是小瞧了她。她能那麼受歡迎，還是很有道理的。

兩人的對話直到二太太到來才打住，就這樣，老安人還興致不減，拉著二太太說了半天這件事。

二太太顯然不是第一次聽說。她不僅笑咪咪地應著，還道：「母親，外祖父的忌日也快到了。您看要不要去和昭明寺的師父說一聲，給外祖父做幾場水陸道場？」

「那倒不用了。」老安人嘆氣道，「妳外祖父妳是沒接觸過，他性子拗著呢。當年去世前，還曾經留下遺囑，要把自己的屍身燒了，骨灰撒在西湖裡。你們舅父嚇得都沒有了主意，特意請了家裡的宗主出面，這才把你們的外祖父葬在了祖墳。我有時候想，遐光這性子到底隨了誰？我就覺得是隨了你們的外祖父。可偏偏你們外祖母和外祖父不這麼覺得，還特別喜歡他這性子。要不然，你們外祖母走的時候也不會把自己的陪嫁全都留給了遐光。那時候你們才剛成親呢！」

裴宴的舅父是老安人的嗣兄。

難道不是因爲裴宴是自己的親外孫嗎？郁棠不以爲然。

不過，聽老安人這麼一說，裴宴還眞和他外祖父挺像的。

竟然要把自己的屍身燒了，連骨灰都撒了……她想想都不禁打了個寒顫。

二太太或許是對裴宴繼承了外祖家的財產沒什麼不滿，但她非常會說話是眞的。

「外祖父他老人家一輩子隨心所欲，三叔像外祖父，外祖父也喜歡三叔，就想把自己體己的東西留給三叔，而且外祖父的東西到了三叔手裡可比到了我們手裡更好，這也算是寶劍贈英雄了。」她笑盈盈地道，「傳了出去，也是一段佳話。」

老安人既高興又欣慰的樣子，握了二太太的手直點頭。

珍珠進來輕聲稟說飯菜擺好了。

二太太就虛挽著老安人站了起來，一群人跟著老安人去了西邊梢間用膳。

沈太太和二太太分坐在了老安人左右。

顧曦坐在了沈太太的下首，郁棠坐在了二太太的下首，幾位裴小姐則分年齡坐了。

一頓飯倒也吃得安安靜靜，沒有出什麼亂子。

飯後，老安人興致很好，大家重新回到東邊的梢間喝茶說話，話題從飯前的錢太老爺轉移到了鳳凰山的雪景。

鳳凰山在杭州城郊外，說起鳳凰山的雪景，當然是顧曦更有發言權。

她繪聲繪色地說起小時候跟著顧朝陽去鳳凰山捉麻雀的事。幾位裴小姐，包括老安人、二太太和沈太太都聽得津津有味。只有郁棠，在心裡冷笑。

前世，她也聽顧曦說過捉麻雀的事。可不是在鳳凰山，而是位於杭州城西郊的永福寺。據前世的顧曦說，那是她母親十週年忌，她第一次隨著胞兄顧朝陽到廟裡爲母親做道場。

她更相信前世顧曦的話。

但顧曦能臨場發揮到這個程度，郁棠還是很佩服她的。

屋裡正熱鬧著，計大娘神色有些慎重地走了進來，在老安人耳邊說了幾句話。

老安人臉上的笑容一下子就沒了。

五小姐嚇得拽住了身後阿珊的衣襬。

屋裡的氣氛也像被凝固住了似的。

顧曦面露猶豫。

郁棠知道，她這是覺得應該告辭了，卻又不想失去接近老安人的機會。

有些機會是轉瞬就逝。

顧曦還沒有來得及開口，老安人已淡淡地道：「她既然有心，那就讓她進來吧！」說完，還看了沈太太一眼。

沈太太莫名其妙，顧曦心中卻生出不好的感覺來。

郁棠和幾位裴小姐靜氣屏聲。

不一會兒，計大娘帶著一位身穿縞衣的女子走了進來。

郁棠嚇得差點驚呼出聲。

第二章

來的人居然是裴大太太。

郁棠定睛一看，只不過年餘沒見，裴大太太和郁棠第一次見到她的時候相比，像一下子老了十歲似的，不僅鬢生華髮，而且皺紋明顯、神色憔悴，像一下子被抽了筋骨，沒有了精神。

「母親。」大太太恭敬地給老安人問安，神色謙卑，哪裡還有之前的尊貴傲氣？

郁棠有片刻的茫然。

大太太這年餘到底遇到了什麼事？她又怎麼會在別院？是自老太爺發喪之後就住在這裡？還是這次老安人進山把大太太也帶上了？

郁棠心裡像海嘯，又生怕別人看出她的驚訝，掩飾般地低了頭喝茶。

只是她放茶盅的時候，眼角的餘光無意間掃過顧曦，發現她也在低頭喝茶。

郁棠苦笑。

老安人已對大太太道：「妳如今身體不好，每個月還要請了楊御醫過來把平安脈，妳就多歇歇，我這邊有老二媳婦陪著，有幾個丫頭陪著，也沒什麼事要妳忙的，妳把自己照顧好就行了。」

大太太恭恭敬敬地應「是」，笑著對二太太道：「都怪我身體不爭氣，有勞二弟妹了。」

二太太卻一副不為所動的模樣，笑得依舊溫婉恬靜，道：「一家人不說兩家話，大嫂也太客氣了。」又親自去端了個繡墩給大太太，道：「大嫂快坐下來說話。」

大太太就朝著二太太笑了笑，笑容挺溫和，還帶著幾分羸弱，讓人的目光不由落在她消瘦的身上。

郁棠更覺奇怪了。

大老爺是在老太爺之前去的，要說大太太這是懷念亡夫，那時候她看著雖然有點傷心的樣子，卻也不像現在這樣……彷彿是在示弱般……

她幾不可見地皺了皺眉頭。

沈太太也感覺有點奇怪。但她不是奇怪大太太爲何突然變成了這個樣子，畢竟從正三品的官太太、未來的宗婦，變成了孀居守貞的婦人，任誰也會有一段時間的不適應。她是奇怪老安人看她的那一眼。

大太太的出現和她有什麼關係？她和沈家的關係不好，親戚間的應酬也輪不到她出面，大太太和沈家是不是姻親她不知道，但大太太肯定和她娘家不是姻親，難道大太太如今這副模樣還能與她有什麼關係不成？

這些念頭在她腦海裡也不過是一閃而過，她依禮客氣地和大太太寒暄了幾句。

大太太的回答既有禮又不會讓人覺得疏離或是熱情，分寸拿捏得正好。

沈太太心裡暗暗稱讚，不禁對大太太留意起來。

這一留意，她發現大太太看著一身素，可仔細看看卻有些寒酸——鞋子洗得已有些泛白，外面的褙子是白色杭綢，但裡衣卻是細布。

沈太太心中微沉。

她知道自己性格耿直，常常會直言直語地說些讓人不舒服的話，但她覺得，這才是做人應有的態度。

難道大老爺死了之後，裴家苛刻大太太，老安人怕她看出來，嚷了出去？

這也不是不可能的。特別是最後裴家的宗主之位，越過長孫和二老爺傳給了三老爺。

要知道，裴家的這位三老爺可是老太爺和老安人的心頭肉。想當初，他燒了宋家大爺的新房，老安人可是一句賠禮的話都不捨得讓這個幼子說的。這件事在親戚和世家之間可都傳遍了。

沈太太低了頭喝茶。

倒是顧曦，對大太太非常感興趣，她不僅熱情地和大太太打招呼，還關心地問起大太太的日常起居來。而且她的這番問話還不是普通的應酬。因爲她的話題很快從抄佛經轉移到了寫字上，還說自己啓蒙時雖然臨摹的是顏眞卿，可最後練的卻是衛夫人，讓大太太眼睛一亮，說起話來都精神了幾分。

郁棠猜測大太太肯定寫得一手好字。

她心裡頓時有些沮喪起來。

看樣子顧曦眞是爲了嫁給裴宴而來，不然她不會對裴家的人都這麼瞭解。

氣氛因爲顧曦的緣故漸漸開始回暖，就是二小姐，也慢慢地匯入了顧曦和大太太的談話中。沈太太更是看大太太的目光都有所不同起來，她甚至話裡話外都開始讚揚大太太是個眞正的才女。

大太太謙遜道：「哪裡，也不過是家祖喜歡寫字，我們這些孫輩跟著受益罷了。」

沈太太想到大太太的父親是國子監祭酒，又想起沈善言當年拒絕去國子監教書卻窩在了臨安城的事，心裡很有些不舒服，且把這情緒毫不掩飾地流露了出來。

大太太就很快打住了這個話題，問起了幾位裴小姐的功課，還有郁棠是誰。

幾位裴小姐按序齒一個個回答著大太太的話，四小姐還熱心地介紹郁棠是誰。

郁棠就專程起來重新給大太太見了禮。

大太太在衣袖裡摸了摸，頗有些不好意思地道：「沒想到家裡還有這麼多的客人，也沒有帶什麼東西過來，下次再給妳們補上好了。」

郁棠恭聲道謝。

大太太這時候和顧曦倒攀起親戚來：「妳既是杭州顧家的姑娘，認不認識有個閨名叫『留神』的姑祖母？她嫁到了我們家，我要稱她一聲堂伯母。」

顧曦忙笑道：「是不是我們四房的那位姑祖母？我出生之前她就已經出了閣。不過，到了現在還有人說，她是我們顧家最漂亮的姑娘了。可惜我無緣見面，也不知道是不是真的？」

大太太就抿了嘴笑，眉眼間波光流動，風情萬種。

郁棠驟然間有點明白大老爺和大太太為何伉儷情深了。任誰有了這樣一位太太，都會多幾分憐愛吧？

兩人說起這位顧家的姑祖母來，越說越親暱。

沈太太卻眉頭緊鎖。

她感覺到大太太是因爲她而轉移話題，她原想解釋幾句，可幾位裴小姐嘰嘰喳喳地，讓她不好插嘴，再想解釋，又找不到適合的機會了。

她總覺得自己得找個合適的機會跟大太太解釋幾句才行，免得大太太誤會她甩臉色給她看，那自己豈不是成了欺負大太太孀居的那種人？

郁棠卻不動聲色地觀察著老安人和二太太。

可惜老安人和二太太都是有過無數歷練的人，想讓人看不出就不會有人看得出來，一個面無表情、看不出喜憎地坐在那裡喝著茶，一個笑盈盈地看著大太太和顧曦，一副洗耳恭聽的模樣。

那大太太到底來幹什麼的？只是單純地來給老安人問安嗎？那她又爲什麼會在別院？郁棠覺得自己的腦子既然不夠用，那就老老實實地做人，別和高手過招，不然連自己到底是怎麼死的都不知道。

她在心裡暗暗嘆氣。

屋裡的氣氛就算看著挺溫馨的，也沒有了之前發自眞心的歡喜，到底還是讓人感覺有點累。

好在是大太太沒有坐多長時間，只說自己爲了安靜，自入秋以來就一直住在山裡，就住在西邊跨院的秋爽齋，讓她們——主要是指沈太太和顧曦，沒事的時候就去她那裡坐坐，她一個人的時候也就抄經念佛的，比較悠閒自在。然後就起身告辭。

沈太太和顧曦都笑著應了。

大大太這才彷彿想起還有個郁棠似的，又專程叮囑了郁棠一聲，還道：「我那邊下雪的時候雪景也不錯，妳到時候和幾位妹妹一起過來玩。」

郁棠笑著應諾。

除去老安人，眾人均起身送大太太出門。

大太太走到門口就不讓眾人相送了，道：「外面天氣冷，有陳大娘就行了。」

二太太也笑著跟著大太太一起阻止眾人，但她親自把大太太送出了老安人的院子，這才回來。

有了這麼一齣，氣氛再也回不到從前，大家又略坐了一會兒，就紛紛起身告辭。

老安人點頭，沒有留她們，大家各自回了屋。

雙桃跟著郁棠進了內室後就掩了格扇。

郁棠還以爲她要服侍自己更衣，誰知道她卻笑嘻嘻地從懷裡掏出一個油紙包，打開後遞到了郁棠的面前，「小姐，妳要不要吃點？」

烤紅薯的香味立刻彌漫在內室，讓郁棠嚥了一下口水，「妳是從哪裡弄來的？」

因爲郁棠只帶了雙桃這一個丫鬟過來，老安人就撥了個叫柳絮的丫鬟服侍郁棠的飲食起居，郁棠怕雙桃失禮，就讓雙桃跟著柳絮多看、多學，用晚膳和喝茶的時候，她身邊都是由柳絮服侍的，雙桃則跟著幾位裴小姐的二等丫鬟一起在茶房裡候著，也趁機認認人。

雙桃知道郁棠喜歡冬天吃烤紅薯、炒板栗，笑道：「是二小姐身邊的丫鬟烤的，我們一人分了一個。」隨後又笑著道：「我覺得裴家的幾位小姐都不愧是大家出身，不僅自己待人和氣，就是身邊服侍的丫鬟婆子也都很好。三小姐身邊的丫鬟還告訴了我很多裴府的規矩，還說如果有什麼不懂的，可以去問她。」

這就好！

郁棠笑著點頭，指了她手中的紅薯道：「不是說一人一個嗎？妳留著自己吃吧！在老安人面前，難道還會短了我的吃食不成？以後再遇到這樣的事，妳只管先緊著自己就是了。」

雙桃笑著應好，卻還是把紅薯留了一半給郁棠，說是等郁棠想吃的時候再吃。

郁棠沒有說什麼，心裡卻很感激她。知道她這是怕自己剛剛進府，在老安人面前吃不好，特意留給自己的。

第二天一大早，她們起床的時候看見端了熱水進來的小丫鬟頭髮上有水痕，這才知道原來昨天半夜下起了大雪。

這還是臨安城今年的第一場雪。

郁棠和雙桃驚喜地推開了窗。

外面白茫茫一片，大片大片的雪花如棉絮似的還在下著，樹葉上已經堆滿了雪，不時地有樹枝承受不住積雪的重量，使得堆在上面的積雪從樹葉上滑落，發出「卜卜」的聲響。

郁棠和雙桃都沒有想到雪下得這麼大。

雙桃笑道：「可以堆雪人了！」

話音剛落，一陣冷風灌了進來，讓兩人都打了個寒顫，卻因爲昨天晚上一直待在燒了地龍的屋裡，身上還是暖烘烘的，並沒有感覺到寒冷，但兩人還是立刻關上了窗戶。

雙桃問郁棠：「您今天要堆雪人嗎？」

若是在郁家，遇到這樣的大雪，肯定是要堆雪人的。

郁棠猶豫了片刻，道：「看看情況再說吧！」如果裴家的人都沒有這樣的習慣，她也就不堆了。

實際上，前世自她嫁入李家起，她就再也沒有堆過雪人了。

雙桃倒沒有多想。畢竟是在別人家作客，比不得在自己家裡自在。

郁棠梳洗完了，裴府的婆子把早膳也送了過來，並請郁棠示下：「院子裡的雪掃還是不掃？」

裴家別院的建築並不是典型的江南建築，而是像北方似的，以遊廊連著，因而不掃雪也不耽擱大家四處走動。

「平時院子裡的雪掃還是不掃？」郁棠反而請教裴家的婆子。

那婆子四十來歲，行事十分地麻利爽快，聞言朗笑道：「平時沒有人住的時候，肯定是要掃雪的。」

「那就掃吧！」郁棠無意與眾不同。

雙桃不免可惜，「這麼好的雪！」

郁棠看了雙桃一眼。雙桃立刻閉嘴不語。

那婆子臉上閃過一絲驚訝，看郁棠的目光一正，恭敬地應聲退了下去。

郁棠和雙桃用了早膳，正準備穿了斗篷去給老安人請安，四小姐和五小姐手牽著手跑了進來。

「郁姐姐！郁姐姐！」兩個小姑娘歡笑著高聲喊著郁棠，抬眼卻看見了幾個在院子裡掃雪的僕婦，頓時面露沮喪之色，道：「郁姐姐，我們來喊妳一起去給老安人問安，還準備從老安人那裡回來後來妳院子裡堆雪人的，妳怎麼讓人把雪掃了？」

郁棠忙笑著要把兩個小姑娘迎進來。

兩個小姑娘卻站在門口不願意進來。四小姐笑著催道：「我們就不講這些虛禮了。姐姐快點收拾，老安人那邊尋思著也應該用過早膳了。」

郁棠也沒有和她們客氣，披了斗篷，帶著雙桃就和她們出了門。

五小姐還在感慨那一院子的雪。

雙桃不由小聲地和五小姐的丫鬟阿珊道：「妳們院子裡沒有雪嗎？」

阿珊看了一眼被郁棠帶偏了話題不再提雪的五小姐，低聲對雙桃道：「五小姐月裡不足，不能玩雪，可偏偏又特別喜歡玩雪，二太太叮囑好幾次了。還好妳們院子裡的雪也掃了。」

雙桃心中一凜。看了眼語氣歡快的四小姐，忍了又忍，最終還是沒能忍住，小聲問阿珊：「那四小姐那邊……」

「四小姐的管事婆子攔著，沒敢讓五小姐在她們那裡玩雪。」阿珊說著，看了眼走在她們前面的四小姐的貼身丫鬟白蘭。

原本身上暖烘烘的雙桃不禁打了個寒顫。難怪小姐不讓她近身服侍，就她這眼力，指不定什麼時候就會給小姐惹了麻煩。

不過，小姐什麼時候這麼精明了……

雙桃暈頭暈腦地跟著郁棠幾個到了老安人的正房。

二小姐和三小姐已經到了，兩人都穿著水藍素面灰鼠毛的斗篷，正站在屋簷下看著幾個小丫鬟堆雪人呢。

五小姐和四小姐歡呼一聲，丟下郁棠就跑了過去。

守在雪人身邊的計大娘忙叫道：「兩位小姐仔細腳下。老安人可是發了話的，若是只看著，等會還要讓婆子領著幾位小姐去戲冰。若是自己動了手，沾了雪，這幾天可是天天都得拘在屋裡練大字。」

五小姐笑得像朵向陽花，連連點著頭，保證道：「我只看看！」然後拉著四小姐圍著還沒有堆好的雪人轉來轉去的。

二小姐和三小姐都掩了嘴笑。

計大娘等人見攔著了五小姐，神色俱是一鬆。

只有郁棠在心裡感慨，老安人是真的很疼愛後輩啊！

大家陪著五小姐在院子裡待了一會兒，就進屋去給老安人問安了。不一會，顧曦和沈太太、二太太也過來了。大家就決定到院子裡去看小丫鬟、婆子們堆雪人。

老安人和二太太在外面站了一會兒，覺得有些冷，就回了屋。

沈太太趁機告辭，回了自己住的院子。顧曦卻留了下來，和裴家的幾位小姐一起玩雪。院子裡歡聲笑語的，非常熱鬧。

老安人由二太太虛扶著，站在半支開的窗櫺後看了一會兒。見顧曦十分活潑地領著裴家的幾個小姐在那裡給雪人用了紅蘿蔔做鼻子，折了樹枝做胳膊，而郁棠卻只在那裡，或照顧一下跑來跑去的五小姐，或笑著和站在旁邊不怎麼說話的三小姐輕語幾句，她嘴角微翹，問二太太：「郁小姐回屋後，有沒有打聽顧家出了什麼事？」

「沒有！」二太太笑道，「這姑娘倒是很知進退，不該問的一句也沒有問。」

老安人頷首，慢悠悠地道：「人這一生啊，最難得知道什麼時候該幹什麼。」

二太太十分真誠地笑著附和道：「您說得對。」

老安人的目光再次落在了郁棠的身上，道：「這才是做姐姐的樣子。」

二太太笑著應了聲「是」，卻猶豫半晌，悄聲問：「母親，顧家到底出了什麼事？」

老安人「呵」了一聲，頗為不屑地道：「內宅大院的，能出什麼事？來來去去不過是那幾件事。」

二太太訝然，目光落在顧曦的身上，道：「那顧小姐……」

「看破不說破。」老安人笑道，「不過是個藉口罷了。她既然想來我們家作客，我們就好好招待就是了。沒有叫人說我們為難個小輩的道理。」

二太太抿了嘴笑。

老安人不再關注院子裡的情形，由二太太虛扶著轉身，一面朝內走去，一面道：「老大那邊呢？沈太太昨天晚上沒有什麼動靜？」

二太太面露爲難之色。

老安人就不悅地冷哼了一聲，道：「我看妳還不如那位郁小姐！她能有什麼就說什麼，妳反倒是扭捏，讓妳說妳都不敢說。朝廷用人還講究『舉賢不避親』呢，難道我連這點是是非非都分不清楚？」

二太太面紅耳赤，連聲告罪，道：「沈太太昨天晚上讓貼身婆子帶了些吃食過去送給大嫂。大嫂接了，還讓小廚房那邊做了些素點心作回禮，今天一早送給了沈太太。」

老安人冷笑，道：「我就說，沈太太最喜歡作妖的，今天看見幾個小丫頭在那裡玩得高興，怎麼不教訓幾句，卻急匆匆地回了屋？這件事必定還有後招，妳讓人盯著沈太太和老大媳婦。老大媳婦以爲她有今天是我們家在作祟，想找了不相干的人送信給她娘家兄弟，那就讓她送好了。我倒要看看，她娘家兄弟能爲她做到什麼分上？還有，兩位少爺那裡，也要派人盯著點。外面的事遐光都忙不過來，家裡的這些事，我們能幫就幫一把，能讓他少操點心就少操點心。」說完，她深深地嘆了口氣，道：「也不知道什麼時候能給他找個能幹的媳婦，我這肩上的擔子也就能卸下來了。」

二太太睃了一眼窗外，想著眼前不是有個現成的顧小姐？但她更瞭解她婆婆，可不是個只知道主持中饋的當家太太，就是大老爺還在世的時候，在她這個婆婆面前也是不敢大聲說話的。她就更猜不中她婆婆的心思了，只能是她老人家吩咐什麼她就照著做什麼，不求有功，但求無過。

她安慰老安人：「好飯不怕晚。三叔的姻緣說不定很快就到了。」

老安人無奈地又嘆了口氣，隨後像想起什麼似的問二太太：「那郁小姐閨名叫什麼來著？」

「郁棠。」二太太道：「蔽芾甘棠的那個『棠』字。」

「是個好名字。」老安人稱讚完，就說起過年的安排來：「幾家經常走動的老親戚好說，照著往年的舊例送年節禮就是了。外院的事有家裡的管事操心，也不用我們管。就是宋家那邊，又重新和我們走動起來，連九九重陽節都送了重禮過來，怕是又有什麼事要求到我們家，妳得提醒我問問遐光，看兩家的禮該怎麼送。還有郁家，既然結了通家之好，春宴的時候，記得請了郁太太和郁小姐過來吃酒……」

零零散散，交代了不下十來樁，聽得二太太頭都大了。她小時候跟著父兄讀四書五經、寫策論都沒有這麼累。

院子裡，顧曦幫著幾位裴小姐大大小小堆了五、六個雪人後有些累了，就和二小姐倚在旁邊的紅漆欄杆上歇息，郁棠則和三小姐、四小姐、五小姐繼續玩雪。

顧曦就問二小姐：「別院什麼時候來客人？」

二小姐聽了面色一下紅得能滴下血來，赧然嬌嗔道：「我怎麼知道！」

顧曦笑了笑，情緒突然低落下來，道：「妳別惱。我從前也和妳想得一樣。可妳看我現在……」她說著，抬頭望著一碧如洗的天空，苦澀地笑了笑，「有些時候，羞澀是解決不了問題的。妳能做主的時候還是盡量抓住機會的好，免得將來後悔。」

二小姐一愣，看著和姐姐們打打鬧鬧的五小姐，壓低了聲音道：「我、我也不知道。誰還能不聽家裡的？」

顧曦笑了起來，驟然間彷彿又有了精神，指了指老安人住的正房，「那不是有個能爲妳做主的嗎？」

兒女的婚事，主要還是聽父母的。何況老安人是隔著房頭的伯祖母？

二小姐從來沒有想過。

顧曦感慨道：「妳看她老人家多疼愛妳們這些做晚輩的，妳若是求到老安人跟前，老安人一定會爲妳做主的。」

二小姐沒有吭聲。過了好一會兒，顧曦都以爲她不會回答自己了，她卻輕輕地點了點頭。

顧曦暢快地笑了起來，邀請二小姐：「我們也去玩雪吧？妳看郁小姐她們，玩得多開心！」

二小姐看了顧曦一眼，神態間對她親近了很多，微笑著應了一聲「好」。

郁棠既然知道了五小姐不能玩雪，當然要看顧著點她。只是這樣一來，她就沒什麼時間自己玩了。和幾個小姑娘淘氣了一個上午，等歇下來的時候她已是汗透衣襟。

這樣的天氣，這樣的狀態是很容易受涼的。郁棠決定先回自己的屋裡去換件衣服。

二太太卻叮囑她：「沒事，不要著急。回去洗個澡，把頭髮烘乾了再過來，我們等著妳們用午膳。」

身上黏乎乎的，能去洗個澡就再好不過了。

郁棠辭別了二太太，走到半路卻遇到了計大娘。

「郁小姐！」計大娘笑咪咪地上前給她行了個禮，道：「門房稟說您家裡送了封信過來。剛才我特意去門房拿了信，正準備給您送過去呢！」

郁棠嚇了一大跳。不會是家裡出什麼事了吧？

她向計大娘道了謝，心裡卻忍不住亂糟糟地七想八想。

姆媽的藥沒有斷，身體越來越好，去年就沒有發病，今年和往年一樣精心照顧著，應該不會有什麼變化才是。阿嫂那邊，大伯母、大堂兄把她當掌中寶似的，全家都圍著她轉，阿嫂的身子骨又十分健康，也不應該有什麼事才是……家裡到底爲什麼給她寫信？

她匆匆辭了計大娘，三步併作兩步地回了住的地方，迫不及待地打開了信。

只看了一眼，她就鬆懈了下來。

原來是章公子畫了十幅畫過來，她大堂兄拿不定主意，把畫轉到她這裡，讓她看了拿個主意。

郁棠仔細地看了看章公子的畫。不愧是文人的審美，雖然寥寥數筆，卻形神兼備，雅致生趣。

她立刻回了大堂兄一封信，讓他照著之前說好的價格付錢，並道：「就算是之前訂貨的客商看不上眼，也可以留下來做別的用途。」

雙桃奉她之命請了門房的小廝幫著送信，郁棠則由柳絮服侍著洗了個澡。

不一會，雙桃回來了，木履上堆著雪。

看樣子雪越下雪大了。

郁棠道：「信送出去了？」

雙桃一面脫了木履，一面笑道：「送出去了。我還給了那小廝二十文錢。」

郁棠笑著點頭，開了首飾盒子挑選適合的首飾戴。

雙桃過來幫忙，一邊和她閒聊：「我回來的時候，碰到了沈太太身邊的婆子，她也是去送信的，不過只賞了那小廝十文錢。我原想著等她一起回來的，見她這樣，倒不好和她多說什麼了。」

郁棠挑首飾的手一頓，道：「沈太太也讓人去送信？知道是送給誰的嗎？」

雙桃一面幫她把挑好的絹花插到髮髻裡，一面道：「好像是送往杭州城的。因爲我聽那小廝問沈太太身邊的婆子，若是由裴家送信，就只能把信先送去佟大掌櫃那裡，然後由佟大掌櫃去杭州城的時候帶過去；若是由官府送信，他們就幫她把信送到驛站，拿張憑條給她。沈太太估計比較著急，讓他們幫著送去驛站。」說完，她有些抱怨地道：「下這麼大的雪，驛站又遠，可沈太太身邊的婆子卻只賞了那小廝十文錢……」

郁棠聽了不悅道：「各家的情況不一樣，說不定我們給的二十文錢在那些小廝眼裡也很少。再說了，我們現在是在裴家，妳要謹言！」

雙桃紅著臉應了，等她收拾完了去了老安人那裡。

四小姐、三小姐和五小姐都到了，她們也都洗了澡換了衣裳，正圍坐在老安人身邊說著話。見郁棠過來了，眾人起身打著招呼。
顧曦和二小姐也一起過來了，兩人也都重新梳洗過了。眾人少不得又是一陣說笑。
老安人就笑呵呵地吩咐陳大娘：「既然人都到齊了，就擺飯吧！」
陳大娘應了。
顧曦就上前去攙了老安人。
老安人笑著拍了拍顧曦的手，由她扶著，郁棠幾個簇擁著去了廳堂。
或者是天氣冷了，今天飯桌上多了一道清湯羊肉。
那羊肉沒有一絲異味不說，湯還出乎意料地醇厚。郁棠連喝了兩碗，身上暖烘烘的，這才放下筷子。
四小姐就提出下午的時候大家去暖亭。
老安人呵呵地笑，吩咐計大娘：「去跟二太太說一聲，讓她下午別忙了，陪著她們去。」
計大娘笑著應是。
大家都很高興，七嘴八舌地邀請老安人下午和大家一起去。
老安人慈愛地笑道：「我老胳膊老腿的了，禁不起妳們這樣的折騰，妳們就放過我，讓我好好在屋裡歇歇好了。」
幾個小輩不免有些失望。
老安人看著心中不忍，道：「那好。大家都回去睡個午覺，下午的時候我去看看妳們。」
大家又重新高興起來，生怕耽擱了老安人睡午覺，紛紛站起來告辭。

老安人讓陳大娘送她們出門。

郁棠和顧曦都住在老安人正房的後面，要穿過一道夾巷，而裴家的幾位小姐則住在老安人正房的東邊，兩撥人出了老安人的正房後，郁棠和顧曦同路，裴家的幾位小姐同路。但等出了老安人的正房，二小姐卻邀請顧曦：「姐姐要不要到我那裡坐坐？」

顧曦露出遺憾之色，道：「我還要回去看看沈太太。要不，二小姐到我屋裡去坐坐？我之前聽貴府的小丫鬟說，後山有一大片梅林，我還尋思著要不要等到下雪的時候採些梅花做香。沒想到昨天晚上就下起了雪，我還準備請幾位妹妹和郁小姐一道去賞梅呢！」

裴家的幾位小姐都聽得小臉一亮，四小姐更是興致勃勃地道：「顧姐姐，我要去。妳去採梅的時候別忘了叫上我。」

五小姐也跟著嚷道：「我也要去，我也要去。」

顧曦抿了嘴笑，道：「還不知道府上的梅花能不能採呢！如果能採，到時候一定帶妳們一起去。」

難得三小姐也很感興趣，道：「應該可以採的。我們等會兒問問二嬸嬸好了。」

四小姐連連點頭，五小姐就主動請纓去問她母親。

大家笑著把這件事說定了，這才各自散去。

郁棠見二小姐和顧曦並肩而行地說著悄悄話，知道顧曦這是想逐個地擊破裴家人，讓裴家的人對她心生好感。她無意捲入其中，就放慢了腳步，漸漸地落在了她們的後面。

誰知道出了夾巷，迎面卻碰到一個剛留頭的小廝，見面就朝著郁棠行禮，還問她：「您是郁小姐嗎？」

郁棠詫異地應「是」。

那小廝就笑道：「三老爺上了山，知道郁小姐要送信，就讓門房把信交給了胡總管，讓胡總管親自給您送家裡去。胡總管怕您擔心，特意讓我來跟您說一聲。」

郁棠莫名覺得又驚又喜，道：「三老爺過來了？」

「嗯。」那小廝道，「剛剛上山，住在了西路溪園。等會應該會去給老安人問安。」

按著裴家的規矩，他是不應該洩露裴三老爺行蹤的，可裴三老爺一上山就讓胡總管幫著郁棠送信不說，胡總管還特意讓他來跟郁小姐說一聲，怎麼看都讓他覺得郁棠是裴府的貴客，他覺得自己也應該像胡總管那樣，在郁小姐面前討個好才是。

郁棠笑著賞了他一把銅錢，這才和雙桃繼續往前走。結果她一抬頭，卻看見顧曦和二小姐都定定地站在前面，目不轉睛地看著她。

她不明所以地摸了摸臉，奇怪地道：「怎麼了？可是有什麼事？」

二小姐皺著眉頭正要說什麼，卻被顧曦攔住了。

「沒什麼！」顧曦笑道，「只是走著走著，突然發現妳不見了，我們就在這裡等等妳。」

二小姐聞言詫異地喊了聲「顧姐姐」。

顧曦卻拉了二小姐一把，笑著對郁棠道：「妳等會準備什麼時候出門？到時候我們喊妳一聲吧？我們一起去暖亭。」把話給岔開了。

郁棠太瞭解顧曦了。這人想得多，顧忌也多，說句話都要轉幾個彎，讓聽話的人想了又想才能明白她真正的意思。

從前是大家做妯娌，低頭不見抬頭見，沒有辦法，如今兩人各走各的路，她才懶得去猜顧曦的用意。只要顧曦不問到她面前來，她就會當做不知道，讓顧曦自己私下裡琢磨去。

想到這些，郁棠腦海裡不由浮現出顧曦滿臉焦灼地在屋裡團團打轉的模樣，她嘴角微翹，就笑了起來。

「好啊！」她望著顧曦，「到時候我等妳們來喊我，我們一起去暖亭好了。」

「那就這麼說定了！」顧曦說著，拽著二小姐就走了。

郁棠笑了笑，也帶著雙桃回了屋。

二小姐卻沒有顧曦這麼鎮定。郁棠的身影一離開她們的視線，二小姐就迫不及待地對顧曦道：「顧姐姐怎麼不讓我問問她？她怎麼會得了胡總管照顧？就算郁秀才和胡總管交好，她住在內宅大院，有什麼事需要胡總管幫她出頭的？她到底要幹什麼？」

那小廝說了什麼，她們聽得並不十分清楚，這才更覺得不解。

顧曦眼眸低垂，想到郁棠的家世，輕聲道：「也不知道郁小姐是怎麼得了老安人青睞的？照理說，郁家和貴府又沒有什麼淵源，她怎麼可能這樣輕易地就走到老安人面前？」

二小姐一愣，仔細地想了想，卻越想越覺得顧曦言之有理。

她遲疑地道：「好像是聽說她的絹花做得好……可她手藝再好，能好得過家裡的繡娘嗎？」說到這裡，她愕然道：「顧姐姐，妳不說我還沒有注意，郁、郁小姐好像是突然間就冒了出來！」

顧曦微微地笑，沒再吭聲——她該說的都已經說了，剩下的，輪到別人說了。

比如這位二小姐，看著目下無塵，傲氣得很，實則不過是個被家裡人寵壞了的小姑娘罷了，情緒全擺在臉上，讓人一看就明白，還不如那位看上去古靈精怪的四小姐。

不過，裴家小姐都這樣天眞，倒有點出乎她的意料。

或許是因爲在臨安這個小城的緣故？

顧曦和二小姐慢慢往她住的地方走。

二小姐卻咬了咬唇，眉頭緊鎖。

不行，她得想辦法弄清楚郁小姐是怎麼出入裴府的才行。臨安城裡想巴結奉承裴家的人太多了，她不喜歡有人借裴家的名頭做踏板，成全自己的私利。

只是顧曦是客，又是初識，她當著顧曦的面不好多說什麼，可一轉身，等到顧曦回內室更衣的空檔，她就忍不住吩咐自幼照顧她的婆子去查郁棠。

那婆子不免皺眉，道：「二小姐，那是宗房的事，您若是不喜歡這個人，只需面子上應酬幾句就行了，何必去蹚這渾水呢？再說您馬上就要出閣了，去了婆家，還得靠娘家撐腰，娘家要是有什麼不好的話傳了出去，您在婆家也沒臉。我看，這件事您就算了吧！」

二小姐不依，道：「我就是不服氣有人拿我們裴家作筏子！我只是想知道事情的原由。祖母也曾教導過我們，不做長舌婦可也不能做糊塗鬼。那郁小姐可不簡單，處處都能討了伯祖母歡心，這可不是一般的人能做到的。」

那婆子沒有辦法，只得應了，但還是反覆地叮囑她：「不管我查到什麼，您可都要爛在肚子裡才是。」

二小姐不耐煩地揮了揮手，那婆子這才退了下去。

而在內室的顧曦，一面對著鏡臺整理衣襟，一面讓荷香去盯著二小姐的人，並低聲對她道：「畢竟不是在自己家，妳行事小心點。」

荷香不是第一次做這種事了，她笑道：「您放心，我知道該怎麼辦的。不要說二小姐那邊了，就是四小姐那邊，我也打發人盯著了，不會讓裴家的人發現的。」

顧曦滿意地頷首，問她：「銀子可還夠使？」

她這次只帶了兩三個近身服侍的出門，要想知道周遭都發生了些什麼，就只能借力使力，收買裴府的僕婦。但住進裴府的這幾天她們也發現了，裴家看似因爲裴老安人孀居，長房又丟了宗主的位置，沒有人主持中饋了，可實際上裴家卻絲毫沒亂。她們根本不敢往裴府那些有頭有臉的婆子、丫鬟面前湊，只能收買一些粗使的婆子和丫鬟，然後透過觀察所得來推斷這個人到底在幹什麼。

荷香笑道：「夠用。我們還剩一百五十多兩銀子呢！」

顧曦一陣肉疼。她阿兄離開杭州城的時候給她留了一千兩銀票，這次來臨安，她尋思著要用銀子，就讓人兌了三百兩帶了過來，這才幾天，就去了一百五十兩，還沒有用到正主子上。

但這也是沒有辦法的事，誰讓她們沒有人呢！

顧曦又問：「知道大太太爲何要請沈太太幫她送信了嗎？」

荷香出門左右看了看，見大家各忙各的，這才和顧曦耳語道：「說是有事要求娘家的嫂嫂，怕老安人不高興，才請了沈太太送信。」

顧曦挑了挑眉。難道是說了婆婆的壞話？

不，若是說壞話，也應該是說小叔子裴宴的壞話才是。

可到底是裴宴奪了宗主之位，還是死去的老太爺偏心呢？這件事得查清楚才行。她可不想嫁給一個被人議論紛紛，位置都坐不穩的人！

顧曦對荷香道：「妳帶些糕點，我先去給沈太太問個好，再陪二小姐說話。」

不知道她阿兄是怎麼想到沈太太的？這位沈太太，也是位奇人，不愛黃白之物，也不愛交際應酬，單喜歡好名聲。只要對她暗示這涉及到她的聲譽，她立刻就入彀，讓人看著既可憐又可笑。

只是不知道大太太是用什麼方法打動了沈太太？

沈善言也挺可憐的，娶了位這樣的太太。還好他沒有在官場上打拚，不然這位沈太太會惹出什麼樣的禍來，誰也說不好。

荷香應聲而去。

顧曦看著鏡子裡衣飾樸素，卻因爲精緻的小首飾而透著幾分雅致的漂亮女孩笑了笑。

鏡中的人也跟著笑了笑。

她這才滿意地出了內室。

可能是爲了方便賞梅，裴家別院的暖亭就建在後山的梅林中。

坐在燒著地龍的亭子裡，喝著茶湯清爽的白茶，看著星星點點的紅梅，聞著淡淡的梅香，神仙過的日子也不過如此。

三小姐第一個叫了出來：「在這裡烤肉，也太殺風景了！梅香都變成了油脂的味道。今天與其烤肉，不如賞梅吧？正好顧姐姐和郁姐姐都在這兒，我們還可以行令或者是作詩。阿爹說，今年過了元宵節就開課，我還有三篇六言詩沒有完成呢！」

她抱怨著，郁棠暗暗驚訝，道：「府裡請了女學嗎？」

三小姐點頭，道：「我們幾個姐妹都在一塊兒讀書。」

顧曦則看了一眼笑咪咪端坐在上首的老安人，脆聲道：「我都可以。吃固然愛，讀書也愛。」

五小姐猶豫地看著自己的母親和老安人，喃喃地道：「不、不是還有月餘才過年嗎？不用這麼急吧！」說完，又求助般地望了郁棠一眼。

四小姐咯咯地笑。

郁棠當然知道作詩、繪畫、撫琴都是顧曦的拿手長項，行令或是作詩，顧曦肯定會出風頭。可她也的確不想辜負這一番美景。

她笑道：「要不我們舉手吧！少數服從多數。」

三小姐立刻舉起手，道：「我贊成賞梅！」

四小姐遲疑，半晌都沒有舉手。

五小姐則望著四小姐。

顧曦遮了嘴在旁邊笑，好像眞的是隨便怎樣都行。

郁棠在心裡嘆氣，舉了手，「我贊成作詩。」

千古絕句肯定沒有，但作首打油詩她還是沒有問題的。

念頭閃過，她甚至有些惡劣地想：要不就拿前世顧曦得意的詠梅之作作弊，一定會讓顧曦大吃一驚甚至是覺得憋屈，肯定很有意思。

可她也只是想想。別的事可以這樣噁心顧曦，作詩、繪畫這樣的才藝，她不至於爲了給自己的臉上貼金而剽竊別人的。

只是她話音剛落，五小姐就氣鼓鼓地看著她，好像她做了什麼十惡不赦之事似的。

郁棠恍然。五小姐恐怕是把她當成一夥的，她這樣違背了五小姐的意思，五小姐肯定覺得氣憤了。

郁棠強忍著才沒有笑出聲來。

小姑娘們就是這樣有趣，遇事不是黑就是白，直白卻可愛。

但她還是覺得在這裡烤肉如同焚琴煮鶴，不如換個地方。

四小姐卻在這個時候跳了出來，舉手道：「我要烤肉！」說完，瞥了顧曦一眼。

顧曦心頭一顫，大感失策。

早知道這樣，她就應該像郁小姐那樣，早點站出來了。

這個時候，她應該表示贊同還是反對呢？

顧曦頭疼。

姐。

五小姐卻沒有注意到這些，她大喜，也跟著道：「我也要烤肉！」隨後眼巴巴地望向了二小姐。

二比二，二小姐和顧小姐的態度都很重要，但她直覺顧小姐肯定會隨大流，那二小姐就比顧小姐的態度更要緊了。

二小姐不屑地笑了笑，道：「我贊成賞梅！想烤肉，換個地方好了。」

顧曦嘆氣，只得道：「我也贊成賞梅。」

五小姐嘟了嘴，拉了四小姐的手。

四小姐嘻嘻地笑，一副不死心的樣子，道：「這裡還有伯祖母、沈太太和二嬸嬸，我們還不算輸！」

沈太太有些嫌棄地看了四小姐一眼，沒有吭聲，一副不願意和她們一般見識的模樣。

二太太看著就有些不太高興，笑著走過去摸了摸女兒的頭，溫聲道：「我投妳三姐姐一票。」

這下子可算是大勢已去。

五小姐跺著腳，嬌嗔地喊了聲「姆媽」。二太太和老安人都呵呵地笑了起來。

最後大家決定下午賞梅，晚膳吃烤肉。

五小姐還有些不高興，四小姐就拉著她去掃梅花瓣上的積雪，還用大家都能聽到的聲音和她交頭接耳說：「我娘說，可以盛在甌裡埋在地下，夏天拿出來煮茶。」

「可那得早上採吧？」五小姐有些茫然地道。

「哎喲！」四小姐不以爲意，「早上和下午應該沒有太大的區別吧？反正我不想作詩。」

五小姐嘻嘻地笑，道：「我們可以採梅啊！拿回去給祖母供在梅瓶裡，滿屋子都是梅花香。」

四小姐道：「供瓶也應該是早上插吧？」

五小姐愣住。

眾人哈哈大笑。

老安人就招了兩人過去，「兩個皮猴，好好地給我待在這裡作兩首詩，既應了景又交了功課，豈不是兩全其美？」

兩人沮喪地應諾，又惹得大家一陣笑。

計大娘等人已拿了準備好的筆墨紙硯過來，只是安放好文房四寶之後對老安人稟道：「郁小姐家裡有小廝送了信過來。」

眾人俱是訝然。

老安人很慈祥地對郁棠道：「快去看看是什麼事，也好讓我安心。」

郁棠也很好奇，屈膝行禮，隨計大娘出了暖亭。

顧曦卻不動聲色地朝著荷香打了個手勢。

不一會兒，荷香就不見了蹤影。

來給郁棠送信的是阿苕。

看見郁棠，他匆匆忙忙地迎上前去，拱手行禮道：「小姐，是少東家讓我來的。他說，您的信他已經收到了，就按您的意思辦。還說，家裡一切都好，讓您不要擔心，那筆生意也談成了。等您回去了，再慶祝一番。」說完，從兜裡掏出了一封信。

郁棠笑著點頭，打開了信，立刻就讀了起來。

除了阿苕說的那幾句話，郁遠在信中還盛讚了章公子的那十幅畫，說那客商十分滿意，還想出每幅十兩銀子將畫買下來。郁遠給她寫信有兩層意思：一是想做成這筆生意──那客商家裡是做繡品生意的，來他們家買箱籠是爲了讓家裡鋪子的貨品齊全一些，讓繡品的生意更好做，因而兩家的生意不僅沒有衝突之處，還能相互促進。二是要和她商量，若是把畫賣給那商家，要不要給章家銀子？給章公子多少銀子好？

又因那客商這幾天就要離開臨安回鄉了，做好的箱籠是由他們家包送的，這件事得在那客商離開臨安之前決定下來，他這才剛剛收到郁棠的信就立刻差了阿苕送回信。

郁棠掩信思考了半晌，給郁遠回了一封信。

賣畫是可以的，賣畫的銀子可以和章家對半分，但要和那客商寫份契約，這十幅畫是他們郁家獨有的，客商拿去了，只限在他們家的鋪子裡用，不得轉賣。如果一定要轉賣，須以文書的方式告知郁家，並得到郁家的同意，需要重新支付銀子。

因天色不早了，回臨安城最少也得一個半時辰，阿苕接過書信就立刻動身告辭，回了郁家。

裴宴這邊知道除了郁棠在別院小住，還有沈太太和顧曦也在別院，有外人在，他不好直接去給老安人問安，遂先回了自己住的院落，梳洗更衣過後，派了人去問老安人什麼時候方便見他。

只是派出去的人還沒有回話，他就聽說郁家有人來給郁棠送信。

他不由心生訝然。

郁棠的信才送回去，家裡的人立刻就給她回了信，連一天都等不了，不會是家裡出了什麼事吧？

裴宴想到郁太太的病，又想到郁家買的李端家那三十畝良田……

他叫了在這邊服侍老安人的胡興進來，「郁小姐那邊出了什麼事？」

胡興這些天都在別院全心全意地幫著老安人辦事，幾位小姐和幾位貴客每天哪道菜吃得多、哪道菜吃得少他都知道，沒有聽說郁小姐那邊發生了什麼事啊！

他一下子懵了。

裴宴原本就對他的辦事能力不滿意，後來因爲看他巴結上了老安人，加之老安人這邊也需要個用得順手的人，他這才睜隻眼、閉隻眼，讓他繼續在總管的位置上尸位素餐的。如今看他這個樣子，裴宴就更加不滿意了，甚至這種不滿意直接就表現在了臉上。

他厲聲道：「怎麼？你不知道嗎？」

三老爺前幾天才把原本服侍大老爺一家多年的一戶世僕家五歲以上的男丁全都打死了，婦孺全部發賣了，合府上下正戰戰兢兢的，全在私底下議論三老爺既不像老太爺那樣仁厚，也不像老安人那樣寬容，完全不像裴家的人。還有人羨慕胡興因禍得福，提前去了老安人那裡服侍。

胡興聽了不免暗中慶幸，卻又惶恐不已。此時被裴宴這麼一問，一個寒顫，雙腿發軟，差點就跪了下去，好半晌才能發出聲音，結結巴巴地道：「郁小姐和幾位小姐都玩得很好，早起早睡，偶爾還會沿著明山湖走上一圈，剛剛還和幾位小姐去梅林那邊賞梅了……」他都快要哭出來了，「眞、眞沒發現她有什麼不妥！」隨後，他的直覺不由讓他又大著膽子道：「再說了，郁小姐一個閨中小姐，我就算是想知道些什麼，人家郁小姐也不會和我說話啊！」

裴宴神色微霽。

胡興暗中擦了擦冷汗，有種死裡逃生的感覺。

可緊接著，他開始反省自己怎麼會說出他沒辦法接近郁小姐的話來，反省爲何裴宴會因爲他的這番話而神色微霽起來……

一時間，他覺得自己好像知道了什麼了不得的事。

胡興看裴宴的眼神都不一樣了。

裴宴沒有把胡興看在眼裡，自然也就不會去注意他那些變化微小的表情。他想了想，道：「郁小姐她們還在梅林賞梅嗎？」

胡興忙道：「是的，還作詩了。」

總算還能答幾句話，有點用處。

裴宴面無表情地瞥了胡興一眼，道：「你悄悄地給郁小姐帶個信，讓她在梅林旁等我一會兒，我有話問她。」

非禮勿視吧？

爲何偏偏要他去帶信？

胡興心裡很苦，卻不敢表現出來半分，不僅要恭敬地低頭應是，還要做出一副以功抵過的歡天喜地模樣，高聲道：「我這就去！」

裴宴冷冷地「哼」了一聲。

郁棠得了信並沒有多想，和老安人低語了幾聲，就找了個藉口出了暖亭。

五小姐剛好一首六言絕句做好了，見狀不由道：「郁姐姐這是要去做什麼？」

幾個人一起作詩，顧曦是第一個作好的，三小姐排第二，第三是郁棠，二小姐和五小姐緊隨其後，四小姐還在那兒低頭寫詩。

大家準備寫好了一起拿給老安人、沈太太、二太太點評的。

老安人也沒有多想。郁棠既然知道了李家賣地的蹊蹺，裴宴肯定也知道了。她就猜測著裴宴應該是找郁棠問這件事。

只是這件事不好讓這些小丫頭知道，她老人家也就打了個馬虎眼，笑咪咪地道：「誰還沒有點事？妳這孩子，該裝糊塗的時候就得裝不知道，該問的時候就直說。妳還得練練才能放出門去。」說完，還看了二太太一眼。

二太太呵呵地笑，應著：「您放心好了，我會好好教導她的。」

老安人「嗯」了一聲，這件事就這樣揭過去了。

顧曦心裡卻百轉千迴。

郁家的小廝來找郁棠分明是有事，郁棠回來卻只說是家裡人來問她鋪子裡的事，連老安人想知道都攔在了外面，如今又這樣大搖大擺地從詩會上走了，她怎麼想都覺得事情不簡單。

而荷香想得比顧曦更複雜。她尋了個機會湊到顧曦的耳邊低聲道：「小姐，三老爺上了山。」

顧曦眉角一挑。

荷香知道她這是想聽更詳細的，遂飛快地道：「我剛才去打聽郁小姐的事時發現的，三老爺還沒有來給老安人問安，聽說會在用了晚膳之後過來。」

那郁棠這是去做什麼呢？顧曦心中隱隱覺得不安。

二小姐還沒有查出郁棠是怎麼突然冒出來的。

她給荷香使了個眼色。荷香會意，悄悄地離開了暖亭。

不一會兒，四小姐的詩也作完了。

二小姐打趣四小姐：「我們可是全都在等妳！」

四小姐不滿地嘟著嘴，「我不是說了要烤肉嗎？是妳們要作詩，我一點準備也沒有。」

「妳要怎麼準備？」三小姐難得和四小姐開起玩笑來，「來前先熟讀白、李？」

白是指白居易，李是指李白。

四小姐心虛地反駁道：「難道不行嗎？」

大家都笑了起來。

老安人道：「那就先看四丫頭的詩。」

四小姐扭扭捏捏地讓身邊服侍的小丫鬟把詩作遞了過去。

顧曦卻道：「我們不等郁小姐嗎？」

老安人笑道：「天色不早了，妳們等會不是還要吃烤肉嗎？不等她了。」

顧曦抿著嘴笑了笑，上前去觀看四小姐作的詩，一半心思卻留意著荷香什麼時候能回來。

也不過是一炷香的工夫，荷香又悄無聲息地出現在了暖亭。

這次不用荷香找機會了，顧曦直接說她要去趟官房，帶著荷香在無人的梅林中佇足。

荷香的臉色有些凝重。

她道：「小姐，那郁小姐哪裡是有事，她是去見三老爺了！」

顧曦愕然，心裡卻莫名有種塵埃落定的踏實。

她沉聲道：「到底是怎麼一回事？」

「具體是怎麼一回事，我也不知道。」荷香低聲道，「我從暖亭出來，就照著郁小姐去的方向慢慢找了過去，結果發現那條路是通往明山湖旁的涼亭。涼亭裡除了郁小姐，還有個穿著白色斗篷的年輕男子。我想走近去看看，結果發現涼亭周圍有七、八個護衛站在暗處，我嚇了一大跳，說是您的貼身丫鬟，您讓我回屋去拿點東西，結果我迷路了，這才脫身。之後我又遇到了胡總管，試探了幾句，才知道那年輕男子是裴家的三老爺。」

顧曦沉默了半晌，道：「那三老爺長得什麼模樣？」

荷香面色一紅，低聲道：「長得很英俊，氣質儒雅……在我見過的人裡面，只有大公子能和他一較高下。」

顧昶是杭州城裡有名的美男子。

顧曦的臉也有些熱。

可想到郁棠，她不禁眉頭緊鎖。

裴宴要做什麼？他私下和郁小姐會面，老安人是不知道，還是知道卻給兩人打馬虎眼？

那郁小姐又是以什麼身分在裴宴面前出現的呢？

說來說去，她和阿兄還是大意了，沒有想到臨安城還有像郁小姐這樣的女子。

她是隨郁小姐去呢？還是想辦法讓郁小姐從裴府消失呢？

顧曦一時有點拿不定主意。

她對荷香道：「妳看能不能想辦法知道郁小姐和裴三老爺之間的關係。特別是老安人知不知道……」

如果老安人是知道的，那裴家打的是什麼主意？這才是她應該注意和關心的。

顧曦長長地吁了口氣。

第三章

明山湖旁的涼亭，寒風吹過，冷得刺骨。

郁棠裹著斗篷，瑟瑟發抖地問裴宴：「爲什麼要到這裡來說話？就不能找個暖閣什麼的嗎？」

裴宴沒回答，卻瞥了郁棠的斗篷一眼。

灰鼠皮的裡子，素面杭綢的面兒，難怪會覺得冷。這個季節，應該用狐狸毛或是貂毛的裡子，緙絲或是蜀繡的面兒。

郁家如今也算是有錢人了，怎麼也不捨得給郁小姐做件好點的斗篷？

裴宴皺了皺眉。

郁棠愕然，隨著他的目光就看到了自己的斗篷上。

她頓時橫眉怒目。

這個裴宴，怎麼每次都盯著她的衣飾看？她又不是裴家的小姐，應酬多，還每次應酬都要穿不同的衣裳。這件斗篷是用她母親的陪嫁改的，毛皮保存得很好，素淨的斗篷只在一角繡了一叢蘭花，針角細密，配色淡雅，怎麼看也是件能拿得出手的衣裳。他憑什麼就總是瞧著不順眼？

郁棠在心裡冷笑，決定也不讓裴宴安生。

正好又有一陣冷風吹過來，冷風直灌，她索性又裹了裹斗篷，挑著刺道：「要不水榭也成啊！這樣站在這裡，人都要凍成冰棒了。」

他選的地方這麼不好嗎？

裴宴解釋道：「這裡是離梅林最近的地方了。」

好吧！考慮到老安人還在梅林賞梅，郁棠決定就算是有長話也要短說。

她道：「您找我是有什麼事嗎？」

裴宴原本想直接問問她家裡出了什麼事的，但剛才郁棠的抱怨讓裴宴覺得自己沒有把事情安排好，心裡有點不自在，遂先說起了李端家的事——在他心裡，下意識地覺得郁棠若是知道李端倒楣了，應該會很高興的。

「妳跟我說了李家的事，我特意去查了查。」裴宴沉吟道，「還眞像妳說的，李意在日照做知府的時候，手腳的確有點不乾淨。」說到這裡，他抿了抿嘴角。

千里做官只爲財。

這是很多人當初踏入仕途的原因。裴宴能理解，卻不贊同。因而當他知道李意在日照到底做了些什麼的時候，他是非常憤怒的。

什麼事都有一條底線，過了這條線，就令人唾棄了。

他把李意的事寫信告訴了他一個在都察院做御史的同年，這個同年向來野心勃勃，想做名留青史的能吏。他一定會好好告訴李意應該怎麼做人的。

郁棠心中一喜。也就是說，那戶人家能早點洗清冤屈了。

她不由道：「那，您準備怎麼做？」

裴宴見她眼底又流露出他熟悉的、如同夏日陽光般明亮的光芒，暗中滿意地點了點頭，面上卻不動聲色地道：「他們家不是想搬到杭州城去住嗎？那就索性搬過去好了。」

郁棠愕然。通常這種搬出去了就再不回來的人家，都是在本地沒有了產業的。

也就是說，裴宴想逼著李家賣了祖產。就算不是全部，那也是大部分。

她想到前世郁家賣的那些祖產，突然覺得，李家的報應這一世在裴宴的無心關切中慢慢地到來了。

「謝謝三老爺！」她喃喃地道，眼角有水光閃爍。

裴宴目露狐疑。他也沒有說什麼，怎麼郁小姐一下子就這麼激動和感激？難道郁小姐恨李家已經恨到了只要李家倒楣她就高興的程度？

裴宴不能理解。

郁棠無意和他解釋，打著馬虎眼糊弄著他：「哎呀，我不是在想李家剩下來的那一百五十畝地嗎？他們家那地，可是我們臨安城最好的地了，有錢都買不到。好不容易等到李家要倒楣了，我怎麼能忍得住這麼大的誘惑呢？」

她開玩笑般地說著，眼裡有一種不涉及恩怨情仇的純粹歡喜。是眞心的高興。

裴宴愣了愣，聲音不由也輕快了幾分，道：「若是我們家也想要那一百五十畝地呢？」

郁棠非常意外。在她的心裡，裴宴可不是個隨便開口說話的人。

他此時卻向她討要李家的那一百五十畝地。

明知道這句話可能是玩笑，郁棠卻忍不住感覺到愉悅。她道：「那當然是讓給你們家啊！

大樹底下好乘涼嘛！跟著你們家，至少以後澆田的水不用愁了。」
這麼一想，還眞有幾分道理！
裴宴難得地笑了起來，道：「要不，我們去旁邊的水榭說話？」
隔著湖，涼亭對面是半邊佇立水面的水榭。
郁棠以爲裴宴就是來告訴她這件事的，連連搖頭，道：「算了，這裡挺好的。老安人那邊，還等著我回去呢！」
裴宴見她恢復了常態，心情也跟著慢慢地平靜下來，說起了自己的來意：「妳早上剛送信回去，你們家下午就又派了人過來給妳回信，是不是家裡出了什麼事？」
郁棠覺得她最丟臉、最狼狽的時候裴宴都曾經見過，沒有什麼不能跟他說的了，就把請章公子畫圖樣的事告訴了裴宴。
裴宴非常意外，上下打量了郁棠幾眼。
郁棠緊張道：「怎麼了？」心裡卻忐忑著自己是不是哪裡做得不對？反覆想著自己做過的事。
誰知道裴宴卻正色道：「沒想到妳還有這份生意經。妳想過做螺鈿沒有？」
現在一般坊間最貴的家具就是鑲螺鈿的了，像他們家這樣剔紅漆的，通常都是小件，而且可能會用一輩子，有些人家就算成親的時候還不一定非得買。家具就不一樣了，人人家裡都需要，但還是黑漆的家具多一點。
可見裴宴也不是什麼時候都是對的。

郁棠拒絕得很委婉，笑道：「我們家祖傳的手藝就是剔紅漆，若是做螺鈿，等同於捨近求遠了，把從前的老手藝都丟了，想想還是不划算。」

裴家的生意多，可大多數還是掌櫃在管，他最多也就提提要求、看看帳目，這些事他還眞是不懂。

「我也就說說。」他道，「最近有人讓我收個做螺鈿的作坊，我還在考慮，就想著先問問你們家用不用得著。」

郁棠訝然。

若只是個做螺鈿的作坊，那能用的地方就太多了。只要管事的不亂來，是個頗爲賺錢的買賣。

這可眞是應了那句「錢趕財」的老話兒了。不過她也有點好奇，什麼人家會把這樣的作坊給賣了？

裴宴也沒有瞞她，道：「是宋家的。」還解釋道：「他們家不是和彭家、武家合夥造船嗎？彭家就不用說了，那武家原本就是暴發戶洗白成鄉紳的。造船的費用高，他們家哪有銀子和那兩家拚？我估算著是不是彭家和武家想聯手把宋家給擠出局去，所以設了個什麼圈套。宋家現在是騎虎難下，只好悄悄地變賣些產業救急。」說到這裡，他想到了什麼似的，「咦」了一聲，又道：「剔紅漆是不是要上很多遍油漆？宋家好像還有個油漆作坊……」

可他們家也不需要一個油漆作坊來提供油漆啊！

最最重要的是，他們家沒有人可以來管這些產業。指望別人幫忙的產業，最終都賺不到什麼錢的。這是郁棠前世的經驗。

她再次婉言拒絕了，覺得再這樣和裴宴說下去，裴宴指不定還有什麼驚人之語，忙轉移了話題，道：「您是不是想接手宋家的產業？他們最賺錢的是什麼？」

「是織造。」裴宴道，沒有回答他是不是想接手宋家的產業，「不過，織造太麻煩了，不織貢品不足以讓人覺得織品好，做貢品又得有人跟二十四衙門裡的人打交道……」話說到這裡，他突然停了下來，發起呆來了。

郁棠不明所以。

裴宴問她：「妳認識江潮嗎？」

江潮在他們家住過一段時間，她當然認識。可看裴宴這個樣子，分明是指她是否瞭解江潮這個人。

郁棠斟酌地道：「還行吧！平時聽我爹說過很多次。」

裴宴點了點頭，又天馬行空般地問起了其他事：「你們鋪子是不是只要有好的畫樣子就成了？」

「現在看是這樣的。」郁棠保守地道，「生意這種事，還得一點點地摸索。」

裴宴就道：「章公子的畫真的就畫得那麼好？」

郁棠笑道：「我見識淺薄，在我所見之中，章公子的畫是畫得最好的了。」

裴宴頷首，道：「行！妳家裡沒出什麼事就好。我請了妳來陪我母親，總不能讓妳一心掛兩頭。妳家裡有什麼事，妳只管叫了丫鬟小廝來告訴我，我會盡力幫妳解決的。」

郁棠道了謝。

兩人各自散了。

郁棠不用說，直接回了梅林。只是這會兒梅林的詩會已經結束了，大家正準備去老安人那裡。

顧曦一見到她就笑著說道：「眞是來得早不如來得巧。我們剛剛決定晚上吃羊肉鍋子，妳就回來了，可見郁小姐是個有口福的。」

「不是說晚上吃烤肉嗎？」郁棠意外道。

怎麼又改變了主意？

四小姐紅著臉，支支吾吾地道：「顧小姐的詩評了第一，三姐姐評了第二。顧小姐說自己最大，讓三姐姐選。三姐姐說烤肉上火，晚上吃了不好，就改吃鍋子了。」

顧曦的詩評了第一，郁棠一點也不稀奇。

可見她走後又有場賭約。

她吃什麼都可以，笑道：「那行。明天如果還下雪，我們再烤肉好了。」

郁棠的話說到四小姐和五小姐的心坎上了。兩人齊齊點頭，一群人說說笑笑擁著老安人去了正院。

路上，顧曦幾次想問問郁棠「妳就不關心妳的詩得了第幾」，卻都忍了下去。

那邊裴宴回到了他在別院住的藕荷堂，神色卻怏怏的。

裴府還有很多事要他決策，可他全推給了裴滿，就這樣上了山。一來是他擔心母親，想看看她老人家在這裡過得怎麼樣；二來是想躲躲那些打著給他拜年的名義來找他的人。又有官員上摺子請皇上立儲，朝野內外聞風而動，江南官宦世家私底下更是暗潮湧動。裴家當初選擇定居臨安，不就是看中了臨安城的閉塞和安靜？他又怎麼會允許裴家再牽扯到其中去呢？

這樣的事每隔幾年就要來一次。從前他是這其中的弄潮兒，並且從中體會到了無可比擬的快樂。可自從他父親去世之後，他突然之間就覺得這些翻雲覆雨都沒意思極了。

裴宴望著院中掃雪的小廝，輕輕地嘆了口氣。

他以後可就真的要隱居山林了。現在還好，再過個十年，估計也沒有誰還能記得他了。不過，在他真正隱退之前，得把他二哥起復的事辦好才行，京裡的那些關係也就不能在這時候就淡下來了。

他叫了裴柒過來問話：「家裡還有多少可動用的銀兩？」

「天津那邊的錢莊自老太爺去後就沒動過。」裴柒低聲道，「有十萬兩銀子。」

裴宴想了想，轉身回到書房擬了張單子，遞給裴柒，「你把單子給舒青，然後聽他的調遣。」

舒青是跟著他回了臨安的師爺，如今算是他的幕僚。

裴柒恭敬地應諾，退了下去。

裴宴躺在了搖椅上。阿茗機靈地拿了條毛毯搭在他的腿上。

裴宴沒有理會阿茗，閉著眼睛，腦子裡卻轉得飛快。

天津那邊的銀子調到京裡送禮，臨安城這邊的銀子就不太夠花銷了。他今年在田莊裡花的銀子太多了，收益卻不大，也看不出還需要幾年才能收回成本。最好的辦法是調了當鋪裡的死當來應應急。這件事還得和佟大掌櫃商量商量。佟大掌櫃是他阿爹留給他的人，他只在剛接手裴府的時候和他聊過一次，算算已經年餘，是得找機會和佟大掌櫃再好好說說話了。

裴宴想著，突然想到了郁棠的斗篷。

他記得他小的時候，當鋪裡時常有非常好的皮子，可以問問佟大掌櫃，拿件過來給郁小姐禦禦寒。

想到這裡，他腦海裡浮現出郁棠細白如初雪的臉龐。

舊皮子……好像不太好……還是想辦法給她弄點新皮子好了。他的庫房裡應該有……

裴宴是個想到就做的人，他立刻讓阿茗派人回城去開了自己的庫房。「看看有沒有合適給郁小姐做斗篷的。之前是我疏忽了，只想著請了她過來陪老安人，卻忘了……」

郁家畢竟家風樸素，就算是得了一筆意外之財，也不可能像那些暴發戶似的，開始做衣裳、打首飾，揮金如土地過日子。

不過，郁小姐有句話說得不錯。若是把李端家剩下的那一百五十畝能種出碧粳米的良田歸屬給郁家，郁家從此以後就可以生活富庶。郁小姐估計會更高興。

裴宴又道：「我要寫信，安排人來磨墨。」

日照的事，僅僅託付給都察院的人還是太慢了，他們每天經手的大案、要案太多。他還是給山東布政使寫封信好了，他們那邊出了這樣大的案子，若是由他們自己報上去，還能落個督察有力的名聲，要是被都察院彈劾的話，面上可就不好看了。

阿茗忙安排下去。

裴宴已想好了措詞，等墨磨好了，就開始寫信。

郁棠當然關心自己的詩得了第幾，只是她不想在顧曦有機會和她討論詩作的時候去問，免得顧曦像前世似的又在自己面前滔滔不絕，像個女夫子。不過，這也與今生的她明白了什麼事才是最重要的有很大關係。

因而她是在回去的路上，見顧曦一直圍繞在老安人左右，沒有精力和時間注意她的時候，悄悄地問了五小姐：「第三和第四是誰？」

五小姐抿了嘴笑，道：「郁姐姐和我並列第三。」還告訴她：「第五是二姐姐，四姐姐排在最後。」

郁棠有點意外。她以為二小姐會排在她之前。

五小姐笑道：「顧小姐的詩作最好，又快又有意境，大家都投了她第一，三姐姐輸在意境上沒有顧小姐深遠。郁姐姐的詩也作得好，不過在韻腳上沒像顧小姐和三姐姐那樣嚴謹，所以和我一起排了第三。二姐姐的詩我姆媽覺得太僵硬，沒有靈氣，四姐姐則是因為最後才寫完。」

郁棠臉微紅。顧曦三歲啓蒙，從小和家中的兄弟一起上學，就算是她兩世爲人也追不上。而三小姐的詩比她作得還好，五小姐年紀最小卻和她並列了第三，可見兩個小姑讀書都很聰慧。

她眞誠地讚揚：「妳和三小姐兩個人都好厲害！」

五小姐紅了臉，謙遜道：「沒有、沒有。只是正好出的題我比較擅長而已。」

郁棠也不和五小姐爭辯，只是笑咪咪地摸了摸她的頭。五小姐不好意思地低下了頭。因而她們兩人都沒有注意到走在她們前面的三小姐耳朵紅彤彤的。

晚上在老安人那裡用了晚膳，郁棠以爲老安人會留了她們說話。誰知道婆子們剛剛收了桌子，老安人就端茶送了客。

郁棠等人難掩驚訝。

老安人很直爽地道：「等會妳們三叔父要過來給我問安，我就不留妳們了。」

幾個小輩乖乖起身告辭，郁棠等人也不好多留，大家各自回了住處。

翌日一早，老安人讓她們過了辰時再去問安。

郁棠問緣由，來報信的柳絮笑道：「三老爺一早要去給老安人問安。」

郁棠恍然大悟。

用過早膳，阿茗抱著個包袱過來了。

郁棠非常驚訝，連聲問他可是有什麼要緊的事。

阿茗嘿嘿笑，把手裡一個包袱塞給了雙桃，道：「這是我們三老爺讓我送過來的，三老爺還等著我回話呢！」說完，也不待郁棠說話，就一溜煙地跑了。

「這是什麼？」雙桃嘀咕著，抱著包袱進了屋。

打開包袱一看，居然是件水綠織鳳尾團花的緙絲白色貂毛斗篷。

「這……」郁棠訝然地拿起斗篷。

緙絲獨特的織紋在室內不明的光線下，閃爍著華麗的光芒。

「眞漂亮！」雙桃忍不住驚嘆。

郁棠心裡不安。

裴宴爲什麼送她一件斗篷？

她吩咐雙桃：「妳去看看阿茗在做什麼。問他三老爺爲何要送件斗篷給我？」

而且還是件女式的。應該不是臨時做的。

雙桃也覺得不妥。三老爺若是有心，大可讓老安人轉送給小姐。如今卻這樣私下裡就送了過來……

她急急忙忙去尋阿茗。

郁棠收拾打扮停當，靠在床頭看書，雙桃才冒著風雪回來。

「小姐！」她顧不得回房更衣，帶著一身寒氣就進了內室，「阿茗隨著三老爺在老安人那裡，我找了個機會才和他說上話。他說，是三老爺見小姐斗篷單薄，特意差人連夜回裴府去拿的。還說若是您不喜歡，先將就著用這幾天，他再找人幫著做一件，還讓我問您喜歡什麼顏色？」

急著趕出來的嗎？郁棠有些出神。是看見她昨天穿著斗篷還有些冷嗎？

那這斗篷她是收還是不收呢？不收吧，辜負了三老爺的好意。收吧，太貴重了，她心中不安。

不過，這斗篷真的很好看，她非常喜歡。

郁棠拿不定主意。想著要是她姆媽在這裡就好了，她就可以問問她姆媽了。

郁棠用指尖摩挲著緙絲上凸起的花紋，糾結地皺起了眉。

❋

顧曦那邊也收拾好了，閒來無事坐在書案前看書。只不過荷香來給她回話的時候，她的手指死死地捏著書頁，差點把書給弄破了。

「郁小姐的那個貼身丫鬟雙桃，跑去找三老爺貼身的書僮了？」她的臉陰得彷彿要下雨了似的，在搖晃不定的燈光中顯得有些扭曲。

「嗯！」荷香小聲應著，「兩個人躲在花樹後面拉拉扯扯了半天，那雙桃才走。接著阿茗就跑去見三老爺。」

顧曦問道：「那時候三老爺在哪裡？」

「還在老安人的屋裡。」荷香答道。

顧曦的眉頭鎖了起來，語氣十分冷淡：「然後呢？」

荷香磕巴道：「然後阿茗進去之後大約一盞茶的工夫，阿茗就隨著三老爺從老安人的屋裡出來，回了他住的藕荷堂。」
顧曦一愣，道：「回去藕荷堂之後就沒有再去郁小姐那裡嗎？」
荷香頓了頓，道：「我在那裡站了一會兒就回來了，不知道……」之後還會不會有人去。而且她也不想再去盯梢了，這麼冷的天，一個不小心，會把人給凍壞的。
好在顧曦沒有再說什麼，揮了揮手，讓她退了下去。
那天晚上，顧曦沒有睡好，一直想著雙桃為何要去找阿茗。
可第二天早上，她去給老安人問安的時候，就知道了。
當時屋裡只有郁棠一個人，屋裡服侍的人都不知道去了哪裡，她因這段時間和老安人屋裡的人都熟了，進去的時候門口的婆子沒有攔她，她如入無人之境，直接進了廳堂。正奇怪著屋裡怎麼沒人，要不要發出點聲響，就聽見了老安人的聲音：「……他是自他阿爹去了之後才開始學著管理庶務的，之前從來不關心這些事，難免有失禮的地方，還請妳不要放在心上。」
顧曦乍聽這話的時候還沒有反應過來和老安人說話的是誰，等她聽到一個乾淨悅耳的聲音時，才驚覺和老安人說話的是郁棠。
雖然知道不應該，但她還是不由豎起了耳朵聽。
「老安人您可別這麼說，折殺我了。」郁棠不好意思地道，「無功不受祿。我只是一時奇怪罷了，卻沒有想到給三老爺惹了麻煩，我、我實在是羞愧不已。」
她說的是真心話。
可能是因為她差了雙桃去問阿茗斗篷的事，阿茗稟了裴宴，裴宴索性把這件事告訴了老安人，讓老安人幫他解釋。這才有了之前的對話。

裴宴坦蕩蕩，卻顯得她長戚戚。她有些無顏再見裴宴。

老安人也覺得郁棠有些小題大做了。不過，郁棠一個小姑娘家，住在別人家裡，愼重些也是應該的。

她道：「妳沒有放在心上就好。我已經教訓過他了，讓他以後有什麼事跟我說一聲就行了。我現在也沒什麼事，他若是有事讓我幫忙，我正好打發時間，求之不得呢！」

老安人之前是宗婦，家中之事大到婚喪嫁娶，小到妯娌間的口角都會找到她這裡來，她每天忙得腳不沾地，三個兒子都是由乳母帶大的，如今她突然閒了下來，還眞有點不習慣。

也只有裴宴，知道她寂寞，讓家裡的那些小姑娘常到她這裡來玩。只可惜幾個小姑娘年紀都小，不能陪著說話，這才又招了郁棠進府。

郁棠不知道這些緣由，只當老安人在安慰她，心中更是赧然，尋思著怎麼也要說幾句道歉的話，外面卻突然傳來計大娘的聲音：「顧小姐，您過來了！」

顧曦正聽得專注，驟然間被人問話，心中一慌，面上不免帶了幾分無措，忙道：「我剛剛才到。不知怎地，這一路走來不見半個僕婦，心裡正奇怪著，想看看是怎麼一回事，大娘就進來了。」說話間，她心漸定，笑容也浮現在她的嘴角，她反問道：「大娘是什麼時候過來的？我還以爲院子裡沒人呢！」

裴宴剛走。在此之前，老安人把身邊服侍的都打發下去了。

計大娘只當顧曦來得太巧了，沒有多想，笑道：「我也是遠遠看見顧小姐在這邊。」又道：

「您這是來給老安人問安的吧？您等會兒，我這就去給您稟一聲。」

老安人已經聽到外面的對話了，也沒有矯情，高聲道：「是顧小姐吧？快請進來坐。」

顧曦鬆了口氣，一面道：「怎敢當您一聲請，您直接叫我就是。」一面笑盈盈地走了進去。

郁棠起身和她見了禮，兩人一左一右在老安人身邊坐下。

顧曦就嬌嗔著對郁棠道：「妳過來怎麼也不叫了我？害得我在屋裡眼巴巴地等了妳好一會兒。」

郁棠應對顧曦的經驗十分豐富。她笑咪咪地道：「那我下次記得約了妳一起來。」並不對這件事多說什麼。

顧曦猶如一拳打在了棉花上，不禁心中凜然，開始正視郁棠。

郁棠對她的表情、小動作太熟悉了，見狀不由在心中暗嘆。

她和顧曦眞是有緣分！

前世是妯娌，李端又心思不正，那是沒有辦法。今生都隔得這麼遠了，她也盡量避著顧曦了，怎麼還被顧曦盯上了呢？

郁棠心裡就有些不高興了。前世顧曦是爲了留住丈夫的心，她能理解，今生她和顧曦可沒有什麼奪夫之恨、殺父之仇，顧曦犯得著這樣嗎？

郁棠在心裡冷笑，就不願意再忍讓和迴避了。

她低頭喝著茶，尋思著要是顧曦還敢惹她，她不介意給顧曦一點教訓。

好在沒多久，裴府的幾位小姐和二太太都過來問安了，一時間廳堂內歡聲笑語，十分熱鬧，把郁棠和顧曦的那點小心思都沖得不見蹤影。

可等郁棠回到屋裡，雙桃不免低聲問她：「我們等會眞的要和顧小姐一道去見老安人嗎？」

四小姐猶不死心，今天依舊嚷著要去烤肉。老安人答應了，大家約了下午去後花園那株百年老槐樹下去烤肉。因而大家在老安人那裡用完午餐，就先回房午休了。

郁棠隨意地笑道：「不過是這麼一說，妳還當眞了不成？」

雙桃瞠目結舌。

郁棠笑著把薄被拉到了胸前，閉了眼睛，道：「睡覺！」

雙桃只得訕訕然地退了下去。

郁棠卻在想二小姐的事。

顧曦明顯是在籠絡二小姐，不知道二小姐身上有什麼值得顧曦圖謀的？她今天上午都是圍著二小姐在打轉。

還有裴宴那裡，自己居然會誤會他……郁棠臉上火辣辣的。

眞是太丟人了！

是裝作什麼也沒有發生，就這麼算了呢？還是去給裴宴道個歉？

郁棠迷迷瞪瞪地想著，不知道什麼時候睡著了。

等她醒來，卻發現日頭已經偏西。

怎麼會這樣?!郁棠大驚，連聲喊著「雙桃」。

雙桃小跑了進來，道：「小姐，您這是怎麼了？」

郁棠沉了臉，道：「現在是什麼時辰了？」

雙桃咧了嘴笑，道：「小姐您有所不知。您睡著的時候，老安人屋裡的計大娘特意過來了一趟，說下午老安人有事，讓幾位小姐都不用過去問安了。我看您睡得熟，就沒有把您叫醒，想著等會兒要是裴府的幾位小姐要去烤肉再說。不承想裴府的幾位小姐今天下午都沒有過來，我還怕是幾位小姐忘了喊您，特意請柳絮過去問了一聲，結果幾位小姐下午都被二太太拘在家裡練字，根本沒有去烤肉。」

郁棠詫異道：「怎麼會這樣？」

雙桃左右看了看，見旁邊沒有別人，這才上前湊到郁棠的耳邊道：「聽說是京裡來人了。先去老宅，三老爺不在，就由二老爺陪著上了山。怕衝撞了貴客，內院的女眷都被拘著，沒讓出門。」

郁棠心中惶恐。是什麼樣的人上門，才能讓裴府家中的女眷迴避？

她想了想，問雙桃：「顧小姐下午在幹什麼？」

顧曦向來比她的消息靈通，從她的行蹤推斷京中來人是好事還是壞事，是她能想到的最簡單的辦法。

雙桃道：「和二小姐在屋裡繡花呢！」

「一直都在繡花嗎？」郁棠有些意外。

雙桃點頭，道：「從前荷香還會到處走走，今天下午都沒有出門。」

也就是說，來客身分眞的很尊貴。最少也能鎭懾住顧曦。

是誰有這樣的威嚴？

郁棠猜了半天也沒有頭緒，乾脆把這件事放下，想著找個機會直接問問老安人好了。

晚膳眾人也都是在各自的住處吃的。

❋

到了第二天一大早，消息傳了出來。

來人是裴宴師座張英的嫡長子張紹。他前些日子被任命爲江西巡撫，此次是在去江西上任途中，特意轉道來拜訪裴宴。

但也應該不至於讓家中的女眷都迴避啊？

郁棠覺得張紹的來意不簡單。

她問來給她送簪花的計大娘：「是怕我們衝撞了張大人嗎？」

「不是。」計大娘笑道，「張家和我們家是通家之好，張大人過來，和老安人說了半天的話，晚膳也是留在老安人屋裡用的，所以不好邀了幾位小姐過去。」

眞的嗎？那張家和裴家的關係眞的非常好。

但僅僅一個師生情誼，是沒有辦法解釋這種親厚的。

郁棠把懷疑壓在了心底，挑了朵含苞待放的黃色山茶花，笑道：「別院是不是有暖房？」

計大娘笑道：「是有暖房，就在梅林旁邊，小姐若是想去，可提前跟我說一聲。大太太的幾株蘭花養在那裡，大太太常去暖房莳弄花草。」

郁棠笑著應了，賞了計大娘一個紅包，親自送了計大娘出門。

雙桃困惑道：「爲何要賞計大娘？計大娘平時也對我們很照顧的。」

她這段時間除了跟著柳絮學規矩，還在觀察計大娘和陳大娘的待人接物。郁棠覺得這是件好事，很鼓勵她，所以她心中有不解就會直白地問出來。

她輕聲教她：「妳從計大娘嘴中聽出了什麼沒有？」

雙桃想了好一會兒，搖了搖頭。

郁棠道：「她這是在告訴我，不要隨便去暖房。」

雙桃「啊」了一聲。

她們在別院住了好幾天了，除了那天就再也沒有見過大太太。可見大太太和外面傳的那樣，和老安人之間的關係不怎麼樣。她既然是因老安人進的府，最好還是別和大太太打交道了。

雙桃醒悟過來了。

郁棠這邊能得到消息，顧曦那邊也得了消息。不像郁棠的鎭定從容，顧曦心裡七上八下的，猶豫不決。

裴家居然和張家是通家之好！難怪她阿兄想把她嫁給裴宴。

張紹的父親張英就不必說了，他的曾叔祖曾是帝師，祖父曾經任過武英殿大學士、內閣首輔，是名留青史的能吏。還有一位胞弟如今在大理寺任少卿，一位堂弟在吏部任主簿。可以說，張家是本朝最顯赫的官宦世家之一。

這讓她心情激動。

可她來了這麼長時間，老安人看著好說話，但她想做的事卻一件也沒有做成。最妥當的方法是不參與到裴家的內鬥中去。

只是她時間不多了。馬上就要過年了，她總不能眞的留在裴家過年吧？

大太太常去暖房，而大太太又和老安人不和，她要不要利用、利用這件事呢？

顧曦在屋裡來來回回地踱著步。

心中焦慮的，除了顧曦，還有顧曦的丫鬟荷香。

她既然能跟著來，就是顧曦的心腹。顧曦想辦法住進了裴家，使足了力氣卻一無所獲，她比任何人都清楚。

見顧曦來回踱著步，她也憂心忡忡的，不由輕聲道：「小姐，那天的事，我打聽清楚了。」

顧曦精神一振。

無意間聽到老安人和郁棠的對話，語氣中透露出來的那股子親暱讓她很是忐忑不安，而隻言片語間所說的事更讓她萬分警覺。她派了荷香去打聽，荷香卻一直沒有給她回音。

「那到底是怎麼一回事？妳快說說！」顧曦在荷香面前停下了腳步。

荷香猶豫了片刻，覺得這件事顧曦知道了固然會生氣，可若是不告訴顧曦，讓顧曦判斷失誤，會引發更嚴重的後果。她壓低了聲音道：「是三老爺見郁小姐的斗篷有些單薄，專程派人下山去取了件白貂毛的斗篷送給了郁小姐。」

她的話還沒有說完，顧曦臉色已經大變。她驚呼道：「妳說什麼？」

荷香不安地抿了抿嘴，繼續低聲道：「三老爺是直接讓人送給郁小姐的。不知怎地，老安人知道了，老安人就說是三老爺從前不懂庶務，把郁小姐當成自家人，才會不拘禮數的。」

顧曦覺得這話聽著，彷彿有把刀在扎自己似的。

什麼叫自家人？什麼叫不拘禮數？

兩榜進士那麼難考，裴宴都考上了，若是有心，會不懂這些禮數？

裴宴分明就是對郁小姐另眼相看。

還有老安人，到底是什麼意思？掩耳盜鈴似的粉飾太平？這是越看郁小姐越滿意，把她當成了自己兒子的屋裡人了吧？

顧曦心中湧現出陣陣的不甘來。

郁小姐裝聾作啞的，憑什麼一聲不吭地就壓著她？

顧曦原本還斟酌著要不要和大太太搞好關係，此刻卻似心頭有把火在燒，不僅點著了她的理智，還讓她透不過氣來。

郁棠想嫁裴宴，那得看她同不同意！

顧曦想到這裡，不僅勇氣倍增，且生出義無反顧的勇氣。

她笑道：「我們去暖房看看蘭花去吧？我早就聽家裡的長輩說起過，說大太太是養蘭高手，從小就喜歡養蘭花。養的蘭花不要說京城了，就是廣州也有很多人喜歡，還曾有人花大力氣、大價錢找來，想買大太太養的蘭花。我們既然來了，怎麼著也要去看一眼，免得別人問起來，我們一問三不知。」

平時是這個理，可現在不是情況特殊嗎？

荷香勸道：「您這又是何必呢？大公子說了，您過來，也就是讓老安人認個臉熟，其他的事，他自有主張。您啊，只要待在家裡等消息就好了。」

畢竟太過主動，給人輕浮之感不說，還太失身分了。

顧曦是個有主意的，並不會因為心腹丫鬟的幾句話就改變主意。她有些走神地嗯嗯應著，腦子裡卻想著得找個什麼藉口能經常去暖房，這樣才能碰到大太太。

這個機會很快就來了。

送走了張紹，老安人在自己院子裡歇了幾天，郁棠、顧曦和裴家的幾位小姐不用去老安人那邊問安，自行安排自己的事。二小姐和顧曦常在一起說體己話，三小姐和四小姐常在一起練字，五小姐則天天來郁棠這裡玩，跟著郁棠學習做絹花。而且五小姐在這方面好像很有天賦，一開始就做得有模有樣的不說，還大膽地配色，不像郁棠那樣盡量都做模擬花，而是做各式各樣撞色的絹花，有一次還做了朵半邊桃紅、半邊粉紅的牡丹花。

郁棠張口結舌，卻又不得不承認，這樣的絹花看著有種別樣的漂亮。

五小姐美滋滋地將那朵送給了老安人。老安人誇獎了五小姐一番，送了五小姐好些點心，卻沒有留她在自己院子裡說話。

郁棠感覺出事了。卻因為生活在內院，沒辦法知道出了什麼事。

人最怕未知。她不免有些著急，問起了裴宴的行蹤。

五小姐不知道，也不知道她爲什麼問這些。倒是計大娘，悄聲告訴她：「三老爺躲在山裡，誰都不願意見，老安人甚至免了他的晨昏定省。我聽我親家說，外面都傳三老爺是在別院裡養病。」

計大娘的親家就是佟大掌櫃了。

郁棠長長地舒了口氣。

只要裴宴這邊安穩，這日子想必就能安穩地過下去了。

就在這個時候，沈太太不知怎麼咳嗽不止，請了大夫，說是常住在燒了地龍的屋子裡，太乾燥了。

顧曦暗喜，提出買幾株金錢橘回來，並道：「金錢橘有止咳之效，如今天氣越來越涼，讓大家經常出門活動雖然可以減少咳嗽，可這一冷一熱之間，又容易受涼。不如常煮了金錢橘喝，既可以止咳又可以養肺。」

老安人是冬天在燒了地龍的屋子裡待習慣了，幾個小輩中只有五小姐從小跟著二太太在任上，冬天是以火盆爲伴，今年春上就因此犯過咳嗽，不過那時候地龍很快就熄了，五小姐的咳嗽也很快就好了。這次眾人雖然知道這個情況，也把這件事放在了心上，但又怕她冷著了，只先仔細地觀察著，好在五小姐到現在還沒有咳嗽。

老安人心疼五小姐，立刻就點頭答應了，並讓陳大娘派人下山到裴府的後花園搬了很多金錢橘過來，養在了暖房旁。

顧曦就經常去那邊摘金錢橘。

陳大娘遇到了面色通紅的顧曦，連聲道：「您需要什麼只管吩咐丫鬟來摘，怎好勞累您親自過來。」

顧曦笑著擦著手道：「沈太太畢竟是我的長輩，我孝敬她也是應該的。何況我也不太習慣屋裡的地龍，太熱了。」

陳大娘很是佩服顧曦，能和沈太太都相處得好，聞言不由笑道：「您有心了。我讓他們把您屋裡的地龍少燒些炭好了。」

「別、別、別。」顧曦連聲阻止道，「屋裡太冷，沈太太會覺得冷得受不了的。」

陳大娘不好再說什麼，到了晚上，給她送了些枇杷膏來。顧曦笑著把它送給了沈太太。

沈太太一個人歪在屋裡，望著頭頂的承塵，不知道在想什麼。

顧曦也沒有打擾她，送完東西就退了出去。

第二天，她又去摘金錢橘的時候，如願遇到了大太太。

大太太看著比她上次見的時候又柔弱了幾分，笑著客氣地和她寒暄。

顧曦應酬了她幾句，讚了她養的蘭花才各自散了。

老安人這邊立刻就得了消息，臉色一下子就沉了下去。

與沈太太不一樣，大太太要面子，遇到沈太太未必會說什麼，可顧曦有個做了都察院左都御史孫皋入室弟子的胞兄，大太太只會又生出許多的心思來。

她問：「是誰把那些金錢橘放到暖房那邊去的？」

陳大娘不安地道：「是我！我看著那邊有塊空地，就讓人放那裡了。要不我把它們再挪個地方……」

「不用了！」老安人慨慨地道，「只有千日作賊，沒有千日防賊的。天要落雨，娘要嫁人，就隨她去好了。」

陳大娘不敢再說什麼，卻私底下又提醒了顧曦一次。

顧曦達到了目的，抿著嘴笑了笑，去見老安人，向老安人賠不是。

老安人呵呵地笑，道：「這與妳有何相干？只是從前大太太不怎麼喜歡熱鬧，家裡人這才少去那地方的，妳們既然聊得來，妳能陪著她說說話也是好的。」

顧曦應了，卻從那以後再也沒有踏足暖房。

老安人暗中點頭，對二太太道：「也算是個懂事的。」

二太太順著老安人的話笑道：「她們家裡也很複雜，想必從小經歷的這些事也多。」

老安人嘆了口氣，不再說什麼。

這話不知怎地就傳到了顧曦的耳朵裡，她眉眼間都帶了幾分笑意。

荷香不解，道：「這樣就行了嗎？」

「這樣就行了。」顧曦道，「如今裴家缺的是宗婦，是聽話又有管家能力的媳婦。能給老安人留下這個印象就行了。後面，就是我阿兄的事了。」

接連幾天的大雪過後，天空放晴，讓人的心情都變得明媚起來。

裴家的幾位小姐都坐不住了，一起跑到梅林去賞雪、賞梅。且這次沒有作詩，而是以茶代酒，盤坐在暖亭裡行令。

郁棠想起上次的誤會，這次穿了裴宴送的斗篷出來。

老安人雖沒說什麼，可覺得郁棠這樣穿著很漂亮，看郁棠的目光就很歡喜。

顧曦在心裡冷笑。

別院裡迎來了新客人。

毅老太爺的妻子，二小姐和三小姐的祖母。

二小姐躲在屋裡不願意見人。

四小姐和五小姐在郁棠身旁小聲嘀咕：「是不是相看的人就要上山了？」

「爲什麼不在廟裡相看？戲裡都是這麼演的。」

「這麼冷的天，去廟裡，要是萬一受了涼怎麼辦？」

「那就等到春天再相看唄！二姐姐這麼漂亮，想嫁誰不行！」

「妳又胡說八道。」四小姐道，「就算二姐姐想嫁，那也得別人看見她才行。我聽我祖母說了，那戶人家的公子明年要進京參加大比，不等過年就要出發往京裡去，得現在訂下婚約才行。」

五小姐撇了撇嘴，不以爲然，「要是他們家眞想娶二姐姐，早幹什麼去了？」

「妳怎麼總是和我抬槓？」四小姐不悅地道，「人家從前跟著父兄在任上，剛剛回來老家。要不是爲了和二姐姐相看，就直接去京城了。」

回老家？那就是附近人家的公子了？

不知道和二小姐相親的是誰？郁棠非常好奇。

前世，因爲李家的緣故，郁棠對臨安周邊幾個縣府的世家都有所耳聞。因而當毅老安人和裴老安人說起二小姐的婚事時，她就豎了耳朵在旁邊聽。

「是我表姐的外孫，自幼失恃，在我表姐家裡長大，也是跟著我那表姪開的蒙，後來年紀漸長，才跟著父親去任上的，到現在身邊服侍的也還是我表姐家的人，那孩子的人品、德行都信得過，年紀也相當。就只看他們倆有沒有緣分了。」毅老安人道。

她和裴老安人差不多的年紀，卻不像裴老安人那樣保養得像二太太的姐姐。她頭髮已經花白，用額帕包著，眼角、額頭都已經有了皺紋，一雙眼睛卻含著笑，目光慈愛。

看得出來，裴老安人和她的感情很好，聞言直白地道：「那他家裡現在是個怎樣的情形？就算那孩子再好，有個繼室的婆婆，也挺麻煩的。」

毅老安人輕聲地笑，道：「這孩子的繼母也不是別人，是你們錢家的姑娘，雖是旁支，但教養、品行都不錯。我說出來，妳說不定還認得。」

錢家是大家大族，老安人從前是宗房的姑娘，旁支家的姑娘未必都認得全。

「是哪房的姑娘？閨名叫什麼來著？」裴老安人感興趣地道。

「是你們錢家外八房的旁支，閨名叫曉娥來著。」毅老安人料著她就會這樣，笑道：「她說認識妳。這次那孩子過來，她也會陪著一道過來，想給妳問個安，也有想和裴家搭上話的意思。」

裴老安人想了又想，實在想不起娘家有這麼一個姑娘了。她歉意地道：「我這就派人回娘家問一問，免得見了面什麼也不知道。」

這就是答應了的意思。

毅老安人點頭，道：「那孩子的父親也不是糊塗人，找人來給那孩子保媒的時候就說了，除了他生母的陪嫁，他是家中的嫡長子，該是他的一分不會少。想找我們家二姑娘，就是想著以後二姑娘進了門能主持中饋，讓那孩子身邊有個照顧的人。我尋思著，是想讓那孩子回鄉讀書。」

科舉幾次不成的人多得很，不可能都住在京城裡備考。估計那家人是想讓兒子娶了二姑娘之後，留在老家讀書管事，自己帶了繼室在任上生活。

這樣也是不錯的，不用在繼婆婆面前立規矩。

郁棠正想著，和她一起在碧紗櫥後面做絹花的五小姐悄悄地湊了過來，低聲和她道：「郁姐姐，我們不告訴四姐姐。」

四小姐一直想知道和二小姐相親的是誰。

郁棠抿著嘴笑，點了點頭。

又聽毅老夫人說那男子叫「楊顏」，她尋思著不知道這個「楊顏」是不是就是她前世知道的那個「楊顏」。

前世她知道的那個楊顏，是桐廬人，他們家有片茶山，出產一種名叫「雪水雲綠」的茶葉，那茶葉形似銀劍，茸毫隱翠，湯色嫩綠，入口甘甜，是林氏的最愛，每年都會派人去楊家買茶。
她去世前，楊家的茶成了貢茶。而辦成這件事的，就是楊顏。郁棠印象非常深刻。
可見這個楊顏是個有本事的。
若是說的正是這個楊顏，郁棠覺得應該還不錯。
等裴老安人送了毅老安人去休息，她問在屋裡親自服侍茶水的計大娘：「楊公子家是不是種茶的？」
計大娘「哎喲」道：「郁小姐也知道這戶人家？」
郁棠忙道：「我是聽說他們家的茶好。」
計大娘沒有多想，笑道：「就是他們家。他們家產的茶清香甘甜，這次毅老安人過來，就帶了不少他們家的茶過來。等會我讓茶房拿些送到您屋裡，您也嘗嘗。」
一旁的五小姐道：「二姐姐的婚事還沒成，我們家就喝他們家的茶，合適嗎？」
老安人身邊的人都很喜歡有些稚氣、內向的五小姐，生怕嚇著她似的，每次她問話都會輕聲細語詳盡地回答。這次也不例外。
計大娘道：「是毅老安人拿過來的，那我們就只記得毅老安人的好就行了。若是楊家送的，我們自然不能要。」
五小姐點頭，和顧棠說悄悄話：「那家人姓『楊』，跟我大伯母娘家一個姓呢！」
郁棠一愣，不知道五小姐說這話是什麼意思，五小姐已轉移了話題，道：「郁姐姐，除了茶葉，妳還知道楊家一些別的事嗎？」

「我不知道。」郁棠不好意思地道，「我也是偶爾喝到他們家的茶，才知道楊家的。具體的，恐怕得問毅老安人了。」

「我姆媽肯定也知道。」五小姐眼珠子滴溜溜地轉，小聲道：「郁姐姐，我們問我姆媽去。」

與其說她在關心二小姐的婚事，不如說是想多知道些男方的情形，好在四小姐面前顯擺，讓四小姐著急。

郁棠莞爾，不願意陪著她胡鬧，道：「若是這門親事成了，妳想打聽，我肯定陪著妳去。可這八字還沒有一撇呢，我們這樣問來問去的，萬一不成，於二小姐臉上也無光啊！」

五小姐想想，不再堅持去打聽楊家的事了。

可她們沒打聽，顧曦卻打聽了個清楚明白。

❋

晚膳，老安人給毅老安人接風洗塵。大家用過飯後，移去了東邊的次間裡喝茶，老安人和毅老安人由二太太服侍著，和沈太太低聲說著話，幾個小輩則竊竊私語地自成一隅。

老安人那邊不知道說了什麼，毅老安人把二小姐叫了過去，四小姐立刻就跳了出來，頗有些得意洋洋地問五小姐：「妳知道二姐姐要嫁給誰家嗎？是桐廬楊家。他們家的嫡長子。」

五小姐失了先機，覺得臉上無光，小臉漲得通紅，眼神很委屈地望著郁棠，好像在說「就是妳不讓我打聽，現在可好了，四姐姐比我知道得還多了」。

郁棠撫額，正想著怎麼安慰五小姐，長輩們那邊的說話聲音突然停了下來，幾個小姐不明所以，也都跟著安靜下來，朝老安人那邊望了過去。

只見老安人神色淡淡的，抬手輕輕地喝了口茶，道：「明年九月就要除服了，遐光的親事呢，也是要仔細地想一想了。不過，妳也是知道我們家的，從太老爺那一輩就不太主張婚事全由父母包辦，怎麼也要相看一眼，看看有沒有眼緣，不然家裡多了一對怨偶，容易生事不說，還容易鬧得雞犬不寧的。所以遐光的親事，我想讓他自己挑，他要是滿意了，我這邊沒什麼不成的。」

這是在說裴宴的婚事！

幾個小輩一聽，不敢有半點響動，幾雙眼睛全都盯著幾位長輩。

毅老安人還好，笑著道：「說是這麼說，可也不能太離譜。他想娶怎樣的就娶怎樣的，妳也要過問過問才是。」

老安人嘆了口氣，要說什麼，沈太太卻突然聲音有些尖銳地道：「自古以來婚姻大事就應由父母做主，老安人怎麼能讓三老爺胡來！我可聽說了，人家黎家當初可是非常看重三老爺的，甚至主動提出兩家聯姻，三老爺卻不冷不熱的，一直沒有下聘，黎家眼看著家裡的姑娘拖不得了，這才重新給姑娘訂了門親事。你們家三老爺也太傲氣了些，就算是看不上黎家的姑娘，可黎大人對他那可是像子姪似的，連大老爺的身後事，黎大人也幫了不少忙，否則你們家長房怎麼可能有個恩蔭名額。」

郁棠和顧曦均感愕然。

老安人卻柳眉倒豎，一巴掌就拍在了榻几上，幾個瓷器都東倒西歪地發出一陣清脆的碰撞聲。「不說話沒人當妳是啞巴！我好歹是妳的長輩，有妳這樣在長輩面前出言不遜的嗎？怨我們家招待不周，妳這樣的客人，我們家接待不了。陳大娘，妳這就下山去跟沈先生說一聲，讓他明天一早來接人。」

突然出現了這樣的變故，眾人全都驚詫不已。

特別是被老安人直接出聲驅趕的沈太太，她騰地站了起來，臉紅得彷彿要滴血，嘴角翕翕，「妳、妳、妳」了半晌也沒有說出話來。

毅老安人目瞪口呆，握著身邊婆子的手，一副不知所措的樣子。

老安人卻沒有熄火的意思，冷笑道：「怎麼？難道我說得不對？我告訴妳，這裡是裴家，可不是沈家。沈家自恃讀書人，不好和妳一般見識，處處讓著妳，妳還眞把自己當根蔥了，以爲自己幹什麼都對。今天我就不容妳這脾氣，代替妳父母教訓教訓妳，告訴妳應該怎麼做人。」然後咄咄逼人地質問她：「誰告訴妳我們家遐光看不上黎姑娘了？怎麼還以訛傳訛的！我們家遐光親眼看見了，還是親耳聽到了？妳平時不是自詡是讀書人嗎？妳一個久居鄉下的婆子，是多會做人，一進官場就得了張大人和黎大人的賞識，張大人是他恩師，我們家遐光受他照顧也是應該的。可黎大人不一樣，我們家遐光受了他的恩惠，怎麼能不常去問候？

這可眞是應了那句『仁者見仁，智者見智』的話。在你們這種人心裡，我們家遐光和黎大人就是別有用心，不扯上點利益，不擔上點兒女情長，你們心裡就不痛快。自己心裡臆想還不說，還到處造謠生事。我就說，外面怎麼總在傳黎家看中了我們遐光，想我們家遐光給他們做女婿呢？原來就是妳們這些長舌婦在那裡嚼舌根。妳是不是吃飽了沒事幹了？沒事幹就先管管自家的兒子、媳婦和當家的。十幾年了，當家的不回去，妳以為外面的人說起妳，都誇妳是賢婦嗎？先把自己的事弄清楚了，再指點別人家的事！」

沈太太被老安人罵得臉上青一陣、白一陣的，驟然用衣袖擋著臉，跑了出去。

老安人卻不依不饒，高聲對陳大娘道：「妳帶人去看著她，她就是要死，也得死在沈家，死在王家，別髒了我們家的地。」

沈太太娘家姓王。

第四章

發生了這樣的事，任誰都坐不下去了。

幾個小輩在二太太的示意下像鵪鶉般地起身告辭，只留了二太太和裴老安人在屋裡安慰裴老安人。

出了正院的月亮門，五小姐驚惶地拍了拍胸口，小聲對郁棠道：「我還是第一次見到祖母發這麼大的火，嚇死我了！」

郁棠也嚇了一大跳。沒想到平時看上去慈愛和氣的裴老安人罵起人來這樣尖銳，難怪裴家上上下下都對她又敬且畏——老虎不發威，別以爲是病貓。

她溫聲安撫五小姐：「妳剛才不也說，第一次看見老安人發這麼大的火，可見老安人不是個輕易發脾氣的，她老人家發脾氣，也是因爲沈太太的話太過分了。」

四小姐好像也被嚇著了，她在旁邊聽見了郁棠和五小姐的對話，有些迫不及待地就湊了過來，悄聲問著郁棠：「那是不是我們不惹著伯祖母，伯祖母就不會發脾氣了？」

「嗯、嗯、嗯。」郁棠連連點頭，還輕輕地摸了摸四小姐的頭，輕聲笑道：「誰也不會無緣無故發脾氣啊！」

三小姐虎著張臉，原本氣沖沖地走在她們的前面，不知道什麼時候慢下了腳步，轉身就拉了四小姐的手，小聲道：「今天本來就是沈太太不對——宴叔父和黎家小姐怎麼樣了，關她什麼事？要是別人聽了她的話，肯定以爲是宴叔父不對。她這是栽贓陷害！我要是伯祖母，也要發脾氣！」說到這裡，她小小地嘆了口氣，道：「不過，伯祖母的脾氣也真大，說罵就罵，只怕沈太太不會善罷干休！」

郁棠之前被老安人的脾氣給鎮住了，還沒有仔細想過沈太太的話，此時聽三小姐這麼一說，也覺得沈太太話裡有話，的確不太妥當。

她正想著怎麼把這件事揭了過去，就聽見二小姐冷冷地「哼」了一聲，對顧曦道：「……顧及她的面子？誰又顧及我們家的面子呢？阿曦姐姐，我看沈太太不是什麼好人，妳以後也應該離她遠一點才是。」

阿曦姐姐？什麼時候二小姐已經和顧曦這樣親密了？

郁棠抬頭望去。

就見顧曦滿臉窘然地和二小姐面對面站著，顯然剛才在說什麼，結果二小姐一激動，聲音太大了，讓大家都聽見了。

「二姐姐說得對！」三小姐神色肅然地上前支持二小姐，「顧姐姐，妳人很好，可有時候好人也要分得清是非。沈太太……她這樣亂說話不好，妳還是少跟她來往的好。」

顧曦尷尬得不行。

郁棠為她解圍，伸手去拉了三小姐，道：「非禮勿視，非禮勿聽。沈太太的事，老安人和二太太、毅老安人她們自有定奪，我們就不要背著她們議論什麼了。老安人今天心情肯定不太好，我們先各自回去歇了，等會看看老安人要不要我們陪伴。若是不需要，我們今天晚上就想想明天能幹什麼，讓老安人高興高興。」

「好的！」三小姐覺得自己在背後議論沈太太了，有些不好意思地點頭，轉身牽了四小姐的手。

五小姐跑了過來，對三小姐道：「還有我、還有我。」

三小姐忙用另一隻手牽了五小姐。

二小姐這才正眼看了郁棠一眼，語氣帶著幾分恭敬地道：「郁姐姐，我們先回去了。妳和顧姐姐路上也要小心。」又叮囑顧曦：「要是顧姐姐沒有什麼事，可以來找我們或是郁姐姐玩。我記得郁姐姐那邊還有間後罩房沒有住人，雖說那地方不怎麼好，但好歹比跟那樣的人一起住著強。」

顧曦連連點頭，向二小姐道謝。

四位裴小姐一前一後地回了自己的住處。

顧曦紅著臉向郁棠道謝：「多謝妳幫我說話，不然我眞不知道該怎麼辦才好。」她說著，眼角都紅了，一副羞慚難堪的樣子。

郁棠那麼做並不是爲了顧曦，而是不想讓幾位裴小姐再議論這件事。不然傳了出去，若是不說清楚，別人會以爲是裴家仗勢欺人，但若一五一十地說清楚了，又會成了裴家的一件軼事，不如小輩們都裝不知道。因而她聞言道：「妳也是受了無妄之災，不用放在心上。」

但此時的顧曦畢竟還年少，還沒有修成前世的功夫，以爲郁棠這是在同情她，她忍不住向郁棠抱怨起來：「原來想著她是長輩，跟著她出來作客，有什麼失禮的地方她能指點我一二，誰知道會遇到這樣的事。我也不知道她是怎麼想的，就算是三老爺眞的拒絕了黎家的婚事，她也不能這麼說啊！她這麼一說，讓黎家小姐還怎麼做人？如果話傳話的，別人以爲這話是老安人說的，豈不是讓裴、黎兩家成了仇人嗎？」

郁棠神色古怪地看了顧曦一眼。

顧曦愕然。

郁棠是想到了前世，顧曦沒有發現李端對她的那些齷齪心思之前，也常這樣低聲地和她抱怨林氏。她還記得有一次，也是站在遊廊裡，丫鬟婆子遠遠地跟在她們身後，遊廊外是皚皚白雪，一枝紅梅探過來，她伸手就能摘下來。

郁棠有些恍神。

時光如同回到從前，什麼是眞，什麼是假，竟然讓她一時間有些分辨不出來。

顧曦心中卻有些不安。

就在一刻鐘前，郁棠還讓裴家的幾位小姐「非禮勿聽」，結果轉眼她就朝她吐槽起沈太太的不好來。如果郁棠接了話還好，偏偏郁棠一副不願意多說的樣子，對比之下，顯得她非常沒有教養。

她匆匆別了郁棠，回到屋子裡時臉還火辣辣的。

荷香一面服侍著她更衣，一面小聲和她商量：「我們怎麼辦？畢竟住在一個院子裡，難道還能裝著不知道不成？這個沈太太也是，成事不足，敗事有餘。若是大公子知道了她幹的這些事，還不知道怎麼後悔呢！」

顧曦腦海裡卻始終浮現著郁棠那有些淡然的面孔。

她又想到了裴家幾位小姐對郁棠的態度，特別是二小姐，她花了很多心思才和二小姐漸漸熟悉起來，二小姐也開始願意和她講裴家的一些事，郁棠卻只用了幾句話就讓從前對郁棠不太瞧得上眼的二小姐另眼相看。

難道，這就是天意？不管她怎麼做，郁棠都比她更投裴家人的眼緣？

顧曦不服氣，心裡亂糟糟的，答非所問地打斷了荷香的話，道：「那位郁小姐，可真會裝模作樣，和她說點體己話她還端著個架子。我見過矯情的人，卻沒有見過比她更矯情的人了，我看我們以後還是遠著點她的好！」

荷香滿臉困惑，不知道怎麼接話。

顧曦這才驚覺自己失言。

郁棠，什麼時候對她有這麼大的影響了？

她心裡更亂了。然後想起沈太太，臉上再也掛不住笑意，沉下臉來，吩咐荷香：「我給大公子寫封信，妳想辦法送去京城，不要驚動裴家人。至於我……就說我回來之後就傷心地吃不下飯，病倒了！」

「啊！」荷香驚呼。

顧曦厲聲道：「小點聲！妳還怕裴家的人不注意我們不成？沈太太做出了這樣的事來，我不病還能怎樣？難道還讓我去她床前侍疾不成？」

荷香不敢說話。

顧曦問：「沈太太那邊怎麼樣了？」

荷香忙道：「是陳大娘親自陪著回來的，之後陳大娘也一直在沈太太屋裡沒走。我怕把我們牽扯進去，沒敢仔細過去打聽，但那邊也沒有聽到什麼動靜。」

那老安人的話是一時氣憤呢？還是眞讓沈善言把沈太太帶走呢？

怕就怕這麼一來，沈太太覺得丟了這麼大的臉，不想活了！

顧曦心情複雜地給顧昶寫了一封信，又讓荷香背著院裡服侍的裴家僕婦燒了個手爐給她，再去二太太那邊報了生病。

二太太急急地趕了過來，問了她幾句病情，大夫過來後，二太太讓了地方，由年過六旬的老大夫把了脈，開了副尋常的柴胡湯。等裴家派人去抓了藥，顧曦歇下，二太太這才回了老安人屋裡。

老安人氣消了，恢復了從前的和顏悅色，道：「顧小姐那邊安頓好了？」

「好了！」二太太吁著長氣道，「還好只是普通的發熱，大夫也說了，是積鬱於心。我尋思著，應該是沈太太的事引起的。」

老安人冷哼了一聲，不置可否，問起了郁棠：「郁小姐那邊呢？」

「挺好的！」二太太道，「說是練了會字就歇了。」

老安人面色微霽。

* * *

歇下的郁棠雖然閉著眼睛，腦子裡卻飛快地轉著。

顧曦的話提醒了她。老安人發脾氣，肯定不是簡簡單單地因爲沈太太說錯了話。而照沈太太的話分析，黎、裴兩家的婚事沒成，應該是黎家反悔了，不然黎家也不會幫著操辦大老爺的身後事，還幫著留了個恩蔭的名額。要知道人走茶涼，恩蔭這種事，要皇上記得你，你才可能恩蔭，要是不記得你，就算你是三品大員的兒子，也要好好操作一番才可能恩蔭。這對裴家來說，也是非常榮耀的事。

但從老安人的話推算，事情好像又不是這麼簡單。大丈夫何患無妻，就算這件事是黎家反悔了，裴家也得了補償，老安人為何對沈太太的話反應這麼大？

這可不僅僅是怕壞了兩家關係的模樣！

郁棠越想越沒有頭緒，越想越睡不著，她索性披衣起床，推開了窗，透了口氣。

之前停了的雪不知道什麼時候又飄飄灑灑地落下來，在地面上薄薄地鋪了一層，在燈光下閃爍著晶瑩的光芒。刺骨的風撲面而來，讓人感覺寒冷之餘卻又帶著幾分清新。

算一算她來裴家別院已經有小半個月了，再過幾天就要回去了，不知道家裡的父母和兄嫂可好？不知道老安人的怒火明天會不會消一些？她這幾天都在和五小姐做絹花，數量不僅夠五小姐當禮物，她還可以送一些給裴家服侍的僕婦。那從明天開始，她是不是開始給兄嫂明年開春就要出生的小寶寶做幾件貼身的衣服呢？

郁棠胡亂想著，可思緒還是忍不住飄到了裴宴的身上。

裴宴那麼驕傲的一個人，若黎家真的和他退了親，他心裡肯定非常不好受。也不知道他那個時候是怎麼熬過來的？還有黎家，裴宴這個人要相貌有相貌，要才學有才學，除了脾氣略有些不好，而且這種「不好」還不是暴躁、狠戾，而是因為太聰明而表現出來的急躁，黎家怎麼會捨得放棄這樣的金龜婿呢？

郁棠怎麼也想不明白。

難道眞如沈太太所說，是裴宴不太滿意黎家小姐，然後拖著不上門提親，黎家沒有辦法了，總不好自己低頭去請裴宴娶了自家的女兒，這才重新爲自家的女兒覓了夫婿？

或者，黎家的小姐有什麼地方讓裴宴不滿意？不然老安人怎麼會說裴宴的婚事得讓他自己點頭才行？

郁棠突然覺得自己好像發現了什麼了不起的事。

肯定是這樣。因爲裴宴不答應黎家的婚事，因而黎家雖然想招裴宴爲東床快婿，可裴宴不答應，這件事就拖黃了。

這麼一想，既可以理解沈太太的話，也可以理解老安人的憤怒了。

郁棠心滿意足，關上了窗，重新鑽進了被窩裡，想著明天要不要找個機會去問問裴宴——發生了這麼大的事，裴宴肯定知道了。沈太太說話固然有些僭越，可是安撫老安人的憤怒更重要，如果能知道裴、黎兩家爲何沒能結成親家，那就更好了！

她含笑閉上眼睛，直到睡著了都還在笑。

❖

離郁棠不遠的一間內室裡，顧曦猛地坐了起來。

荷香嚇了一大跳，忙移了燈過來，拿了件夾襖裹在了顧曦的身上，低聲道：「小姐這是怎麼了？魘著了？」

大夫開的湯藥她們當然是悄悄地倒在了後面的花圃裡，只是這半夜從睡夢中驚醒的事，還只在顧曦小的時候發生過，後來大公子中了舉人，顧曦就再也沒有做過惡夢了。

顧曦搖了搖頭，聲音有些嘶啞地吩咐荷香：「我有點口渴。」

荷香去倒了一杯茶過來。

顧曦慢慢地喝了幾口，這才道：「黎家和裴家的婚事，肯定是裴遐光不願意。而且，這其中肯定還發生了什麼我們不知道的事，因爲這件事，裴家人把他婚配的事交給了他自己。」

原來是爲了這件事。

荷香倒沒想那麼多，輕聲道：「時候不早了，明天還不知道會怎麼樣呢！您還是早點歇了，也好應付明天的人和事。」

顧曦把茶盅遞給了荷香，靠在了床頭的迎枕上，卻沒有要睡的意思，道：「明天的事好辦，我會從頭到尾裝病，不會出門的。不管沈太太那邊發生什麼事，我們都不插手就是了。我是在想三老爺的事……既然他的婚事他自己能做主，沈太太做出這種事來，我也跟著羞愧難當，能不能找三老爺說說，讓他給我阿兄送封信，然後派人送我回杭州城？」

荷香立刻就明白了顧曦的意思。她眼睛一亮，悄聲道：「老安人發了那麼大的火，您畏懼老安人也是人之常情，請三老爺幫您給大公子送信，請他派人送您回家，誰也說不出什麼來。」

顧曦抿了嘴笑，道：「那就這麼說定了。我們等沈太太走了，立刻去請三老爺幫我當家做主好了。」

荷香連連頷首。她相信以他們家小姐的相貌才情，若是主動示好，沒有哪個男子能逃得過！

顧曦心滿意足地睡了。

翌日被院中的吵鬧聲給驚醒了。

她睜開眼睛，屋子裡靜悄悄的沒有一個人，更顯得沈太太那邊的喧鬧聲聲擾人心。

顧曦想了想，趿了鞋子，推開了點窗，從窗縫朝外看。

只見沈善言穿了件秋香色灰鼠皮的斗篷，臉色鐵青地站在沈太太屋外，幾個五大三粗的婆子正舉止粗俗地在搬東西。

沈太太的哭聲從那邊的內室傳出來。沈善言冷笑，道：「妳還好意思哭！我要是妳，就趕緊掩了面悄悄地從裴家後門下山，連夜趕回杭州城，再也不踏足臨安城半步。」

顧曦愕然。她沒有想到老安人說趕人就趕人，還這麼快就通知了沈善言。她以爲這件事還要等幾天，等到大家情緒都平靜一些了，沈太太主動告辭，維繫一下表面上的體面。

看樣子，老安人比她以爲的脾氣還要更急躁，幾乎到了眼裡揉不進沙子的地步了。

這下好了，沈太太面子、裡子全都沒有了。不知道沈善言回去之後會怎樣處置沈太太？她從前聽她繼母說過，沈家曾經把犯了錯的太太、奶奶們丟到寺廟裡，一住就是兩三年。不知道沈善言會不會如此？

顧曦嘆氣，心中生涼。

眞心看不下去了！她轉身回到床上躺好了，直到荷香打了熱水進來服侍她梳洗，她還是神色懨懨的，不知情的人還以爲她是眞的病了。

郁棠得到消息時沈太太已經離開了別院，雙桃還小聲地跟她說：「據說沈先生還專程去向顧小姐道了歉，還說讓顧小姐安心養病，他過幾天就派人來送顧小姐回杭州城。」

莫名地，郁棠聽了這話，心情突然開朗了很多。

她問雙桃：「老安人那邊還好吧？」

「應該挺好的。」雙桃有些不確定地笑著回答道，「那邊按往常的鐘點擺了早膳，老安人吃了半個金絲花卷，喝了半碗菌菇湯，還吃了一個紅豆沙包。計大娘說，這已經是老安人吃得好的食量了。」

郁棠知道雙桃一大早就去計大娘那裡打聽消息了，對於雙桃這麼快就能幫得上她了，很是欣慰，道：「那計大娘有沒有說老安人今天有什麼打算？」

「沒說。」雙桃道，「可沈先生來向老安人辭行的時候，老安人對沈先生感嘆了一句『你這一生，也被她耽擱了』的話。」

郁棠對此不感興趣，她道：「那三老爺今早有沒有來給老安人問安？他們可曾說起過這件事？」

「這個我沒敢打聽。」雙桃正回著話，外面傳來柳絮的聲音：「郁小姐，五小姐和四小姐過來了。」

這兩個小姑娘倒早！

郁棠忙打住了話題，笑著出了門，問兩個牽著手進了她院子的裴家小姐：「怎麼這麼早就過來了？用過早膳了沒有？」

一夜的工夫，兩個小姑娘都已經恢復了平時的恬靜，聞言齊齊喊著「郁姐姐」，道：「我們用過早膳了，想和郁姐姐一起去給老安人問安。」

從她們住的院子到她住的地方，還得繞半個正院。

郁棠笑道：「妳們怎麼跑了過來？二小姐和三小姐呢？」

五小姐道：「她們今天起床就去了叔祖母那裡，我娘又去了花廳聽婆子們稟事，我們兩個就來找妳了。」

她說這些話的時候，黑溜溜的眼睛眨也不眨地望著她，像隻怕被她拋棄的小貓崽，可愛又讓人心疼。

郁棠忙把手搭在了五小姐的肩膀上，道：「妳們這是怕老安人餘怒未消吧？我也挺害怕的。不過，三個臭皮匠還頂個諸葛亮呢，我們結伴過去好了，可以彼此壯壯膽。」

兩位小姐高興起來，嘰嘰喳喳地催著郁棠快點用早膳，大家好一起去給老安人問安。

四小姐還提出要不要邀顧曦一起去。

郁棠這才想到裴家小姐都跟裴老安人住在同一個院子裡，顧曦那邊發生了什麼事，她們可能還不知道，就把顧曦病了，沈太太被沈先生接出了別院的事告訴了兩位裴小姐。

兩位裴小姐聽後均是目瞪口呆，五小姐則擔憂又同情地道：「可憐顧姐姐，受了這樣的無妄之災，我們應該去看看她才是。」

郁棠懷疑顧曦是在裝病。前世她就這樣，有什麼事想迴避的時候就喜歡裝病。但這也是大多數內宅婦人的手段，說不上好或是不好。

她道：「那行。我們先去看她，再去給老安人問安好了。」

兩位裴小姐異口同聲地應「好」，催她去用早膳，並道：「叔祖母每天起得可早了，我們怕不快點會比她們到得晚。」

郁棠就很快用了早膳，和兩位裴小姐先去探了顧曦的病，然後才去了老安人那裡。

她們的確是來晚了一點，毅老安人和二小姐、三小姐已經到了。二太太在旁邊親自服侍兩位老安人喝茶，見到她們，瞪了五小姐一眼，聲音卻依舊溫柔地道：「妳們怎麼這麼晚才到？我剛準備讓人去叫妳們呢！」

五小姐忙道：「我們去看了看顧姐姐，她生病了。」

二太太沒有說話。

五小姐忙拉著四小姐上前去給毅老安人問了好，郁棠則在她們之後給毅老安人行了禮。

昨天毅老安人給了郁棠和顧曦見面禮之後，還沒來得及仔細和兩人說上幾句話，就發生了沈太太的事，印象裡只覺得郁棠溫婉，顧曦秀雅。今天再看郁棠，笑起來的時候眉眼舒展，眸光燦然，溫婉中竟然還透著幾分瀲灩。她不由詫異地又多看了幾眼，對裴老安人道：「昨天就覺得漂亮，老眼昏花的，也沒仔細看。今天這一看，郁小姐可真是標緻，難怪妳要留她在身邊陪著，就是這樣看上幾眼，心裡也覺得舒暢啊！」

還從來沒有人這樣誇獎過她，特別是在裴老安人面前。郁棠臉色騰地通紅，忙起身喃喃地謙遜了幾句。

裴老安人呵呵地笑，眼角、眉梢哪裡還有昨天震怒時的忿然？她神色慈愛地看了看郁棠，道：「要不怎麼說這小姑娘都像花蕾似的，讓人看了就覺得心裡舒坦呢？我看妳啊，就別整天守著妳那一畝三分地，有空的時候多出來走動走動。」又道：「三叔他老人家還在修那長生道嗎？」

裴老安人神色無奈，道：「他去了龍虎山的天一教，要不我怎麼有空出來走動！」

裴老安人「咦」了一聲，道：「那在家過年嗎？」

「說是在山上過年。」裴老安人搖頭道，「我也沒辦法。只好叮囑隨行的管事好好地照顧他了。」

「身體好就比什麼都好。」裴老安人安慰著裴老安人，「要不怎麼說他是個有福之人呢？三叔身子那樣弱，四叔也病了這幾年了。要我說，三叔下次回來，不如把四叔也帶著修修這個天一教好了。」

兩人說著家務事，幾個小輩都長長地透了口氣，彼此四目相視，都露出喜色來。之後陪坐了一會兒，就被裴老安人「嫌棄」了：「妳們小姑娘家的，也不耐煩聽我們老一輩的講古，自己去玩吧！只是今天又開始下雪了，妳們不許打雪仗，不許玩雪球，好生生地都給我待在屋裡頭，否則就不帶妳們出去了。」

眾人嘻嘻笑著福身應「是」，只有四小姐鬼機靈，道：「伯祖母，您要去哪裡？我們要是今天都乖乖地聽話，您一定要帶我們一起出門哦！」

「哎喲！」裴老安人聞言，笑著轉頭對裴老安人道：「瞧這樣子，姐妹裡就沒有誰比她伶俐的，妳這才透了個音，她就立刻知道了。」

裴老安人也笑。

大家醒悟過來，就是三小姐這樣沉穩的性子，也不由高興地和五小姐一起上前去，一左一右地抱了裴老安人的胳膊撒著嬌：「您也不能忘了我！」

「都去、都去！」裴老安人笑道，「我們去苦庵寺吃齋席去！」

苦庵寺？前世她遇害的那個庵堂！

郁棠眼前頓時浮現出苦庵寺那個燈光昏暗的大殿，還有主持師父那張愁苦的臉。

她腦中「嗡」的一聲，像有驚雷在耳邊炸響，腦子裡一片空白。

「郁姐姐、郁姐姐！」不知道過了多久，她被人搖著，耳邊傳來五小姐焦灼的聲音：「妳這是怎麼了？是不是哪裡不舒服？妳可別嚇我啊！」說著，聲音開始哽咽起來。

「快去請個大夫過來！」還沒有等她回過神來，裴老安人焦慮的聲音緊接著五小姐的聲音在她耳邊響起來：「這孩子，平時不聲不響的，我有時候就怕她在我這邊不舒服，還特意讓計大娘多看顧著她點，怎麼突然就面色煞白、兩眼發直了呢？不會是有什麼隱疾吧？快！快派了人去她家裡問一聲，但別說是病了，只說是過幾天我們要去苦庵寺住幾天，怕天氣太冷，孩子們凍出什麼毛病來，想提前知道有什麼要注意的地方，也好配些藥丸或請個醫婆帶在身邊……」

這要是派了人去她家問話，不管如何隱諱，萬一讓她姆媽察覺到什麼，豈不是要急死？

郁棠聞言忙深呼了幾口氣，又捏了捏自己的大腿，這才完全清醒過來，忙笑道：「沒事、沒事。就是突然間腹疼，疼得厲害。我、我想去趟官房……」又想著這樣說也不行，裴老安人既然懷疑她有暗疾，就得把這個懷疑去掉，不然她這樣冒冒失失地住在別人家，有個什麼三長兩短的，人家也擔不起這個責任，她又忙改口道：「要是老安人能給我請個大夫來就更好了。我怕是……是吃壞了肚子！」話說到最後，已是聲若蚊吟。

裴老安人和敍老安人都笑了起來，可以明顯看得出來鬆了一口氣。

郁棠不免心生內疚。兩位老安人都是經過大風大浪的人，如今爲她著急，七情六欲都上了臉，可見她這樣眞的是嚇著兩位老人家了。

她心有所想，眼神中不免透露出幾分來。

兩位老安人走過的橋比她吃過的鹽還多，自然看得出來，不由得雙雙對視一眼，看郁棠的目光越發地柔和了。

計大娘就和珍珠小心翼翼地把她扶到了官房外面。

郁棠不好意思地向她們道謝，等她從官房出來，大夫已經來了，診了脈，只說是脈象有力，不沉不浮，沒有任何毛病，還和兩位老安人開玩笑：「看姑娘這樣子能繞著這別院的明山湖走上兩、三圈都不帶喘氣的。老安人們就是關心則亂。剛才說不定是一時岔了氣，我瞧這脈象，連個脹氣都沒有。兩位安心好了，都可以帶小姐去爬昭明寺了。」

兩位老安人忍俊不禁，重重地賞了那老大夫。

郁棠不好意思地向兩位老安人道歉。

裴老安人她有所瞭解，沒想到敍老安人也是個豪爽的，揮了揮手道：「妳這孩子，身體不舒服，又不是妳想它不舒服，妳給它背什麼黑鍋。雖然大夫說沒事了，妳還是要歇一歇，幾個小姑娘年紀小，妳是做姐姐的，也別總是順著她們，她們要是走急了，妳慢慢地跟在後面就是了，家裡一堆的婆子丫鬟，還能讓她們走散了不成？」

這是相信了剛才大夫說的岔了氣。

郁棠心中更是不安，連聲應「是」。

五小姐滿臉心疼地上前扶了她，稚聲稚氣地道：「郁姐姐，我扶著妳慢慢走。」把郁棠的心都要說化了。

四小姐也滿臉疼惜地上前扶了她。

三小姐則小心翼翼站在她身邊，像她動一動就要摔了似的，就是向來高傲的二小姐，也面露擔心。

郁棠哭笑不得，說自己沒事她們也不相信。

還好裴老安人發話了：「既然知道妳們郁姐姐跑不得，妳們就不要到處亂竄了，今天就在屋裡讓妳們郁姐姐告訴妳們怎麼做絹花，要不，就請計大娘教妳們做女紅。」

三小姐恭敬地應了，四小姐和五小姐紛紛道：「我們跟著郁姐姐做絹花！」

裴老安人搖頭，笑嗔道：「還不快走，站在我面前讓我看著頭痛。」

幾個小姑娘拉著郁棠就往外跑，跑了兩步又立刻停下來，像怕踩死螞蟻似的走著路，還一面走，一面叮囑郁棠：「郁姐姐妳小心點！妳還好吧？要不我讓陳大娘叫頂軟轎來，把妳抬回屋去。」

「我真沒事！」郁棠心裡暖流四溢，前世那些痛苦仇恨突然間好像都變得不那麼重要了，甚至死亡前的那些冰冷，也彷彿被一層紗隔著，她能清楚地看到那些場景，那些場景卻再也沒辦法讓她感覺到疼痛徹骨。

她想起了裴宴。

說起來，她的這一生，最應該感謝的就是他了。

若不是他，她姆媽的病不會好；若不是他，她家無法輕易躲開家破人亡的慘痛結局，也不會有筆意外之財；若不是他，她也不可能來陪裴老夫人，認識這幾位心善人美的小姑娘……

他是她的貴人。

郁棠眼眶忍不住就湧出水珠來。

「妳這是怎麼了？」二小姐彆彆扭扭地安慰著她：「妳要是走不動就別逞能了。我上次陪著祖母去昭明寺的時候就是坐軟轎上的山，這也不是什麼了不起的事。」

郁棠眼裡含著淚，臉上卻帶著笑。

她溫聲道：「我真沒事。就是覺得妳們都很關心我……」

「我知道！」四小姐打斷了她的話，高聲道：「郁姐姐這是感激的！」

這小丫頭！

郁棠一下子什麼想法也沒有了。

五小姐和三小姐也哈哈地笑。

三小姐、四小姐和五小姐要去郁棠那裡學做絹花，二小姐則道：「我不去！我要去看顧姐姐！」說著，她瞪了郁棠等人一眼，道：「妳們不知道顧姐姐也病了嗎？妳們難道都不去陪陪她嗎？」

三小姐和五小姐都不好意思地衝著二小姐笑了笑，四小姐立馬辯道：「郁姐姐和顧姐姐住得那麼近，郁姐姐剛才也不舒服了，我們先把郁姐姐送回去，下午再去陪顧姐姐不行嗎？」

二小姐就有些生氣。

郁棠笑道：「那咱們先去看顧小姐好了。顧小姐是病人，需要休息，我們去陪著顧小姐說會話，然後妳們去我那裡用午膳。如果下午天氣好，我們還可以去湖邊走走。妳們覺得怎麼樣？」

二小姐臉色大霽。四小姐也拍手稱「好」。

一行人往顧曦屋裡去。

郁棠卻心不在焉地想：裴家人怎麼會知道苦庵寺？要知道，苦庵寺很小，藏在天目山的一個小山坳裡，是間庵堂，在那裡出家的全是些無家可歸的女子，甚至有些人是進了庵堂之後，無處可去，沒有辦法才開始修行的。而且還沒有什麼香火。若不是機緣巧合，她這個從小在臨安城長大的人都不知道還有一間這樣的庵堂。

即使郁棠有千萬種猜測，可此時也不是細思這些事的時候，她們很快到了顧曦住的院子。郁棠這才發現，正房那邊半敞著門扇，拿著抹布和抬著水的丫鬟進進出出的，可見沈太太確實是已經走了。

幾個人突然間就靜默下來。

來迎客的荷香臉色也有瞬間的窘然，忙低聲解釋道：「我們家小姐原本也是想和沈太太一起下山的，可一來是突然生了病，二來是沈先生親自來接沈太太的，我們家小姐怕沈先生臉上無光，不好湊上前去，只好讓我去送了送沈太太。」說完，她長長地嘆了口氣，面露擔憂地又道：「也不知道以後怎麼辦？是像從前那樣和沈太太常來常往呢？還是從此以後疏遠一點？我們家小姐倒不是嫌棄，而是怕沈太太看到了我們家小姐不自在。」

這還不是嫌棄是什麼？若是眞不嫌棄，說這些做什麼？就是躺在床上不能動彈了，也能讓丫鬟、婆子架著去送沈太太一程——沈太太不自在，不是還有沈先生嗎？同伴不丟伴。沈太太陪著顧曦來了臨安，就算沈太太有什麼不妥的地方，於情於理顧曦都應該送送沈太太。

前世郁棠看顧曦，向來佩服她明理大方，此時看來，卻不盡然。

也許是因爲前世仰視她的時候多，對著她內疚的時候多，等到她覺得自己能平視顧曦的時候，郁棠已經離開了李家，和顧曦也站到了對立面上。

郁棠有些嫌棄地暗暗撇嘴。

三小姐低垂著眼瞼，沒有吭聲。二小姐和四小姐則笑盈盈地和荷香說著話：「這也是沒有辦法的事。誰也沒有想到平時謹言愼行的沈太太會一時失控，顧姐姐也受了牽累。」又問她：「顧姐姐還好吧？吃了藥嗎？」

荷香恭謹地回著話。

五小姐卻左瞧瞧、右看看，欲言又止。

郁棠就上前牽了她的手，低聲道：「怎麼了？」

五小姐猶豫了片刻，見幾個姐姐都走在了她前面，這才悄聲道：「郁姐姐，我聽說顧姐姐受了驚嚇……可我覺得，她還是應該和沈太太一起走才好……若是我，肯定不好意思都這樣子了還住在別人家的……」說著，她臉一紅，像驚覺自己失言般語氣急促地道：「我也不是想她不要住在我們家，我就是覺得，她畢竟是和沈太太一起來的，現在沈太太肯定也很傷心，她應該去安慰安慰沈太太才是……」

郁棠聽著恨不得把這個小姑娘抱起來親一口。這小姑娘雖然還說不清楚什麼大道理，卻因爲心底純善，本能地知道什麼事能做，什麼事不能做。

「我知道。」郁棠也悄聲地和她說著話，「每個人的性子不同，處理事情的方式、方法也不同。我們先管好我們自己才是。」

五小姐眉眼帶笑地點了點頭，心情開朗地追上四小姐，挽著四小姐一起進了顧曦的屋子。

顧曦估計已經得了信，穿了件半新不舊的蔥綠色覆枝牡丹圖樣的褙子，烏黑的長髮很隨意地挽了個髻，沒有戴首飾，只在額間綁了條白色的額帕，面容憔悴，笑容苦澀，出了內室招呼她們：「妳們來了？怎麼也不派丫鬟婆子先過來說一聲，我這邊也好早些準備茶水點心。荷香，妳去把我從家裡帶來的信陽毛尖沏一壺過來，讓郁小姐和幾位妹妹也嘗嘗好喝不好喝。」

荷香笑著應聲而去。

二小姐三步併作兩步地上前去扶了顧曦，嘴裡抱怨道：「姐姐既然身子骨不舒服，就別下床招待我們了。我和郁姐姐、三位妹妹過來，原是想著妳一個人孤孤單單的，怕妳病中寂寞，胡思亂想，陪妳說說話、解解悶的。沒想到反會勞累妳要花精神招待我們。早知如此，我們就應該直接去郁姐姐那裡，讓妳好生歇著的。」

顧曦聽著就笑著看了郁棠一眼，道：「我不累。妳們不來我也是躺著。正如妳所說，還會胡思亂想。妳們來了，我這裡熱熱鬧鬧的，讓我知道幾位妹妹都沒有嫌棄我，我心裡好受多了。」

「我們怎麼會嫌棄姐姐！」四小姐立刻機敏地道，「我們心疼姐姐都還來不及呢！沈太太是沈太太，顧姐姐是顧姐姐，我們都不是那種不明是非的人，顧姐姐妳就儘管放心好了。好好休養身體最要緊。」

顧曦連連點頭，很感動的樣子。

郁棠別過臉去，不想看顧曦在那裡惺惺作態。

顧曦性子要強，她要是眞覺得有歉意，反而不會在口頭上道歉，只會私下裡想辦法幫妳。她若是覺得自己做得對，道歉、賠禮的話可以不要錢似的妳想聽多少她就說多少。

此時的顧曦，顯然並沒有覺得自己有什麼錯的。

荷香端了茶點進來。

眾人喝了茶，略吃了一塊或是兩塊點心，就開始嘰嘰喳喳地說話了。

顧曦這才知道，她們之所以這個時候才來，是因爲郁棠也病了。

二小姐還很直白地道：「要不是郁姐姐提醒，我差點就一整天都準備在妳這裡盤桓了。」

「是嗎？」顧曦說著，似笑非笑地瞥了郁棠一眼，話中有話地道：「沒想到我病了之後，郁小姐也病了。」

郁棠想讓她一拳打在棉花上，只當沒聽出來，不僅沒生氣，還笑咪咪地望著顧曦道：「是啊！我也沒有想到。」

顧曦聽著，只當郁棠在譏諷她裝病，一時沒能綳住，臉色刷地沉了下去。

五小姐和四小姐都非常意外，愣愣地望著顧曦，手足無措。

二小姐則皺了皺眉，正想說話，卻被一直不聲不響的三小姐搶在了前面：「當時豆大的汗珠從郁姐姐額頭上流下來，把我們都嚇壞了，伯祖母吩咐給郁姐姐請了大夫，還親自看了大夫的藥方才讓大夫去抓藥，也不知道現在郁姐姐好了沒有？」

她嘆著氣，好像很擔心的樣子。

顧曦和郁棠都暗中驚訝。沉穩的三小姐平日裡輕易不怎麼說話，沒想到一說話就綿裡藏針，也不知道她是有意的還是無意的？但不管是有意還是無意，顧曦這話都接不下去了。

好在還有郁棠，她笑道：「當時也就是那一會兒有些不舒服，過去了就好了。大夫不也說了沒事了嗎？」

三小姐就笑了笑，沒再說話。但屋裡的氣氛也變得有些凝滯。

郁棠就朝二小姐望去。是她要過來的，她要是沒有什麼事了，郁棠準備告辭。

她不想看顧曦在這裡裝病。

二小姐估計也有點不好意思了，對顧曦說了幾句關心的話，就起身要告辭。

郁棠巴不得，不管顧曦怎麼挽留，郁棠也沒有多留。

裴府的幾位小姐在郁棠那裡用過了午膳，二小姐也許是向來和郁棠沒有什麼話說，也許是在顧曦那裡發生的事讓她心裡不痛快，很快就藉口要午休走了，下午就三小姐、四小姐和五小姐留在她這裡做絹花玩。

郁棠就問裴家的三位小姐：「老安人爲什麼要去苦庵寺？苦庵寺裡什麼都沒有，老安人去那裡做什麼？」

四小姐聽了驚呼：「郁姐姐，等閒人家根本不知道苦庵寺，妳怎麼知道苦庵寺的？妳還知道苦庵寺沒有什麼好玩的？難道妳去過苦庵寺？」

難道苦庵寺去不得嗎？郁棠沒這印象。但她也是幾年之後的印象了。難道這個時候的苦庵寺還不接受別人的香火？

郁棠有點拿不準了。她只好道：「我只是聽說過，並沒有去過。可我想，若是這苦庵寺那麼靈，怎麼在臨安城一點名氣也沒有？可見這寺廟也沒什麼了不起的。還不如去昭明寺。至少去昭明寺我們可以爬爬山啊！」

三小姐就在旁邊笑，輕聲細語地向郁棠解釋：「苦庵寺當然沒有名氣啊！那是我們家的家廟，不接受外人香火的。伯祖母和祖母過去，也是因爲快過年了，伯祖母和我祖母要去那邊給苦庵寺捐香火錢了。」

啊！郁棠睜大了眼睛。

不對，既然是裴家的家廟，她大伯母的表姐怎麼會在苦庵寺裡？而且寺裡還有那麼多無家可歸之人？有些婦人都在寺裡住了十幾年了。當初苦庵寺收留她，不就是因爲有大伯母的表姐在那裡出家嗎？對了，苦庵寺不輕易接受外人，能進去的，都是透過寺裡的人引薦的。她當初就是大伯母的表姐引薦的啊！

她心裡亂糟糟的，好像有什麼事發生了她又抓不住，半晌才理清了一點頭緒問三小姐：「我認識的那個人，是丈夫去世，又沒有子嗣，被娘家的人強迫著嫁人，所以才跑到寺裡躲起來的……」

「妳是說寺裡都不是什麼好人是嗎？」三小姐不高興地道，「謠言止於智者。這是說我們要多讀書，多動腦子，聽到別人說什麼才能知道什麼是眞、什麼是假。苦庵寺是收留了很多無家可歸的女居士，可她們都是可憐人，是好人。我們是讀過書的人，不能因爲別人的遭遇不好、落魄了，就輕怠別人！」

郁棠苦笑。沒想到自己有一天會被一個比自己小很多的小姑娘說教。

她忙道：「我沒有看不起她們的意思。我是覺得苦庵寺既然是你們家的家廟，怎麼會又收留了像我大伯母表姐這樣的人？她們要是不願意皈依佛門怎麼辦？並不是人人都能下決心遵守三皈五戒的。」

她大伯母的表姐是在苦庵寺裡住了快十年之後，才決定皈依佛門的。

三小姐歪著頭望著郁棠，道：「她們不願意皈依佛門就不皈依唄！反正佛門居士也有很多事可以做，我們家收留那些婦人也不過是想著做點好事，幫那些需要幫助的婦人罷了！」

做點好事，幫那些需要幫助的婦人！

是這樣的嗎？

郁棠心跳得厲害。

吱吱——著
容境——繪
花嬌
看在她在人前為他辯駁，說他是面冷心熱的分上，
沒什麼他裴宴不能幫著解決的……嗯？他的婚事？
非賣品 NOT FOR SALE

前世，她也是那些需要幫助的婦人之一。

苦庵寺也幫過她。也就是說，裴家也曾經幫過她。

而她，受了裴家的恩惠卻不自知。

她突然想起她剛剛去投靠苦庵寺時大伯母表姐看她的表情，雖然充滿了同情和憐憫，可在不經意間，卻能從大伯母表姐的眼裡看到些許審視和懷疑。

從前，她一直以爲是因爲她的身分和出逃李家的大膽舉動。

可如果不是呢？

郁棠心如擂鼓，越跳越急促，越跳越響，她忍不住把手覆在了心口。不知道過了多久，她才回過神來。

可一回過神來，她就不由地苦笑。

她爲什麼會這麼想呢？就因爲今生裴三老爺對她、對他們家有很大的恩惠，她就有什麼事都聯想到裴家、裴三老爺的身上，這對大伯母的表姐太不公平了。在苦庵寺的時候，分明是大伯母的表姐照顧她、幫助她的，她怎麼能就這樣把那些功勞都歸結於裴三老爺、裴家的身上呢？

說起來，這個時候大伯母的表姐應該已經在苦庵寺裡住下了，自己應該去向她道個謝才是，若是能幫上什麼忙就更好了。這次若是能隨了裴老安人去苦庵寺，她就去見見大伯母的表姐，想辦法和大伯母的表姐說上話；若是不能，那就只有等過完年了再去趟苦庵寺。

苦庵寺雖是個傷心地，但她受老天爺垂愛，重生了，還改變了父母家人的命運，她也應該忘記從前的苦難，向前看，好好過自己的這一世才是。

郁棠深深地吸了口氣，情緒漸漸冷靜下來，把所有的精神放在了教裴家的幾位小姐做絹花上。

大家說說笑笑的，一個下午很快就過去了。

第二天，裴老安人的情緒越發好了，還和毅老安人一起去了梅林散步，約好了過兩天去苦庵寺看看。因說這話的時候郁棠和裴家的幾位小姐都在，郁棠到時候也會跟著去。

裴家的幾位小姐都非常高興，歡天喜地地回去準備衣裳和首飾，還有給苦庵寺的香火錢。

郁棠心裡想得明白，但想到會再次踏足苦庵寺，心情難免會很不自在。

五小姐看在眼裡，以爲她爲香火錢的事犯愁，還特意很委婉地告訴她：「主要是祖母和幾位叔祖母去捐香火錢啦，我們就是意思意思，每個人隨意丟幾個銀錁子就行了。祖母說，這是爲了讓我們不要忘記與人爲善。」還怕郁棠一時手裡拿不出來，道：「我去年跟著去了一次，結果只有我丟的是升官發財的銀錁子，二姐姐她們丟的都是萬事如意，我還被她們笑了一回。這次我學聰明了，事先和二姐姐她們商量好了，我們丟的香火錢都由家裡的管事統一做成萬事如意的模樣，每個人都丟三兩銀子，誰也不許與眾不同。」

郁棠感動得眼眶都溼潤了。這幾個小姑娘眞是暖人心。

她讓雙桃去拿了五兩銀子遞給五小姐的丫鬟阿珊，笑道：「那就請五小姐幫我跟府裡的管事說一聲，幫我兌五兩銀子的銀錁子。萬一遇到要賞人的情形，也不至於慌手慌腳的。」

五小姐「哎呀」一聲，高聲笑道：「我怎麼沒有想到！我這就去跟二姐姐她們說一聲，我們一起都兌五兩銀子，丟三兩銀子的香火錢，餘下的賞人，誰也不許多賞。」說完，沒等郁棠開口，就帶著自己的丫鬟跑了。

郁棠忍不住倚在門口直笑。

雙桃望著五小姐的背影也直笑，道：「小姐，要不要讓我給家裡帶個信，讓家裡做些點心帶到寺裡去？我聽裴府的小廝說，去苦庵寺要一個時辰的車程，正好讓幾位小姐嘗嘗我們家的點心好吃不好吃，以後您再進府還可以帶些過來做禮盒。」

郁棠覺得這樣很好，不僅讓人給家裡帶了信讓做點心，還讓雙桃去訂幾件粗布的僧袍，準備哪天找機會送給苦庵寺的幾位曾經幫過她的師父和居士。

雙桃奇道：「爲何不後天一塊兒帶去苦庵寺？」說完就知道自己失言了，朝著郁棠不好意思地笑。

五小姐怕她爲難，連打賞的銀錁子都要大家約了一樣，她又怎麼好出風頭似的往自己臉上貼金？

雙桃訕然地下了山。

郁棠想起前世在苦庵寺的時候。大家冬天最盼望的就是能有件厚棉襖，香火錢什麼的，主持總喜歡存著，生怕哪天沒有了香火的供應，吃不上飯了，從來不給寺裡的人添些僧服，有些人的僧服補了又補，快成百衲衣了。

這也是爲什麼她從來沒有把苦庵寺和裴府連繫到一起的緣故。

雙桃是第二天中午回來的，帶了七、八匣子陳氏做的點心不說，還帶了陳氏的口信。說是很想郁棠，問郁棠什麼時候回去，回去的時候讓人早一點帶信給她，她也好給郁棠做些好吃的。

郁棠自然是歡喜的，拉著雙桃問了半天家裡的情況。

知道家裡一切都好，今年郁博和郁文兩家還是一起過年，過年的年貨、祭品什麼的都準備好了，章家那邊的銀子也送了過去……沒什麼要她操心的了。她長長地舒了口氣，心情十分舒暢，準備帶去苦庵寺的衣飾不是淡綠就是水藍，讓人看著都覺得明快。

下午，她送了一圈點心，就是顧曦那裡也沒有落下，但顧曦那裡是派了雙桃送過去的。

到了晚上，計大娘來給她送兌好的銀錁子，並悄聲告訴她：「顧小姐的病好了，說要去廟裡還願，正巧老安人們不是要帶著幾位小姐去苦庵寺嗎？顧小姐也要去，老安人答應了。二小姐還特意讓人去跟管事說，讓把顧小姐安排和她同騾車。」

郁棠挑了挑眉。

之前雙桃去送點心時都沒有聽說她要去苦庵寺……可這也挺好，免得到時候把她和顧曦安排在了同一輛車，她可不想應酬顧曦。

她笑著向計大娘道謝。

計大娘道：「應該是我謝謝小姐才是。沒想到小姐居然記得我們家裡的人喜歡吃桂花糕，還特意送了我一匣子桂花糕。我這剛剛拿回去，就被小孫孫吃了兩塊，我家媳婦還讓我給郁小姐道謝呢！」

「妳小孫孫喜歡就好。」郁棠和計大娘又說了幾句閒話，這才送了計大娘出門。

雙桃雀躍道：「小姐，我們以後有什麼事是不是就可以找計大娘打聽了？」

「小事可以。」郁棠笑道，「大事誰都別問，看在眼裡、記在心裡就成了。」

雙桃就左右看了看，和郁棠耳語：「柳絮告訴我，她看到顧小姐在暖房那邊和大太太說了半天的話，大太太還送了顧小姐一盆蘭花。」

郁棠愣住，道：「顧小姐這幾天不是在屋裡養病嗎？」

雙桃道：「我也不知道。是我下午去給柳絮送點心的時候她告訴我的。」

郁棠苦笑。沒想到柳絮也是個人精。也許能在裴老安人跟前服侍的，就沒有一個是傻的吧？

郁棠沒有專程去打聽顧曦的事，她相信顧曦做事都是有自己的目的，只要她的這些目的不傷害她，不傷害她的家人，她就可以視若無睹。

這天她早早地睡了，凌晨寅時就起了床，梳洗打扮，沒敢喝粥，只吃了些饅頭花卷，就去了裴老安人那裡。

她以為自己是早的了，沒想到顧曦已經到了，她剛和顧曦打了個招呼，二太太帶著四小姐、五小姐也到了。大家互相寒暄了幾句，去給裴老安人問安。等毅老安人帶著二小姐、三小姐過來，眾人又上前去給毅老安人問安。等到大家分主次尊卑坐下，郁棠就看見二小姐拉著顧曦嘀咕：「不是讓妳等我們一起過來的嗎？妳怎麼自己就先過來了？」

顧曦笑道：「我不好打擾妳們祖孫天倫之樂，就在這邊等妳們了。」

二小姐沒說什麼，上上下下地打量了她幾眼，關心地問：「妳真的好了？去苦庵寺的路很不好走，妳要是覺得不舒服，可一定要告訴我。」

「好的！」顧曦笑著和她說著話，郁棠卻莫名地感覺到她有點憔悴，好像沒有睡好似的。

人到齊了，騾車就一輛輛地駛了進來。

兩位老安人一輛，二太太在車裡服侍；二小姐和三小姐、顧曦一輛，四小姐、五小姐和郁棠正好一輛，加上家裡的丫鬟婆子、小廝管事，再有贈送給寺裡的米、油等物，浩浩蕩蕩二十幾輛車，三十幾個護衛，一路下山去了苦庵寺。

苦庵寺在個小山坳裡，進去要走一段不過人肩寬的青石板路。於是眾人換了軟轎，從轎子往下看，轎夫好像隨時要踏空似的，坐得郁棠膽顫心驚的。

好在是這段路不長，他們很快到了苦庵寺。

第五章

苦庵寺門口站著形如枯木的主持，還有兩位愁苦著臉的知客。

但誰能告訴她，爲什麼兩位知客簇擁著氣宇軒昂，帶著七、八個護衛的裴宴站著？

郁棠下轎的時候差點跌倒，顧曦卻半點也不好奇地扶著二小姐下了轎。

「三叔父怎麼會在這裡？」五小姐幾個和郁棠一樣驚訝，大家紛紛朝裴老安人望去。

裴老安人和毅老安人都沒有露出驚訝之色，裴老安人更是呵呵笑道：「妳們三叔父現如今管著家，家裡的事他當然都知道啊！」

三小姐、四小姐、五小姐都睜大了眼睛，轉頭瞪向了裴宴。這其中還包括了郁棠。

裴宴卻是第一眼就看見了郁棠。

說起來，他有些日子沒有看見郁棠了。

她穿了他送給她的那件水綠織鳳尾團花的綷絲白色貂毛斗篷，毛茸茸的領子襯著她白白淨淨如初雪般的臉龐，原本就因爲黑白分明而顯得分外靈動的眸子睜得大大的，彷彿映著他的倒影，更加清亮了。

眞是女大十八變。郁小姐的眉眼慢慢長開了，更漂亮了。

他上前幾步，準備和郁棠打個招呼，但轉眼就看見顧曦走到了裴老安人的身邊，好像要去攙扶老安人似的，他眉頭幾不可見地蹙了蹙，突然決定先不和郁棠打招呼了，而是向裴老安人行了個揖禮，「母親一路奔波，身體還受得住吧？」又給毅老安人行禮，「嬸嬸！」

兩位老安人齊齊點頭。

裴老安人笑道：「我能有什麼事？倒是你，聽說昨天又發脾氣了？有什麼事慢慢來，發脾氣也沒有用，只會讓你的心情不好，只能敗壞你自己的身體。你阿爹和你阿兄都去了，你……你要是和你二兄再有個什麼三長兩短的，你準備讓我這老太婆怎麼活？」話說到這裡，裴老安人沒了笑容，眼角也泛起了水光。

「我知道了姆媽。」裴宴低聲道，上前攙了裴老安人，道：「我雖從小就很頑劣，可大事上從來沒有犯過糊塗。姆媽，妳就相信我好了。我和二兄都不會有事的。」

「但願如此。」裴老安人答著，神色間卻露出幾分倦容。

顧曦不知道什麼時候插到了裴老安人和毅老安人的中間，虛扶著裴老安人，和裴宴一左一右的，像對璧人。

毅老安人深深地看了顧曦一眼，顧曦卻沒有發現，她全部的精力都放在了裴宴的身上。

沈太太被送下了山，她差人去打聽過了，沈太太連夜就被沈先生送回了娘家，一點也沒有顧念夫妻的情分，說是要把沈太太送回王家的家廟靜修。

這和休妻有什麼區別？

顧曦不知道裴家是否知曉了這個消息，可沈善言既然這樣處罰沈太太，十之八九是在給裴家一個交代，消息應該很快就會傳到裴府來的。到時候她這個和沈太太一同來裴家作客的人也沒辦法再待在裴家了。

她的時間也就不多了。

能否給裴宴留下一個深刻的印象，就在此一舉了。

可惜，她對裴宴的瞭解太少了，想打聽一些裴宴的事也沒有什麼進展，不知道裴宴是怎樣的性格，也就不知道他對人的看法，不知道是大大方方地和裴宴打個招呼好，還是裝著受害者的樣子，在裴宴面前落幾滴委屈的淚水好？

顧曦垂著眼簾，正猶豫著，裴家的幾位小姐已上前來和裴宴打招呼。

雖是姪女，又隔著輩分，但該迴避的還是要迴避，該寡言的還是要寡言的。

裴宴微微頷首，表情顯得有些冷清地道：「兩位老安人年紀都大了，妳們跟著來寺裡玩，不要亂跑，別讓兩位老安人擔心。」

郁棠隨著裴家的幾位小姐屈膝行禮應是。

裴宴就瞍了郁棠一眼，看著好像笑容平和、眉眼淡然的樣子，這才放下了莫名其妙、不知道什麼時候高高懸起的心，暗暗地吁了口氣。

眾人和寺裡的主持師父寒暄了幾句，兩位老安人就由主持師父陪著去了供奉觀世音菩薩的大殿。

路上，裴宴不動聲色地放開了裴老安人，走在了裴老安人和毅老安人的身後，漸漸地和走在兩位老安人身後的郁棠、三小姐、四小姐、五小姐走在了一塊兒。

二小姐扶著毅老安人，不由回頭望了裴宴一眼，面露猶豫之色。

裴宴不動聲色，腳步更慢了，擋在了三小姐和四小姐之間。

四小姐不知道是怕和三小姐走散了，還是怕跟裴宴並行，悄悄地看了裴宴一眼，見裴宴好像在打量走道邊光禿禿的石榴樹，就三步併作兩步，驟然越過了裴宴，走到了三小姐的身邊，還牽了三小姐的手。

三小姐奇怪地望了她一眼。她朝著三小姐眨了眨眼睛。三小姐又飛快地睃了裴宴一眼，見裴宴並沒有注意到她們，拉著四小姐就朝前快走了幾步，緊隨在裴老安人和毅老安人身後，和裴宴拉開了距離。

裴宴看得好笑，眼角的餘光卻不由地望向郁棠和五小姐。

郁棠和五小姐都沒有看他，而是專心致志地在耳語。

他的嘴角微翹，眺望了遠處的山林一會兒，沒注意到郁棠抬眼快速地看了他一眼。

「眞的不會！」郁棠在心裡嘆息，又看了裴宴一眼，無奈地向五小姐解釋：「妳三叔父是個面冷心熱之人。妳是晚輩，而且妳自己也說，妳五歲之前從來沒有見過妳三叔父，妳怎麼判定妳三叔父這個人非常嚴厲呢？再說了，就算他爲人嚴厲，妳若是沒有做錯事，他爲何要處罰妳？妳不要道聽塗說了。妳三叔父知道了該傷心了。」

五小姐小小地吐了一下舌頭，大著膽子看了裴宴一眼，這才低聲道：「可萬一他要是……」

郁棠覺得旁人都惡化了裴宴。他明明是這樣好的一個人，卻因爲神色嚴肅就被人猜測成了壞人。

她心裡非常不舒服，斬釘截鐵地打斷了五小姐的話：「不會的！妳是相信我，還是相信那些在妳面前嚼舌根的人？」

五小姐立刻點頭如搗蒜，道：「我自然信郁姐姐。」

「那好！」郁棠沒有給她多說的機會，立刻道：「路遙知馬力，日久見人心。那妳就照著我說的試試。主動跟妳三叔父說話，主動向他問好，有人要是詆毀他，妳就立刻跳出來維護他。妳且看看，他是不是妳說的那種人！」

「嗯、嗯、嗯！」五小姐繼續點頭如搗蒜。

郁棠不知道自己越說聲音越大，當然更沒有看見裴宴嘴角止也止不住的笑意。

很快，大家就到了大殿。

主持師父親自引領兩位老安人和眾人上了香。

兩位老安人分別丟了五十兩銀子的香油錢，郁棠幾個小輩各丟了三兩的銀錁子，包括顧曦在內。

苦庵寺後面有十來畝菜園，還有竹林，每年都能收些冬筍和春筍，雖說沒有什麼外人的香火，可有了這一百多兩銀子的香油錢，足夠寺裡吃喝一年的了。何況兩位老安人還帶了些米、油過來。

兩位知客師父高高興興地和幾個居士幫著裴府的小廝們搬東西，主持師父則把他們請到了廂房喝茶。

郁棠踮腳仔細地看了看，沒有看到她大伯母的表姐。

是休息去了還是在忙別的？

郁棠想著，接過小師父的茶盤，幫著小師父分茶。

主持師父則和兩位老安人說著寺裡的事：「前幾天五房的勇老安人過來了一趟，也贈了五十兩銀子的香油錢。加上其他房頭的太太和奶奶，寺裡前前後後收了大約一百八十兩銀子的香油錢。只是去年又來了七位居士在我們寺裡長住，我們就領著大家上山挖冬筍，除給各家都送了一些，寺裡留了一些之外，還賣了三十幾兩銀子……」

這是在向兩位老安人說著寺裡發生的事。

郁棠聽得不是很仔細。主持師父還是那個主持師父，她的小氣是改不了的，寺裡的清苦也就改不了了。

但不管怎樣，苦庵寺都能給很多走投無路的婦人一個藏身之地，一個安身立命之所，她就應該感激這位主持師父多年如一日的付出。

她腦子裡全是裴宴為什麼會發脾氣？還弄得讓老安人覺得他會怒氣攻心，對身體有害。是不是發生了什麼她不知道的事？

郁棠去尋裴宴的身影。或許是因為廂房裡都是女眷，裴宴剛剛還在這裡的，這會兒不知道去了哪裡。

她低聲問五小姐：「看到妳三叔父了嗎？」

「我也沒注意。」五小姐聽主持師父說話倒十分用心，心不在焉地應付著郁棠：「要不在外面院子裡？或者是跑到哪間廂房躲起來了？天氣這麼冷，誰會傻傻地站在院子裡？妳讓人找找好了！」

郁棠哭笑不得。再看二小姐幾個，也都支著耳朵在聽。

郁棠不理解。在她看來，裴宴比這個什麼帳目重要多了。

她不由問五小姐道：「妳聽這些做什麼？妳已經開始學著管家了嗎？」

「還沒有。」五小姐悄聲道，「是我姆媽囑咐我的，說世事通明也是學問，來的時候叮囑我要仔細聽清楚寺裡都有些什麼開支，以後就算是要供奉家廟，也不能讓人隨意把我們的善心揮霍了，要做到心裡有數。」

郁棠佩服地看了二太太一眼，想著得找個機會去問問裴宴是不是遇到了什麼不喜歡的事。很快，她就有了一個機會。

用過午膳，兩位老安人決定各自歇個午覺，下午再見見在這寺裡修行的居士，看有沒有什麼能幫得上忙的？

寺裡給她們每人分別安排了一間午休的廂房。

郁棠讓雙桃去找阿茗，讓阿茗幫她通傳一聲。

雙桃很快就回來了，說一刻鐘之後，裴宴就在她們歇息的院子外面等她，讓她有什麼事可以那個時候再商量。

郁棠半晌沒有吭聲。

她乍聽到裴老安人的話，立刻就跟著亂了陣腳，不僅急著想知道裴宴遇到了什麼不好的事，還心神不寧，一看有能見裴宴的機會就派了雙桃去求見裴宴……卻沒有仔細想想，她一個若不是重生了，心智、見識都有限得很的人，憑什麼去幫助裴宴，又有什麼資格幫助裴宴？

現在冷靜下來仔細想想，她好像對裴宴的關注有點多。

郁棠只覺得通身的不自在，可心裡又有另一個聲音告訴她，他是她的大恩人，前世她能受庇護於苦庵寺，都肯定有裴宴的一份恩情在。她又怎麼能對裴宴的事無動於衷呢？

她不過是關心則亂！

對！肯定是這樣的。她關心則亂，有些失了方寸。

再就是，她也沒有處理這種事的經驗，經過了這件頗爲烏龍的事，她以後肯定能很好地控制住自己的情緒，再也不會這樣衝動了。

郁棠心裡亂糟糟的。雙桃卻滿臉困惑，低聲提醒她：「小姐，您看，您要不要換件衣裳？」

她們小姐要是不快點，等會就要失約了。

雙桃的話讓郁棠回過神來。她暗暗嘆了口氣。去見裴宴的事的確太衝動了些，但事已至此，她就算想反悔，時間上也來不及了。

那就先去見見裴宴好了。

上次他送了她斗篷，她誤會了他，還沒有來得及當面給他道歉。還有，她在裴家已經住了大半個月了，最多再待十幾天就要回去了。年底事多，她走的時候裴宴未必在府裡，她也未必能有機會和他辭行。這次見了裴宴，正好可以提前跟他道個別。再就是苦庵寺的事，裴家到底是什麼時候開始資助苦庵寺的？她也想問個明白，也不算是沒事找事了。

郁棠想著，心神這才完全平靜下來，笑著應了雙桃一聲，重新梳洗了一番，出了門。

她們歇息的院子是苦庵寺最好的院子了，院子裡不僅樹木葳蕤，而且院子外面有一大片竹林，竹林裡還放著幾個供人休息的石椅。

郁棠出了門，在門口沒有看見裴宴，但她知道，裴宴是個守信用的，說來就一定會來，說什麼時候來就一定會什麼時候來，就算是有事，也應該會派個人來知會她一聲的。

難道是在竹林裡等她？竹林也算是院子外面。

她想著，不由就朝竹林裡走去。

遠遠地，她就看見了披著一身白色斗篷的裴宴，在滿眼翠綠的竹林中，身姿玉立，肅肅如松下風，非常醒目。

郁棠心中一喜，加快了腳步，卻在距離裴宴越來越近的時候，發現原來裴宴對面還站著個人，披了件淡紫色白狐皮斗篷，梳著憧馬髻，長長的赤金步搖晃在她的頰邊，膚如雪白。

她腳步一頓。緊隨她身後的雙桃差點就撞在了她的身上。

「小……」雙桃一句話剛起了個音，就用雙手捂住了自己的嘴巴，有些驚恐地望向了郁棠。

郁棠的臉色也一下子變得非常難看，不是那種猙獰的難看，而是面無表情，雙眸卻明亮得像團火，一不小心就會炸了似的。

這、這是怎麼一回事？裴三老爺明明約了她們家小姐，怎麼會又約了顧小姐？

雙桃不知所措地踮腳眺望。

只見顧曦從衣袖裡抽出一條眞紫色繡著粉色紫荊花的帕子，輕輕地沾了沾眼角，哽咽著對裴宴道：「讓您見笑了！可我做夢也沒有想到，眞是滿腹的話也不知道對誰說好——我阿兄一直說三老爺是他見過最値得敬重的人，我、我遇到了您，沒忍住就說了出來。還請您別見外。」說完，又擦了擦眼角的水光。

那擦淚的姿態，說不出來地楚楚動人又柔情密意。

雙桃心跳得厲害。

就算她是個無知的丫鬟，可也是個女孩子，也有少艾傾慕的心思，看到顧曦這樣，她哪裡還有不明白的？

只是她想不通，顧曦怎麼會喜歡上裴三老爺？顧曦來了裴府之後，都沒有和裴三老爺說過話。

或者是，也說過話，她們不知道罷了？

雙桃在心裡猜測著，莫名地朝郁棠望去。

郁棠好像已經從剛才的震驚中走了出來，她神色如常，輕手輕腳地躲在了一叢竹子後，還拉了拉雙桃，示意她也躲一躲。

雙桃沒有多想，立刻跟著郁棠躲在了竹叢後。

裴宴和顧曦說話的聲音就聽得更清楚了。

「顧小姐客氣了。」裴宴表情冷淡，聲音平緩，聽不出喜憎，道：「敬重不敢當。令兄學識淵博，素來讓我佩服。顧小姐來家裡作客，裴府蓬蓽生輝。沈太太的事是個意外，顧小姐不必放在心上。不管是我母親還是我，都不可能因此而責怪顧小姐。顧小姐不用自責。」

「話雖如此。」顧曦苦笑，道：「我聽說沈先生親自來給您賠不是，我心裡還是很難過的。要是我再機靈一些，當時肯定就攔住了沈太太，老安人也不必這樣生氣，沈先生也不必這樣傷心了。說來說去，都是我沒有處理好當時的事情，我除了要給老安人賠不是，無論如何也得給您賠個不是，是我拖累了大家。」說完，她恭恭敬敬地給裴宴行了個福禮。

裴宴站在那裡受了她的禮，說出來的話卻讓顧曦心裡一陣發寒：「顧小姐，這件事妳已經反覆說了好幾遍了。我想，沈太太的事誰也不願意，沈先生更是視爲平生之恥，顧小姐是不是也應該選擇把這件事甩到腦後，以後再也不要提起？我覺得，這才是正確的處理方法。而不是應該又是找我說，又是找我母親說，這和沈太太的做法又有什麼不同？」

「啊！」顧曦呆呆地望著裴宴，眼睛睜得大大的，彷彿不會眨眼睛似的。

郁棠強忍著才沒有笑出聲來。她緊抿著嘴，心裡像喝了蜜一樣甜，像有小鳥在唱歌一樣歡暢。

哼，顧曦終於踢到鐵板了。從前，她用這樣的手段不知道討了多少好，如今終於有一次不管用了。

雖然只是一次，但也足夠讓郁棠覺得歡天喜地的了。

她看裴宴就更順眼了，更是英俊瀟脫了。

「顧小姐，若是沒有其他的事，就請您先回去吧！」裴宴毫無憐香惜玉之心，直白地道，「您這樣跑出來，我相信您身邊服侍的應該都很著急。也快到我和別人約好的時候了，不太方便繼續和顧小姐說什麼。若是顧小姐還有什麼委屈，不妨去跟我母親說說，她是個心善之人，肯定很願意給顧小姐解決燃眉之急的。我這裡就不留顧小姐了。」

顧曦落荒而逃。

郁棠心情大好，都想咧了嘴笑了，誰知道裴宴一轉身，衝著郁棠藏身的竹叢厲聲道：「郁小姐，妳看夠了沒有？如果看夠了，那就出來好了。我忙得很，妳要是沒有什麼事，我就先回去了。」

郁棠訕訕然，覺得自己的待遇比顧曦也好不到哪裡去。可她臉皮厚啊，被裴宴不知道說過幾次了，何況偷聽人說話原本就是她不對。

她滿臉通紅地走了出來，強辯道：「我也不是故意的。我來的時候就看見你們在說話，我總不能就這樣過來吧？人家顧小姐看見了我多尷尬啊！我這不是怕你……」

「還狡辯！」裴宴毫不客氣地揭穿了她，道：「既然怕人家顧小姐尷尬，為何走動的時候不發出點響動？」說完，也不想和她再繼續糾結這個問題，問道：「妳找我有什麼事？可是李家又鬧出什麼夭蛾子來了？快過年了，京城那邊我還沒空過問，妳且等等，保證讓妳如願以償就是了。」

郁棠現在不太關心這個問題了，她道：「顧小姐是什麼時候來的？你們怎麼會碰到的？」

裴宴鄙視地看了她一眼，根本不想回答她，而是又問了一遍：「妳找我什麼事？」

郁棠「哦」了一聲，忙將自己擔心他是否遇到了什麼為難的事說了出來，又問最近裴家可還太平，有沒有什麼她能幫得上忙的？

裴宴上上下下打量了郁棠幾眼，那眼神，明晃晃地是在輕視她，問她能幫得上他什麼忙。

郁棠氣壞了，道：「三個臭皮匠還頂個諸葛亮呢！你這樣目中無人，小心失道者寡助！」

裴宴冷哼了一聲，道：「我忙著瓜分李家的家業，這算不算是件事？這不都是妳惹出來的事嗎？是誰要扳倒李家？是誰告訴我李意受賄的？是誰在旁邊幸災樂禍看熱鬧的？我既然動了手，不把人按死在河裡，難道還等著他回過頭來給裴家找麻煩不成？」

有這麼嚴重嗎？郁棠緊張道：「大家鄉里鄉親的，你要是分了李家的產業，讓別人怎麼說啊！」

李家從前算計別人的時候，都是在背後做手腳，裴宴不會自己跳出來和李家對著幹吧？

裴宴氣得直瞪眼。

他是這麼蠢的人嗎？這個郁小姐，到底是聰明還是傻？

「我覺得從現在開始，妳應該多讀點書！」裴宴說完，把郁棠丟在了竹林裡，揚長而去。

郁棠氣得直跺腳，在他身後喊道：「我還有事要問您，您別急著走啊！」

裴宴估計是不相信，頭也沒回。

郁棠只好追了上去。

竹林外，有紫色衣角一閃而過。

郁棠只追了一小段路就追上了裴宴。當然，這不是說郁棠跑得快，而是裴宴在前面等著她。

「我還有話問您呢！」郁棠喘著氣，不高興地道：「您怎麼不搭理人啊！」

裴宴用一種「妳是白癡」的目光看了她一眼，連說話的興趣都沒有了。

他們明明站在下風處，顧小姐身上的那種香味一陣陣隨風往他的鼻子裡直沖，郁棠居然一點反應都沒有……這還是個女孩子嗎？女孩子不是應該對香味都非常地敏銳嗎？

裴宴道：「妳還有什麼要問我的？」

郁棠道：「苦庵寺……是什麼時候開始受到裴家資助的？以後裴家還會繼續資助她們嗎？」

裴家的女眷都很喜歡做所謂的「善事」，據說做這種「善事」是很容易吸引其他人加入的，甚至是可以鼓動其他人的。裴宴猜郁棠也是如此。他道：「五年前，家父無意間發現了這間庵堂，裡面有兩個尼姑帶著七、八個無家可歸的居士，覺得她們挺可憐的，就開始資助她們。幫她們重新修了大殿和配殿，還把周圍二十幾畝地和兩個山頭都買下來送給了寺裡，讓寺裡的尼姑、居士能夠吃得飽飯、穿得暖衣。至於說以後，肯定也是要繼續資助她們的。這畢竟是件好事。」說完，他奇怪地道：「妳問這個做什麼？妳可是有什麼打算？」

「沒有、沒有。」郁棠連連擺手，訕訕然地道：「我就是問問。我就是看著寺裡的人都很清苦，也都很可憐，怕你們家覺得資助這樣的寺廟沒有什麼意義，所以特意來問一聲。」

「怎麼會沒有意義呢？」裴宴聞言皺了皺眉，不悅道：「妳是不是聽誰說了什麼？妳既然說這寺裡的尼姑和居士很可憐，想必也覺得她們生活很不易吧？在這一點上，我倒和我父親想的一樣——女子已經很不容易了，若是所遇非人，就更可憐了。我們能幫她們一點就幫一點。妳不必擔心我們裴家會不資助苦庵寺的。除非寺裡的人不稀罕裴家的資助，開始藏汙納垢了，否則只要我活著一天，就會資助這苦庵寺一天。」

也就是說，前世的她的確是得到了裴家，得到了裴宴的庇護的。

郁棠一時間百感交集。

原來，前世的她能活到花信之年，是因爲曾經受到過很多她不知道的恩惠，得到過很多她不曾知道的幫助。

「謝謝！」郁棠喃喃地道，眼眶有些溼潤，心情更是洶湧澎湃，不能自已。

她生怕自己會在裴宴面前落下淚來，朝著裴宴屈膝行了個福禮，就帶著雙桃匆匆地跑了。

裴宴摸不著頭腦，站在那裡半晌也想不出頭緒來，他乾脆叫來了裴滿，「你去查查，郁家是不是有什麼人在苦庵寺出家或是做了居士？」

裴滿應聲而去。

有小廝拿了封信跑了過來，氣喘吁吁地稟道：「三老爺，京城顧家六爺的信。」在外面，大家都稱顧昶為顧家六爺。

裴宴心不在焉地拆了信，快速地看了幾眼後，就忍不住冷笑了幾聲，問不知道什麼時候又在身邊冒了出來的阿茗：「老安人在哪裡？你去幫我通稟一聲，我要去見老安人。」

誰知道阿茗道：「三老爺，楊家來人了，老安人和毅老安人正陪著楊家的人說話。」說完，他又半是好奇、半是提醒地道：「三老爺，您要見楊家的人嗎？顏公子也跟著一道過來了，我聽他們家的管事說，顏公子很想見您一面呢！」

楊家是想藉著裴家賣茶葉吧？

不過，楊顏是個有腦子的，想借裴家高枝的人不少，他若能借得上力，等他和二小姐成了親，借一借也無妨。

裴宴道：「那就領他過來給我瞧瞧。」

阿茗應聲而去。

❖

二小姐卻神色緊張地坐在茶房裡，聽著四小姐和三小姐、五小姐說話：「楊家婆子都戴著金飾，看著也挺和善的，我覺得他們家的人應該也不錯。」

三小姐也道：「那媒婆我看也不是那種精明外露的，可見和楊家打交道的人也都是厚道人家，他們家應該家風也挺不錯的。」

五小姐卻不以爲然，道：「這種事還是要再看看。我祖母說了，看人是一回事，還得仔細打聽打聽。橫豎是知根知底的，叔祖母也不會隨意就把二姐姐嫁了的。」

「這話說得也有道理。」三小姐正色道，「妳看大姐姐，沒嫁的時候多好，可嫁了之後剛剛生了個女兒，婆婆就不樂意了。誰家不是盼著長女先出生，好湊個『好』字？可見大姐姐還是遇到了個不好的。可妳看大姐姐，把大姐夫捏在手裡，她婆婆還不是只能乾著急。我覺得，嫁給怎樣的人家不要緊，要緊的是丈夫要和自己一條心，不然就是家風再好也沒用。」

「家風好總歸要好一點吧？」四小姐猶豫道，「不然來來往往都是打秋風的親戚，愁也能把人愁死。」

沒有了長輩在場，三個小姑娘想說什麼就說什麼，一點顧忌都沒有了，聽得原本心裡就不踏實的二小姐更是煩躁不安，低聲喝斥道：「都是些沒出閣的小姐，說什麼胡話呢？要不要讓我派人學給伯祖母聽聽？」

幾個小姑娘低眉順眼，不敢再說半句話。

對未來很是恐懼的二小姐依舊不安，她揚聲叫了丫鬟進來，問起了顧曦的行蹤：「剛才還在這裡的，怎麼一眨眼就不見了？」

那小丫鬟還沒有回答，裴家幾位小姐的耳邊就響起了顧曦那帶著幾分甜美的聲音：「我這不是剛去了趟官房嗎？怎麼？可是出了什麼事？」

「沒有什麼事！」二小姐看見顧曦，頓時鬆了口氣，幾步上前拉了顧曦的手，低聲道：「顧姐姐，妳之前跟我說，自己的事要掌握在自己手裡，自己軟弱了，就算是父兄再好，也一樣會被人欺負。自己剛強了，就算是娘家沒有一個人，也一樣能在婆家過得很好。是眞的嗎？」

「當然是眞的。」顧曦笑道，看二小姐的目光炯炯有神，堅定無比，「女人想過什麼樣的日子，是要靠自己經營的。」

因而她沒能跟裴宴搭上話，郁棠卻走在了她的前面，也是這個道理吧？

顧曦繼續道：「這是我母親生前說過的話，我覺得很有道理，時時刻刻記在心中，希望有一天能過上自己想要的日子。」

「顧姐姐妳眞行！」幾位裴小姐紛紛讚道。

顧曦卻笑道：「我是去官房了，郁小姐去了哪裡？怎麼沒有看見她？」

五小姐搶先笑著答道：「郁姐姐有事去見三叔父了，她應該快要回來了。」

顧曦一愣。郁棠去見裴宴，原來大家都知道……她還以爲只有她一個人知道呢！

顧曦的笑容有些勉強，道：「是嗎？不知道她有什麼事非得找三老爺？找老安人不行嗎？」

五小姐道：「我也不知道。陳大娘告訴我們來客人了，讓我們不要隨意走動後，我們去約郁姐姐到茶房裡來喝茶時，郁姐姐身邊的柳絮告訴我的，說郁姐姐有事出去找三叔父了。應該是很要緊的事吧？不然郁姐姐她肯定會找祖母的。要不就是寺裡突然來了客人，她不好找老安人，就去找了三叔父。」

半點也沒有懷疑郁棠別有用心。

顧曦在心裡冷笑，想到裴宴說她的那些話，就像被人狠狠地搧了一耳光。

她長這麼大，還從來沒有受過這樣的侮辱。要不是她心志堅強，不死心地又返回去，想拉著裴宴問個究竟，她還不知道郁棠也去找裴宴了，而且裴宴對她和對郁棠完全是兩個態度。

那郁棠有什麼好，值得他那樣輕聲細語的？不過是仗著自己有幾分姿色，在那裡搔首弄姿罷了。

裴宴看得上這種人，可見他也不是個什麼好東西。

顧曦想著，心裡終於好受了一些，但還是忍不住對五小姐笑道：「妳說得也有道理。等會郁小姐回來了，我得問問她到底遇到了什麼事——」

只是她的話還沒有說完，郁棠就出現在了茶房的門口，打斷了顧曦的話：「顧小姐要問我什麼？」

「郁姐姐！」三小姐、四小姐和五小姐都高興地道：「我們還怕妳來晚了。等會楊公子會來給兩位老安人請安。」

言下之意，她若是來晚了，就看不到楊公子了。

郁棠不禁抿了嘴笑。

二小姐卻有些惱怒，對三個妹妹嗔道：「妳們能不能少說兩句！有什麼好看的？人家郁小姐不是有事嗎？妳們以爲人人都和妳們一樣閒？」

三個小姑娘嘻嘻地笑，並不和二小姐頂嘴。

郁棠卻有點瞧不上顧曦的當面一套、背後一套，想著她會不會又像前世那樣，常常在眾人面前挖了坑讓她跳——她很喜歡裴家的幾位小姐，不想裴家的幾位小姐誤會她。

「顧小姐要問什麼？」她笑道，「我聽了個半頭話，也不知道顧小姐到底要問什麼？」

顧曦暗生不悅。她能感覺得出來，從前的郁棠有點避著她，現在的郁棠卻是一副不依不饒的模樣，彷彿她突然間就有了和她對抗的勇氣和底氣似的。而她這些勇氣和底氣是誰給的，已不言而喻。

顧曦向來瞧不起這樣的女子。

她挑了挑眉，若有所指地笑道：「我們剛剛在說郁小姐怎麼沒到，原來郁小姐是去找三老爺了。我們就在猜，有什麼事郁小姐非得要去找三老爺，連老安人都解決不了嗎？」

郁棠在心裡「嘖嘖」了兩聲。

又是這樣的手段，總喜歡把人架在火爐上烤，好像剛才在竹林裡的那個人不是她似的。

郁棠笑著朝顧曦挑了挑眉，卻對五小姐道：「怎麼一眨眼的工夫，楊家的人就到了？不是說讓我們先各自回屋睡個午覺嗎？我以爲時間還早，尋思著我回來後還能重新換件衣服再過來，沒想到楊家的人來得這麼快，我聽到消息，半道就折了過來。我們等會不用跟楊公子見禮吧？」她問裴家的幾位小姐，語氣中帶著幾分緊張，「我還是第一次遇到這樣的場合，心裡不怎麼有譜。」

裴家的幾位小姐立刻被她給帶歪了。

三小姐立刻安慰她道：「不用、不用。郁姐姐妳不要擔心。我們跑到這裡來喝茶，都是因爲要陪著二姐姐，陳大娘睜一隻眼、閉一隻眼的。但不可能讓我們見外客的。」

四小姐則好奇地問：「郁姐姐從來沒有遇過這樣的事嗎？」

「也不算是沒有遇過。」郁棠笑道，「只是沒有遇過像楊公子這樣的。我身邊的小姐妹們相看，或是約在廟裡，或是約在哪戶相熟的人家，我們會裝著在那裡賞花或是做繡活，男方從旁邊走過，大家彼此看一眼。我們都會在旁邊陪著的。」

五小姐立刻道：「這樣相看比我們家的有意思。我們家這邊相看，我們都是不出面的，等楊公子來了，只需要二姐姐端茶水進去敬長輩就行了。所以我們才會全都躲在這裡啊！」說完，還掩著嘴笑了起來。

三小姐和四小姐也跟著抿了嘴笑。

二小姐羞得滿臉通紅，嗔怒道：「讓妳們坐在這裡喝茶還堵不住妳們的嘴？」倒也沒有阻止五小姐向郁棠解釋裴家的規矩，是個典型的「刀子嘴，豆腐心」。

郁棠莞爾，見自己掌握了說話的節奏，這才笑咪咪地回頭，回答剛才顧曦質問般的問題：「顧小姐剛才是關心我爲何去見三老爺嗎？我瞧著苦庵寺的居士們各有各的困苦，裴家又一直資助著苦庵寺，想著授之以魚不如授之以漁，就想商量著看能不能幫寺裡的居士們找點事做。一來是免得她們日常所需全都依靠寺裡，時間長了，怕有人斗米恩、升米仇，裴家做了好事不僅沒有好名聲，反而還落下抱怨；二來是她們有事做了，要爲一日三餐忙碌，就沒空整天胡思亂想的，也就不會要死要活了——若是寺裡惹上了是非，總歸是對裴家的聲譽不好。」

這件事，是她在回來的路上想的。

她跑去追問裴宴的時候還沒有想起來，回來的路上卻想起一件事來。

三年之後，有個在苦庵寺修行的居士喝砒霜死了，把那居士趕出家門的丈夫卻連同居士的娘家人來寺裡鬧，說是寺裡逼死了居士。當時這件事在臨安城動靜還挺大的，很多臨安城的人就是因爲這件事才知道原來天目山山腳下還有間苦庵寺，知道苦庵寺會收留無家可歸的婦人。

雖然最後這件事是以那位居士的丈夫和娘家人被官府判了刑作結，可說起來畢竟不是什麼好事。

她猜想，會不會因爲這件事，裴家才一直沒有在明面上庇護苦庵寺？

再就是，大家知道苦庵寺做的善事之後，很多家境貧困的婦人都佯裝被丈夫或是兒子虐待的樣子，跑到苦庵寺來蹭飯吃，差點吃空了苦庵寺。

後來苦庵寺就關寺了。沒有相熟的人引薦，寺裡不再隨便收留女眷。

爲了避免做善事卻被無良之人占便宜，郁棠覺得還是應該像前世苦庵寺後期那樣的做法，讓苦庵寺的人早點過上自給自足的生活。

三小姐一聽就滿臉讚賞，高聲道：「郁姐姐這個主意好。誰也不願意吃嗟來之食，做點事換取自己的吃食，更有尊嚴。」

郁棠聽了嘴角直抽。

並不是所有人都有這樣的骨氣的！當初苦庵寺很是亂了一段時間，甚至被人批評是沽名釣譽，是想和昭明寺一爭高低。

但她並不想破壞三小姐的純善之心。

她笑道：「就是不知道給廟裡的這些師父找些什麼營生好？我想來想去，這件事還是得問問三老爺，就讓雙桃去稟了三老爺。三老爺不僅答應了見我，還早早就等在我們門外的竹林裡。誰知道我到了竹林後卻像是鬼打牆似的，聽見裡面有人說話，就是找不到說話的人。在竹林裡兜兜轉轉了半天，好不容易才找到三老爺。」說完，她這才正色地望著顧曦，「早知道這樣，我就約三老爺在其他地方見面了。那竹林，東邊的人看不到西邊，西邊的人看不到東邊，躲迷藏倒是個十分好的地方，說話卻沒有個遮擋，不適宜說話。」

顧曦頓時臉色煞白。

難道郁棠聽到了她和三老爺的對話？如果是這樣……

顧曦覺得自己的臉都丟到海裡去了。

她以後還怎麼立足於世？

可多年的行事作派卻告訴她，這件事不可能就這樣完了，她應該裝做不知道的樣子，試探一下郁棠的口風。若是她真的聽見了，得知道她到底聽到了多少。她現在說這話是什麼意思？只是單純地對她不滿，還是想藉此告誡她什麼？

顧曦很快就冷靜了下來，笑道：「那地方的確不是說話的好地方。不過，郁小姐也把自己說得太無能了，巴掌大的地方都分不清東南西北，以後可怎麼主持一府的中饋？郁小姐這是在謙虛吧！」

她裝作什麼都沒有發生的樣子。

郁棠在心裡冷笑。現在掌握話語權的是她，顧曦還這麼囂張，她不介意給顧曦樹上幾個敵人。

「是嗎？」她笑道，「我倒不知道迷路和主持中饋有什麼關係？不過，再仔細想想，顧小姐說得也有道理，連路都看不清楚，的確是個大問題。好在我家小門小戶的，難得見到這樣大的一片竹林，想必沒有什麼關係。」

三小姐、四小姐和五小姐不由得面面相覷。

剛才大家還說得好好的，怎麼轉眼之間郁小姐就和顧小姐對上了？特別是顧小姐，向來都是落落大方、不卑不亢地，可此時雖然臉上依舊是一派從容優雅，骨子裡卻透露出心虛和不自在，好像做錯了什麼事被郁小姐碰見了，沒有了底氣。

而郁小姐呢？之前都表現得很是溫和無害，甚至是息事寧人、迴避爭執的樣子，結果剛才也像變了個人似的，說話綿裡藏針，柔中帶著剛了。

是什麼事能讓顧小姐這樣心虛？又是什麼事讓郁小姐與往日大不相同了？

三個小姑娘妳看看我、我看看妳，突然間都不知道怎麼辦好。

二小姐這些日子在顧曦的有意結交之下，視顧曦如姐妹，自然容不得郁棠這樣針對顧曦。她顧不得今天是她相看的日子，上前幾步挽了顧曦的胳膊，站到了郁棠的對立面，道：「郁小姐，今天是三妹妹親自沏的茶，說是六安那邊送來的瓜片，我們還擺了妳送給我們的點心，妳剛剛趕過來，想必也渴了，和我們坐下來一起喝杯茶吧！」

郁棠無意破壞二小姐相看夫婿的大事，笑著放過了顧曦，和四小姐、五小姐坐在了一塊。

顧曦也不敢深究，怕郁棠再說出些什麼不應該說的話來。她也和二小姐坐在了一起，並很有心機地向二小姐道了一聲謝，悄聲道：「怕是我說她不知道主持中饋的事得罪了她，累得妳給我解圍，不好意思。」

因現在不是說話的時候，二小姐善意地朝她笑了笑，搖了搖頭。

那邊三小姐幾個互相交換了一個眼神，也裝作什麼事都沒有發生的樣子，由三小姐開口，繼續說起幫苦庵寺的居士們找個營生的事來：「郁姐姐，妳是想教那些人做絹花嗎？我們都可以幫忙。」

四小姐在旁邊連連點頭，道：「我也可以幫忙。我姆媽有家胭脂水粉鋪子，我可以跟我姆媽說說，幫她們在胭脂水粉鋪子裡賣。」

五小姐想了又想，苦惱地道：「我姆媽沒有陪嫁的胭脂水粉鋪子，不過有很好的幾個田莊，但都在北方。要不……要不我就幫著那些人做絹花好了。我現在做的絹花可好看了。我姆媽前些日子都誇了我。給我外家送年節禮的時候，把我給外祖母、舅母、表姐、表妹做的絹花也一併送了過去。」

都是心地善良的小姑娘！

郁棠笑了笑，狡黠地道：「做絹花恐怕不合適。這裡畢竟是庵堂。」

裴家的幾位小姐俱是一愣，就連顧曦，也詫異地望向了郁棠。

郁棠這才慢悠悠地道：「庵堂，當然是做香賣最合適啦！」

五小姐立刻叫起來，道：「郁姐姐說的是顧姐姐做的那種香嗎？」

大家又朝顧曦望去。

顧曦每次做香都要焚香沐浴，說起做的香來，不是用三年前埋在百年老梅樹下的無根水做的，就是用秋季初開的桂花，不僅文雅，彷彿還是件非常神聖之事。讓她得到了不少的讚譽。包括這次在裴府小住，大家都得了她做的香，知道她非常會製香。

郁棠既然想要給她點教訓，自然就要從她最得意之事入手。

顧曦此刻也的確有點得意。

郁棠這女人到底是小門小戶出身，沒什麼見識。想做好事，卻搭了個架子讓她去唱戲——若是她出面來告訴那些居士如何製香，別人說起來，關她郁棠什麼事？背後支持的是裴家，幫著出力的是她顧曦。

郁棠，也就給她們作作嫁衣裳罷了。

顧曦不由微微地笑，笑容謙遜而溫和。

越是這個時候，她就會表現得越低調沉穩，讓人覺得她值得信任，沉得住氣，是個能幹大事的人。

這才是正確的態度。

郁棠也在笑。

她就知道，她這麼說的時候，大家都會以爲她是想請顧曦出面主事。這樣一來，她出的主意，卻讓顧曦得了賢名，她心眼未免太實誠了一些。若是裴家的幾位小姐都是得過且過、隨波逐流的人也就罷了，她吃了虧，別人可能還會覺得是她太傻。但幾位裴小姐都是正直純良之人，肯定不會就這樣輕易地把她的功勞給抹殺掉的。

說起來，這些她還是從前仔細觀察顧曦舉動的時候發現的。她是跟著顧曦學的。

果然，顧曦聽到這個消息後，按捺不住心中的驚喜，故作姿態地保持著沉默，就等著別人把她推上前去，她再謙虛幾句，好接手主持這件事。

裴家的幾位小姐卻不約而同地睜大了眼睛。等到裴家幾位小姐的目光都落在了顧曦身上，顧曦又小小地迴避了一下郁棠的眼神之後，郁棠心裡就笑得更歡快了，不緊不慢地道：「怎麼好意思麻煩顧小姐？我從前跟著我父親讀書的時候，看到過幾張製佛香的古方，只是我從前對這些都沒有什麼興趣，也就沒有多留意。這次突然想起來，我就想，能不能根據那幾張製佛香的古方，我們把佛香研究出來，再教寺裡的尼姑和居士做起來？既可以更好地改善寺中諸人的嚼用，還可以讓她們在修行閒暇之餘有打發時間的事可做。」

郁棠的話音未落，顧曦和裴家的小姐們都傻了眼。

五小姐更是跳了起來，道：「郁姐姐，妳那個製香的配方靠不靠譜？我外祖父說了，很多有學問的鴻儒，學識可以和眾人分享，私家菜譜卻從不隨意示人。萬一那幾張古方只是那寫書之人隨意寫出來的呢？」

四小姐卻想得完全不一樣，可說話也和五小姐一樣直接，道：「郁姐姐，妳從前製過這種香嗎？要是萬一製不好呢？豈不是又浪費人力又浪費物力。顧姐姐好歹自己做過香，她肯定有經驗，我看我們不如託付顧姐姐幫忙教那些尼姑、居士做香好了。何必這麼麻煩？」

三小姐皺著眉頭。她覺得若眞是這樣，郁棠的心胸就有點小。

郁棠看得分明，只是沒等反駁，二小姐已經跳了出來，眞誠地道：「郁小姐，我看這件事還是由妳和顧姐姐一起主持吧——顧姐姐負責教那些尼姑、居士製佛香，郁小姐負責向兩位老安人說明，大家商量著看看怎麼賣佛香才好。酒好也怕巷子深，指望著苦庵寺自己賣佛香，只怕是養活不了她們自己的，光我們家恐怕也用不了這麼多的佛香。」

郁棠莞爾。

她是眞心很喜歡裴府的幾位小姐。就算二小姐偏向顧曦，也會講道理。

可惜了，她針對的是顧曦，就不會讓顧曦跑了。

「不是我不想讓顧小姐幫忙。」郁棠故意做出一副爲難的樣子，「妳們可知道我爲何覺得讓顧小姐教苦庵寺裡的人製香不太好？」

裴家的幾位小姐紛紛搖頭，顧曦也側耳傾聽，一副要抓住她把柄的模樣。

郁棠道：「顧小姐製的香的確是好聞，我也曾經得到過顧小姐的饋贈，知道顧小姐擅長製香。不過，顧小姐製的香畢竟是閨中之戲，流落在外原本就不好，若是教給寺裡的尼姑、居士大量製作……我心中總覺得有些不安。不如我們重新找個香方，或者是由顧小姐另外提供一張合適的香方，我們這邊卻要保守祕密，誰也不准說出去。」

如果是無名的善事，還做什麼善事?!

顧曦直覺就想反對，好在是話到了嘴邊，她猛然醒悟，沒有說出來。

而裴家的幾位小姐聽了郁棠的顧忌之後，個個都點著頭，就是不怎麼喜歡郁棠的二小姐也有些不好意思地道：「還是郁小姐比我們都沉穩，這種事的確不能讓顧姐姐擔了名聲。」

顧曦氣得不得了，可又說不出反駁郁棠的話來，看郁棠的目光都變得銳利起來，並在心裡琢磨著，要是郁棠眞的讓她出力卻不揚名，她無論如何都得找個藉口推了這件事，讓郁棠和裴家的人自己忙活去，讓她們也知道做善事不是那麼容易的。

郁棠看著顧曦生氣的樣子就心底暗暗高興，抿著嘴笑了笑，然後落落大方朗聲道：「多謝二小姐誇獎。不過，我畢竟年紀太小，這麼大的事，還是要與長輩商量才是。我覺得，我們是不是先去跟二太太說一聲，看二太太覺得是否可行？」

裴家的幾位小姐聽了雖然先是一愣，但隨後就發出一陣歡呼聲，七嘴八舌地表示這件事就應該這麼做。

有好心是好事，可好心未必會辦好事。

郁家的幾位小姐開始熱鬧地討論起這件事可行不可行來。這個問郁棠古香方靠不靠譜，那個問製香的材料好不好買，還有問府裡派誰去管苦庵寺好……事情都還不知道可行不可行，才一會兒幾個人就已經開始想苦庵寺的佛香風靡臨安城，讓杭州的人都聞名而來了。

顧曦皮笑肉不笑地坐在那裡，沒有參與討論，作壁上觀。

郁棠卻樂不可支。

她就算是讀書的時候從書裡讀到了香方，也不可能注意，她從小就不喜歡這些。她等會要寫給裴家女眷的香方，是五年之後顧曦爲給昭明寺籌善款而獻出來的。

昭明寺的香火那麼好，那次顧曦籌到的一千兩善款不過是錦上添花，想必她拿出來給了更需要的苦庵寺，佛祖也不會責怪她。

她悄悄在心裡念了幾聲「阿彌陀佛」。

陳大娘走了進來，笑著喝止她們：「妳們小點聲，我一出大廳就聽到了。我奉了兩位老安人之命，這就要領楊公子過來了。」

二小姐臉色一紅。三小姐和四小姐、五小姐衝著二小姐齊齊地「咦」了一聲。二小姐羞得都要鑽地縫了，三位裴府的小姐這才放過二小姐。

顧曦看著扯了扯嘴角。

郁棠卻覺得有意思，搶先占了窗邊的位置，支了條縫，想看清楚楊顏長什麼樣子。

五小姐和四小姐仗著年紀最小，笑著趴在她的背上不起來，和郁棠搶著窗邊的位置。

郁棠沒有辦法，只好道：「那我們一個人只看兩息的工夫，其他時間都是二小姐的，妳們覺得怎麼樣？」

二小姐又羞又煩，道：「我才不想知道他長什麼樣子呢！」

「是哦！」郁棠打趣她：「反正二小姐等會可以進廳裡奉茶，我們就只能在這裡看看。」

三位裴小姐又朝著二小姐笑。

見二小姐臉上紅得都能滴血了，四小姐忙道：「快別說話了，楊公子進來了。」

郁棠也顧不得和幾位裴小姐說話了，踮著腳朝窗外望去。

只見陳大娘領了個穿著寶藍五蝠團花杭綢直裰的年輕男子走了進來。

他高高的個子，相貌周正，氣質儒雅，看上去剛剛二十出頭的樣子，舉手投足間一派沉穩。

郁棠覺得這個人應該不錯。但她兩世爲人，還沒有見過比裴宴更英俊的男子，看了兩眼就退開了，對想看又擠不進來的三小姐道：「妳也快來看兩眼。不然楊公子就進大廳了。」

三小姐無聲地笑了笑，和四小姐、五小姐擠到了一塊兒。

郁棠笑彎了眉眼，一抬頭，卻和顧曦有些清冷的目光對上了。

她沒有迴避。

她沒有做錯什麼，不怕顧曦審視。

顧曦訝然。她想到郁棠剛剛來裴府的時候……什麼時候開始，郁棠的膽子變得這麼大了？還是因爲裴宴嗎？

顧曦冷笑。

郁棠鎮定地望著她，神色從容，直到四小姐長長的嘆氣聲迴蕩在茶房，她這才被轉移了注意力。

「怎麼了？」二小姐沒有見到人，聽到點風吹草動就揪心。

四小姐又長長地嘆了口氣，道：「二姐姐馬上就要出嫁了……」

沒頭沒腦的一句話，卻是在間接地讚揚楊顏。

二小姐關心則亂，還沒有反應過來，郁棠幾個已經聽明白了，個個都在那裡笑。等到二小姐好不容易明白過來，陳大娘已進來請二小姐去奉茶。二小姐急匆匆地跟著陳大娘逃也似的跑了，惹得郁棠幾個又是一陣笑。

郁棠心裡還記掛著大伯母的表姐，見這邊可以散了，就說要先回房去：「我去把香方寫好了，等會兒去見二太太的時候也有個東西好交差，也免得讓長輩們覺得我們是一時的心血來潮。」

三小姐很是贊同，還破天荒地道：「郁姐姐，我陪妳一塊兒回房間。」

四小姐和五小姐也嚷著要去。

顧曦看不得眾人圍著郁棠轉悠的樣子，也有點要迴避這件事的意思。想著妳郁棠不是很厲害嗎？那我就一句話都不說，看妳能做出怎樣的佛香來？反正事情辦好了與她無關，事情辦砸了也賴不到她的頭上來。

她道：「我中午沒有休息好，我就不過去了。等會兒妳們去見二太太的時候再喊我一聲。」

顧曦很想知道裴家長輩的態度。

郁棠和裴家的幾位小姐先回了自己的住處，按照記憶默寫下了香方，然後又仔細地檢查了一遍，沒有發現什麼錯誤，這才將香方遞給了三小姐，道：「妳們也幫我看看。我印象中就是這三種配方了。」

裴府的幾位小姐裡，二小姐對製香最感興趣，偶爾也會親自動手調製一些熏香或是佛香，她和顧曦很快成了好朋友，估計也與這樣的興趣有很大的關係。只是二小姐現在不在這裡。

三小姐則可有可無，但她很喜歡讀書，對什麼事都非常好奇。她拿過香方仔細地看了看，隨後眼睛漸漸變得明亮起來，有些興奮地對郁棠道：「我覺得我們可以試一試。要是郁姐姐信得過我，我就先照著妳寫的香方試著製一些佛香出來，給兩位老安人聞聞。」

郁棠有什麼不相信的？她之前還準備讓顧曦幫她試做的，三小姐主動請纓，再好不過了。

不過，她沒有想到三小姐也會製香。

四小姐直笑，道：「郁姐姐誤會了，三姐姐是不喜歡用香熏衣服，可不是不會製香。」也對，世家小姐能學的東西非常多，只要感興趣，就能找到師父教，這是一般家族不可比擬的。

「那就麻煩三小姐了。」郁棠笑道。

三小姐連連搖手，道：「這是在做善事，誰知道了都會幫一把的，郁姐姐這樣說就太見外了。」

四小姐好像對製香不太感興趣，五小姐則年紀太小，看不懂。香方在三個人手裡傳閱了一遍，又重新回到了郁棠的手裡。

郁棠就讓雙桃去沏了茶、拿了點心招待她們，還問她們要不要就在這裡歇一會兒。

三位裴小姐搖了搖頭，話題不知怎地又嘰嘰喳喳地轉到了楊公子的身上。

郁棠這才知道，原來三小姐已經訂了親，而且還是娃娃親，未婚夫是她舅舅的兒子，比三小姐還小兩、三個月。可能是男子個子長得晚，至今還只比三小姐高半個頭，三小姐一直擔心他長不高。

如今看到了楊公子，她就更擔心了。

偏偏四小姐還道：「早知道妳就不應該答應這門親事的。我祖母說了，婚事不能訂得太早，要是人長大了、長歪了，連哭的地方都沒有——以後大姐姐、二姐姐都帶著姐夫回娘家走親戚，看妳怎麼辦？」

說得三小姐都快哭了。

郁棠在旁邊聽著，強忍著才沒有笑出聲來，見狀忙安慰三小姐：「妳別聽四小姐亂說。令尊、令堂把妳們當掌上明珠似的，肯定是覺得妳表弟有可取之處才會給妳訂下這門親事的，妳不用這麼擔心。」

三小姐苦著臉點了點頭，但還是不開心。

幾個人七嘴八舌地安慰了半晌，三小姐不僅沒有釋懷，反而越來越沮喪了。

郁棠此時才發現，原來三小姐是那種想什麼事都喜歡先預料一個壞結局的人。

這就讓人有點頭痛了。

不過還好兩位老安人那邊見完客了，被她們留在那邊的阿珊跑過來告訴她們：「兩位老安人在說體己話，二太太在安排丫鬟婆子收拾東西，準備返回別院。」

郁棠派人去叫了顧曦，又讓人去通稟二太太。

不一會，顧曦過來了，二太太貼身的婆子也過來了，說是奉了二太太之命，請她們到隔壁的廂房奉茶。

一行人去了隔壁。

院子裡來來往往的婆子、小廝，幾個丫鬟簇擁著二太太站在正房的屋簷下，正督促著婆子、小廝收拾東西。看見郁棠等人，二太太笑著迎上前來，牽了五小姐的手，對她們道：「到屋裡去坐，這裡亂糟糟的。」又問她們肚子餓不餓，道：「到家肯定都是掌燈的時分了，妳們得吃點墊墊肚子才好。」還表揚郁棠：「點心做得好吃，送來的也是時候，真是費心了。」

郁棠連忙謙遜了幾句。

她能想到的，裴家的婆子丫鬟自然也能想到，二太太不過是抬舉她，才會這樣表揚她而已，她若是因此得意或是當了眞，以爲除了自己沒有別人能像她這樣能幹，那可就要鬧笑話了。

大家分尊卑坐下，丫鬟上了茶點，二太太這才溫聲對郁棠道：「妳們要說的事我已經聽婆子說了，這可是件大好事啊，我肯定是要支持妳們的。妳們說，是要錢還是要人？我這邊都幫妳們辦妥了。」

五小姐嘻嘻地笑，依到了母親的身邊，道：「我們就是想問問您這件事可行不可行。若是可行，就去請兩位老安人拿個主意。再就是，郁姐姐寫了幾個香方，也要您幫著看看行不行。」

她把三小姐會幫著試製佛香的事也告訴了二太太。

二太太非常欣慰。幾個小輩聚在一起做善事，既能增加姐妹間的情誼，也能讓她們更有悲憫之心。

二太太這次倒是雷厲風行，聞言立刻就站了起來，道：「這件事肯定能行，兩位老安人肯定也會支持妳們的。妳們這就跟著我去見見兩位老安人好了——馬上要回別院了，趁著我們現在還在苦庵寺，正好可以把這件事定下來。再過幾天，我們也要下山回臨安城了。」

再從臨安到苦庵寺，路程就有點遠了。重要的是，兩位老安人也好，二太太也好，都要開始忙著過年的應酬了。

幾個小輩高興極了，歡天喜地隨著二太太往老安人那邊去。素來喜歡鬧騰的四小姐更是拉著二太太問：「二姐姐還在老安人那裡嗎？楊公子是不是已經回去了？那老安人答應了楊家的親事嗎？」

二太太估計已經瞭解了四小姐的性格，聽著並沒有生氣，而是好笑地捏了捏她的面頰，道：「妳一個小孩子家家，天天盯著這些事做什麼？先生離館時給妳們布置的功課，妳可都做完了？我們下了山之後，妳舅舅家的表兄妹會過來給妳母親送年節禮，妳也要去舅舅家串門。若是妳的功課沒有做完，也不知道妳母親到時候會不會讓妳跟著哥哥姐姐們一起出門作客……」

立刻堵住了四小姐的嘴不說，還惹得四小姐不住地向二太太求情說「我再也不亂說話了」，惹得大家一陣笑。

很快，她們就到了兩位老安人歇息的屋子，二小姐正滿面羞紅地站在兩位老安人面前說著什麼，見她們進來，立刻跑到了一邊。

兩位老安人相視而笑，裴老安人吩咐身邊的丫鬟給郁棠等人上茶點。

一行人團團坐下，二太太把郁棠等人的來意告訴了兩位老安人，兩位老安人又驚又喜，把幾個小輩都好好地表揚了一番。裴老安人則霸氣地大手一揮，道：「這麼好的事，有什麼好商量的？難道苦庵寺不想靠著自己站起來嗎？那我們裴家幫得再多，也就只能管管她們的三餐了，想救濟天下，那是不可能的。」

二太太連連點頭，問裴老安人：「那我們要不要請苦庵寺的主持師父過來說說這件事？」

毅老安人搶在裴老安人之前道：「我看還是要說說。萬一她們要是不願意呢？我們豈不白替她們操心了。」

裴老安人頷首，吩咐計大娘：「妳去請了苦庵寺的主持師父過來。」

郁棠心裡卻暗自思忖。

前世，苦庵寺好像一直都是靠著周邊的幾畝地和山上的產出、香客們的救濟過日子，也不知道是不願意自立，還是一直沒有這個機會。

她猜不出主持師父會有怎樣的反應。

顧曦手裡的帕子則被揉成了一團。

裴家的長輩果然如她所料般開始積極去做這件事，可惜這主意是郁棠出的，她就是想使把力也是爲郁棠的名譽添磚加瓦，她可不願意做這種事。

顧曦不由地瞥了郁棠一眼。

郁棠低著頭，長長的睫毛像小扇子似的忽閃忽閃的，看上去特別嫻淑溫柔。

可她能想出教苦庵寺製香擺脫困境的主意。這樣的人，能有什麼嫻淑溫柔之心?!

顧曦在心裡冷笑。

第六章

苦庵寺的主持師父到了。

她可能事先已經打聽到了兩位老安人要和她商量什麼，她神色顯得有點激動，見到兩位老安人就行了個大禮，連著念了好幾遍「菩薩保佑，讓我們苦庵寺遇到了好人」。

兩位老安人也沒有和她多寒暄，直接就說明了意圖。

主持師父高興得眼淚都落了下來，蠟黃苦難的臉驟然間都多了幾分光彩，「我自二十年前開始主持苦庵寺，就一直想給苦庵寺找條出路，試過做乾筍，試過賣鹹菜，可始終都收效甚微。兩位老安人能給我們苦庵寺裡這些苦命人指點一條活路，我們、我們來生來世都會感激兩位老安人，給兩位老安人立長生牌……」說著，就要跪下去行大禮。

還好陳大娘和計大娘眼疾手快地把主持師父給架了起來，沒讓她跪下去。陳大娘還道：「您這是要做什麼呢？這不是折殺我們家兩位老安人嗎？有什麼話坐下來好好說。我們家老安人也只是這麼一想，提了提。能不能行，這不是還得找了您來商量嗎？」

主持師父這才平靜了些，訕訕然笑著坐在了旁邊的繡墩上。

裴老安人的目光就落在了郁棠的身上。

郁棠立刻會意。裴老安人是見這主意是她出的，此時要把她給推出去，讓她給主持師父講製香的事。

郁棠忙向裴老安人搖頭，還做了個懇求的表情。

裴老安人眨了眨眼睛，以爲自己看錯了，還盯著郁棠多看了幾眼。

郁棠只好重重地搖了搖頭，示意自己確實無意出這風頭。

裴老安人挑了挑眉。

作爲女子，只要有了好名聲，就可以做很多事，甚至可以跨越出身，嫁入豪門。郁棠是不懂？還是眞的雲淡風輕看得平淡，更喜歡安穩的生活？

此時不是說話的時候，何況若是郁棠改變了主意，還有時間和機會補救。裴老安人沒有勉強，和苦庵寺的主持談起了製賣佛香的事來：「……孩子們想得簡單，總想著妳們既然做了佛香，自然是要藉著寺院的名義賣出去的。但其實在家禮佛的人也不在少數，若是佛香的味道好，也可以在各大香燭鋪裡販賣。這樣可能對妳們更有利一點。畢竟苦庵寺的名聲不夠大，妳們又是個庵堂，來來往往的人太多了也不好。把妳叫來，是想看看怎麼幫妳們。是我們拿了材料過來，妳們只幫著製香呢？還是我們把香方也給妳們，然後借給妳們一筆銀子，妳們自己製香自己賣？」

苦庵寺估計做過太多沒能賺到錢的生意，主持師父想也沒想地道：「自然最好是由貴府提供材料，我們幫著製佛香。做生意什麼的，我們一點也不懂。何況您說得也對，我們畢竟是庵堂，比不得昭明寺這樣的寺院，人來人往的，若是惹出什麼事來，我們這二十年的名聲也就全完了。」

裴老安人顯然希望的也是這樣的合作，她微微點頭，道：「那我們就暫時這樣說定了。具體怎麼辦，等我回到別院，問過家裡的管事，有個具體的章程了再說。」

苦庵寺的主持自然是連聲應下。

郁棠卻在心裡感慨，裴老安人不愧是主持過裴府中饋的宗婦，一下子就想到了這樣的主意，比她之前想的要好太多了。

眾人這邊剛把事情說了個大概，那邊已經有管事過來問什麼時候能啓程回別院了。苦庵寺的主持師父當然不敢耽擱了裴府諸女眷的行程，忙起身和兩位老安人約時間：「等過兩天我再去別院給兩位老安人問安。」

毅老安人以裴老安人馬首是瞻，裴老安人考慮了片刻，道：「我看這件事還是年後再說吧！年前太忙了。」

郁棠就估計著是不是年前要幫二小姐訂親？她朝二小姐望去，二小姐果然躲在毅老安人身後不說話。

郁棠抿了嘴笑，想著到時候自己得提前準備點禮物送給二小姐才好。

最好是漆器。還得是他們自己家做的漆器。

她回憶著章公子送來的那幾幅畫。不知道有沒有適合做小匣子的？送給二小姐裝個首飾或是文書什麼的最好不過了。

裴老安人這邊發了話，裴家的僕婦立刻就動了起來，不過一刻鐘的時間，眾人的東西都收拾好了，分頭坐著騾車回到了位於半山腰的裴府別院。

車馬勞頓了一整天，兩位老安人一回到別院就歇下了，連晚膳也只是草草地吃了一點粥。小輩們倒是精神抖擻，和二太太一起用了晚膳，大家又圍坐在一起說了半天的話才散了。

顧曦一直都很沉默。

等回到她的住處，梳洗過後，沒有了旁人，荷香給坐在鏡臺前的顧曦端了一杯溫水，低聲道：「小姐，您這是怎麼了？」

顧曦半晌沒有吭聲。

她現在有點看不透郁棠了。幫著苦庵寺做善事，這麼大的功勞，郁棠居然不爭不搶，還主動推託了。而裴老安人呢，也順勢就這樣把功勞拿了過去。難道她之前一直看錯了？裴老安人是個不喜家中女眷出風頭的人？而郁棠是看出了裴老安人的心思，對症下藥，這才在裴府立住了腳？

可不管怎樣，她都已經被裴宴所厭，裴家和顧家，沒有聯姻的緣分了。

想到這裡，顧曦胸口像壓了塊大石頭似的，喘不過氣來。

裴宴！裴遐光！你給我等著……

君子報仇，十年不晚。總有一天，你會撞到我手裡的。到時候，看我怎麼收拾你！

從來沒有像這一刻這樣，顧曦對權力和財富充滿了欲望。她的右手緊緊地攥成了拳，「砰」的一聲砸在了桌子上。

荷香嚇了一大跳，急急地喊了聲「小姐」。

「我沒事！」顧曦冷冷地道，胸中的怒氣隨著這一砸才慢慢地平息下來。

她吩咐荷香：「妳準備準備，我們這兩、三天就回府。」

荷香聞言急道：「可我們還沒有等到大公子的回信呢！」

難道要派個人守在裴家？顧曦的手攥得更緊了。

她之前沒有想到裴宴說話行事會這樣決絕，一點情面也不講，才會給顧昶寫了信。如今看來，就算她阿兄收到信也改變不了什麼了，還會徹底暴露顧家的意圖。

想到這裡，顧曦心中一動。

什麼事都有好有壞。也許，她阿兄在信中明言有意和裴府結親，會讓裴宴重新審視這件事呢？

她親自去找裴宴，畢竟於禮不合。裴宴拒絕她，卻是正人君子所爲。

顧曦腦海裡浮現出裴宴那不管怎麼看都沒有任何瑕疵的面孔，她的心頓時軟成了一團水，選擇性地把郁棠拋在了腦後，把裴宴對她的冷言冷語拋到了腦後。她甚至想，如果她眞的嫁給了裴宴，裴宴還會對她這樣冷言冷語嗎？說不定她還可以把這件事拿出來當笑話說，讓裴宴知道她心裡是如何傾慕他的，從而把這個丈夫牢牢地抓在手裡也不錯……

「那就等收到了阿兄的信，我們再走。」她下了決心，道：「不過，我們的東西也要慢慢規整起來了，要是沒有什麼意外，阿兄的信應該也快到了。」

荷香應諾，退下去支使小丫鬟不說。顧曦很快吹燈睡了，卻在翌日一大早從身邊裴府派過來的丫鬟口中得知，兩位老安人一大早就把郁棠叫去了正院說話。

顧曦皺眉，半是調侃、半是諷刺地對服侍她的裴府丫鬟柳葉道：「妳們倒是消息靈通，老安人那邊一有點風吹草動就全知道了。」

偏偏柳葉為人實誠，半點也沒聽出來顧曦的言外之意，還憨憨地答道：「我們都是老安人屋裡的啊，若是老安人不想讓我們知道的，陳大娘和計大娘肯定有法子不讓我們知道，但我們能知道的，肯定是能說的啊！何況我聽在郁小姐屋裡當值的柳絮姐姐說，郁小姐人很好的，想必她也不會把這些小事放在心上的。」

這是小事嗎？

眞不知道是老安人年紀大了不想管事了？還是二太太沒有能力管好這些事？在顧家，像這種亂傳話的事是想都不要想的。

顧曦突然想起了大太太。

她已經和大太太搭過幾次話了，要不要繼續保持這個關係呢？或者是，臨走前向大太太辭個行，也算是相識一場？

顧曦有點拿不定主意，就把這件事暫時拋到了腦後，梳裝打扮好了，就去了裴老安人那裡。

裴老安人正和郁棠說著話：「……苦庵寺的事，於妳的名聲大有益處，我不知道妳這小姑娘是怎麼想的，居然就這樣推了。不過，妳到底年紀小，苦庵寺的事呢，也不是一天兩天就能辦利索的。我看，妳還是回去之後和妳母親商量商量，到時候再來回我的話好了。」

郁棠笑著向裴老安人道了謝，卻還是堅定地拒絕了把苦庵寺功勞攬在自己的身上。「木秀於林，風必摧之。我們小門小戶的，安安穩穩地過日子最要緊，該得的不放棄，兜不住的不妄想，這才是做人的本分。再說了，製香的主意雖好，可若不是因爲背靠著裴府，我也不敢這麼想，您這樣說，可折殺我了。」

裴老安人聽著，不由和穀老安人交換了一個眼神，然後流露出非常感興趣的樣子，身子微微向前傾著，挑著長眉「哦」了一聲，道：「妳這話倒說得新鮮，我還是第一次聽說。那妳給我講講，什麼是妳應該得的？什麼是妳不能妄想的？」

郁棠當然不好說自己兩世爲人，覺得再大的功名利祿都沒有一家人平平安安地在一起好。也不能說裴家有權有勢，若是支持苦庵寺賣佛香，沒有人敢爲難，就比旁人都要方便百倍、千倍。

好在是她腦子動得快，很快就想好了說詞：「若是沒有裴府，我就是想幫苦庵寺的師父們，也不過是冬天幫著送幾件舊棉襖，夏天幫著送幾席舊涼蓆，雖也是善事，卻只能治標不能治本。可有了兩位老安人的支持，我就也敢出主意讓苦庵寺製香。就算是剛開始成本有些貴，可若是做成了這件事，卻是件可以讓整個苦庵寺、甚至是以後來投靠苦庵寺的婦人都能受益的事。萬一做不成，花銷的也不過是兩位老安人的體己錢……」說到這裡，她抿著嘴笑了笑才繼續道：「我這是因爲背後有棵大樹可乘涼，否則怎麼敢天馬行空地亂出主意？」

兩位老安人聽了都呵呵地笑了起來。

裴老安人還心情大好地擺了擺手，道：「這件事就算妳過關了。不讓妳拋頭露面，不讓妳站在風口浪尖上，這件事我們裴府的女眷包了。」

郁棠忙向兩位老安人道謝。

毅老安人也慈愛地看著她，微微點頭。看得出來，對她很有好感。

郁棠鬆了口氣。

有小丫鬟進來稟報，說顧小姐過來了。

大家立刻打住了話題，笑盈盈地等著顧曦走了進來。

顧曦穿了件藍綠二色緙絲比甲，烏黑的頭髮很隨意地綰了個髻，並插了鎏金鑲珍珠的簪子，面頰白裡透紅，目光炯炯有神，非常精神。

裴老安人看了直點頭，笑道：「看樣子身體大好了！」

顧曦笑著給裴老安人和毅老安人行禮，道：「託兩位老安人的福，我已經沒什麼事了。」

毅老安人也很欣慰的樣子，連聲說著「那就好」，忙讓顧曦坐下說話，並道：「身體好了也不能大意，要多養幾天才行。」

顧曦謝過了毅老安人，和郁棠並肩坐下，二太太就帶著二小姐幾個過來了。

屋子裡一下子熱鬧起來。

四小姐見二太太和五小姐湊在裴老安人面前說著話，她悄悄地朝著郁棠招手。

郁棠朝著四周看了看，見顧曦和二小姐、三小姐也湊在毅老安人跟前，聽著二太太和五小姐說話，就悄悄地走了過去，小聲問四小姐：「怎麼了？」

四小姐就有些得意地和她低語：「二姐姐和楊公子的婚事要定下來了——楊家明天就會派人來和我們家商量訂親的事！」

那顯擺的小模樣，讓郁棠想捏捏她的臉。

「妳消息可真靈通！」她順著四小姐的話道。

四小姐更得意了，揚了揚下頷，道：「昨天二姐姐和三姐姐說悄悄話，我聽見了。」

郁棠抿了嘴笑。

四小姐又道：「實際上不是二姐姐看中了楊公子，是三叔父看中了楊公子。」

裴宴還管這些事？他又怎麼知道那位楊公子和二小姐合不合適呢？

郁棠不由挑了挑眉。

四小姐還以為她不相信，忙道：「是真的！我沒有騙你。楊公子知道三叔父也在苦庵寺，就先去見了三叔父。三叔父和他說了兩刻鐘的話。後來三伯祖母派了人去問三叔父楊公子如何，三叔父說學問還不錯，二姐姐就答應了。」

這、這也太輕率了一些吧？想當初，李端讀書也很厲害的，還不是人渣！

郁棠心中的小人擦了擦額頭的汗，不由朝二小姐望去。

二小姐不知道什麼時候和裴老安人說上了話，郁棠只聽見她道：「您放心，這件事我肯定會幫著三妹妹把香製出來。」說完，還拉了顧曦，「要是您信不過我，不是還有顧姐姐嗎？到時候有顧姐姐幫我們，您還有什麼不放心的？」

裴老安人呵呵地笑，道：「馬上要過年了，妳顧姐姐難道能總住在我們家不成？妳只知道妳阿爹和妳姆媽把妳捧在手掌心裡，時時刻刻惦記著妳，難道妳顧姐姐的父母就不惦記她？」

屋子裡一靜。

裴老安人從來沒有提過顧曦回家過年的話。這還是第一次。

顧曦臉上火辣辣的，覺得裴老安人如同在趕她似的讓她羞憤難當，偏偏又說不出一句話來。

她手足無措地站在那兒，磕磕巴巴地道：「我、我也準備這兩天就回去了，二小姐這邊，恐怕是幫不上什麼忙了……」

二小姐也感覺很不好意思，忙挽了顧曦的胳膊，歉意地道：「哎喲，我都忘了過年的事了。顧姐姐在我們家裡，就像我們的姐妹似的。要是以後也能常來家裡作客就好了。」

顧曦不由朝裴老安人望去。

裴老安人笑得更慈祥了，道：「妳們姐妹能玩到一塊兒也是緣分，若是顧小姐有空，只管常來串門，她們姐妹都是喜歡熱鬧的人，肯定很歡迎顧小姐的。」

「就是、就是。」二小姐疊聲道。

顧曦卻好不容易才控制住了臉上的表情，沒有流露出震驚或失望之色。

從前她要和郁棠序齒，裴老安人一句話就讓她們變成了「顧小姐」和「郁小姐」。如今，裴老安人卻主動提出來，讓她和裴府的小姐們以姐妹相稱。若是尋常的人，十之八九會以為自己打動了裴老安人，裴老安人這是在對她示好。可她卻不是尋常的人，她從小在顧家那樣複雜的環境中長大，有些事不需要別人提點就能看出端倪來——明著，她好像和裴家更親近了；暗裡，裴老安人卻讓她和裴宴隔著輩分了。

她這是繼裴宴之後又被裴老安人踢出局了嗎？

可是為什麼？她到底做錯了什麼？讓他們母子倆都瞧不起她？

顧曦想不明白，臉色卻一下子白如縞素。

二小姐不由擔心地道：「顧姐姐，妳、妳這是怎麼了？是有哪裡不舒服嗎？」

顧曦搖了搖頭，強迫自己露出個笑容來，溫聲道：「我沒事啊！」

二小姐望著她的面孔猶豫道：「可妳的臉色……」

顧曦知道自己到底沒能做到完全不動聲色，她忙道：「我臉色很差嗎？可能是昨天太累了。」

二小姐雖然起了疑心，但她和顧曦交好，自然不會在這種場合讓她下不了臺，遂笑著轉移了話題，調侃起三小姐來：「昨天三妹妹吵得我一晚上幾乎都沒怎麼睡覺。她半夜還伏在書案上寫了半天的字，也不知道寫了些什麼。問她，她只說是要把製香的過程先寫下來，回到家裡好查書。可我看，說不定是沒什麼把握。顧姐姐，妳什麼時候回去？我想趁著這幾天妳還在我們家，請妳幫著我和三妹妹先製些佛香出來，妳看如何？」

顧曦一點也不想便宜郁棠。在她看來，就算裴家不宣揚郁棠在這件事上的功勞，可在裴家眾女眷的心目中，苦庵寺的事就是郁棠的功勞。她做任何與苦庵寺有關的事，都是在給郁棠臉上貼金。

「我這兩天就要回去了。」她委婉地拒絕道，「我怕時間來不及。何況郁小姐拿出來的香方我也看過了，需要的香料很多，這些香料一時半會也難以集齊……」

二小姐和三小姐都露出失望之色。

郁棠卻覺得有沒有顧曦都行。製個佛香、熏香什麼的，都是小女兒家好玩的事，眞正要賣，可不是件簡單的事。僅僅控制成本這一項，就不是她們這些閨閣女子能做到的。若是像裴老安人說的那樣，苦庵寺的尼姑和居士主要是負責製香，那販賣佛香的事就得有個有經驗的大掌櫃下力氣幫忙管著才行。

她就站在旁邊沒有吭聲。

裴老安人和毅老安人卻互相看了彼此一眼，然後裴老安人笑咪咪地對二小姐、三小姐道：「這件事也不著急。我已派人去跟妳們三叔父說了，妳三叔父說，這是件好事，他會想辦法幫妳們的。妳們也知道妳們三叔父，從來都是說話算話的。他既然答應了，這件事他肯定就會有安排。妳們只管照著郁小姐的香方製香就行了，製得出來固然好，製不出來也不過是在妳們三叔父面前丟個臉罷了，妳們也不必放在心上。」

丟臉已經是最讓人抬不起頭的事了！

郁棠訕訕然。

五小姐乾脆高聲道：「祖母，您剛才還說把製香的事交給我們，怎麼轉眼就變了卦？」她說著，上前去牽了二小姐和三小姐的手，信誓旦旦地道：「我們說話算話，肯定能做出好聞的、獨一無二的佛香來的。」

裴老安人、毅老安人和二太太都呵呵地笑了起來，毅老安人更是寵溺地道：「好、好、好。妳們都是有志氣的好孩子。要是真能做出獨一無二、好聞的佛香來，我賞給妳們每人一袋萬事如意的銀錁子。」

「好啊！」四小姐歡喜地道，好像那袋銀錁子已經落入了她的口袋裡。

大家被她逗得又是一陣笑。

一直沒有說話的顧曦突然道：「兩位老安人，我就不參與到製香裡了。我想這兩天收拾好行李就回杭州城。算算日子，我阿兄也應該有信來問我過年的事了，我若回去遲了，回給我阿兄的信就沒辦法在年前送到京城了。」

進入十二月份，各大驛站就開始人浮於事，人人忙著過年的事了。

裴老安人笑道：「妳說得也有道理。」隨後讓陳大娘去拿了黃曆過來，道：「明天不宜出門……後天，後天倒是個好日子。正巧我們也快要回府了。那陳大娘就跟管事的說一聲，讓他們幫著安排艘船送顧小姐回杭州城。我們呢……」裴老安人又翻了翻黃曆，道：「我們就六日之後回府。」

顧曦心如死灰。

五小姐卻嚷道：「我們這麼快就要回府了嗎？那我們的佛香怎麼辦？顧姐姐回家了，郁姐姐也回家了……」

裴老安人笑道：「郁小姐就住在臨安城，妳若是要請教郁小姐製香的事，大可派人去接了郁小姐到家裡去，有什麼大驚小怪的？」

五小姐臉一紅，道：「我這不是想著郁姐姐也要過年嗎？」

四小姐機靈地道：「三叔父又沒有說明天就要佛香，我們大可以慢慢來。我聽我姆媽的陪房說，過完了年，才是生意最好的時候，我們大可等過完了年再說。」

三小姐反駁道：「嬸嬸陪嫁的是胭脂和絲綢鋪子，開了春，大家都要做單衣了，當然是生意最好的時候了。佛香卻是十五之前生意最好，大家都要去廟裡拜佛。」

幾個小的爭了起來。

裴老安人哭笑不得，道：「妳們心倒狠，這佛香還沒有做出來呢，妳們就開始惦記著賺錢的事了。要是讓妳們去管鋪子，那些大掌櫃都得被妳們逼得跳河不可！」

幾個小輩不好意思地笑。

郁棠卻在心裡盤算著，六天之後就下山，那她最多再在裴家別院住上一、兩天，就應該可以回家了吧？

她想她姆媽，想她阿爹，想她阿兄，想她大伯母……甚至想念每天圍著圍裙在廚房做菜的陳婆子了。

❖

顧曦在收拾行李的時候，裴家的幾位小姐紛紛嚷著要給她餞行，好像並沒有察覺到裴老安人委婉地讓她早點回家的意思，這讓顧曦的心裡覺得好受了很多，面子上也覺得不是那麼難堪了。可送行這種事，她自認還沒有這麼厚的臉皮，裝作什麼也不知道的樣子，和裴家的幾位小姐吃吃喝喝的。

郁棠無意在顧曦面前裝模作樣，她聽懂了裴老安人的意思，也就連句客氣話都沒有說。

這讓顧曦不由暗中猜測，郁棠是不是知道了些什麼？

可不管怎樣，顧曦要走了，但她還是心有不甘，想著她還是單獨去向裴老安人辭個行。若是能探探裴老安人的口風，知道裴老安人為何會催她歸家那就最好了；若是沒有機會，能單獨和裴老安人說上幾句話也行——不管她以後嫁到哪戶人家做主母，都不可能和裴家沒有交集。何況她在裴家的這幾天，和裴家的幾位小姐都能玩到一塊兒去，裴家的幾位小姐也不是那種心思很多的人，是值得交往的人。

想到這裡，她不由就想起了二小姐的婚事。

楊家曾經也入過他們顧家的眼，只是他們顧家和楊公子年紀相當的姑娘只有外房的幾位庶小姐，結親的話自然是提也不用提的。她的繼母還因此可惜她幾位同父異母的妹妹和楊公子的年紀都相差得太大，楊公子是長子，怕是不願意娶年紀太小的妻子。

三小姐結的那門親事也不錯。雖說是表姐弟，但三小姐母親的娘家也是正正經經的讀書人家，世代官宦，隔著一、兩代就能出個進士。到了這一輩，家裡做官做得最大的江西布政使，正是三小姐表弟的嫡親伯父，若是三小姐的表弟又是個讀書種子，有兩家的提攜，仕途自不必說。

這才是豪門世家的底蘊。

只是她爹不爭氣，再這樣被她繼母慫恿著只知道壓制自己幾個庶出的叔父，他們二房就算是有她阿兄撐著，怕也是撐不了多久的。

顧曦長長地嘆了口氣。

荷香神色有些慌張地走了進來，在她耳邊低聲道：「小姐，大太太……就是裴府的那位大太太，派了個丫鬟過來，說是聽說您要回杭州城了，送了兩盆建蘭過來做程儀。」

顧曦猶豫了半晌。

裴家的渾水她是不想蹚了，那大太太那邊……她有點後悔那次專程去結交大太太。原本只是想讓裴老安人和裴宴看看她交際應酬的手段，如今卻給了大太太接近她的藉口。

明明知道不應該，但大太太派人來送蘭花，卻讓她心裡驟然間有種隱隱的痛快。

你們不是覺得我在你們家住的時間太長，沒有做客人的修養和自覺，那我就索性破罐子破摔，做個什麼也不知道的人好了。

再說，楊家也不是好惹的。從前雖然有點弱，這一代卻出了三個京官，最少也能再興旺二十年，她憑什麼要把楊家的人往外推？

顧曦笑道：「請了那丫鬟進來，賞她一些碎銀子。就說花我收下了，謝謝大太太的垂愛。若是大太太有機會去杭州城，請她務必去我們家坐坐。我們家太太也是個好客之人，她去了我們家別的不說，酒管夠喝。」

她繼母有個陪嫁的酒坊，自從嫁到顧家，就特別喜歡用自家酒坊出的酒宴客，給自家的酒坊吆喝。她從前最煩這一點了，現在卻覺得她繼母這樣也不錯。

荷香領了大太太的小丫鬟進來。

裴老安人那邊，則在和毅老安人說著體己話：「原想著是世家小姐，應該行事作派都不動聲色又心裡有數。她心裡倒是有數，可這性情……所以說，這人的品行還是不能全看出身，女人家最難得的是知道什麼時候該精明，什麼時候該裝糊塗。」

毅老安人從前也是個巾幗英雄的脾氣，只是這十幾二十年服侍身體不好的毅老太爺，年紀又漸長，待人待事越發地寬和，脾氣也越來越好了而已。她聞言笑道：「那妳還這樣趕人家？我看那姑娘羞憤不已，怕就怕惦記上了我們家，平白無故地給小輩們樹敵。」

裴老安人不以為然地輕「哼」了一聲，道：「我們家教出來的姑娘，可不是溫室裡的花朵，只能看不能用。要是她們連這點小小的計謀都躲不過，怎麼和家裡那些比她們年紀大又經驗豐富的妯娌、伯嬸們相處？」

毅老安人呵呵地笑，道：「我是覺得那小姑娘也不錯的。可能是沒有個明白人教，人倒是個聰明的。」

裴老安人不知道是瞧不起顧家還是瞧不上顧曦，道：「這些跟著繼母長大的，就沒有幾個能好的。沒這道行那就藏拙唄！妳看郁家的那小姑娘，老老實實、規規矩矩地不自作聰明，我覺得就挺好的。沒這金鋼鑽，就不要去攬那瓷器活啊！」

「妳啊！」毅老安人笑著搖頭，「又是什麼事惹著妳了？妳要遷怒別人家小姑娘。」說著，指了指暖房的方向，「還是那件事？」

裴老安人頓時就拉下了臉，道：「妳說我到底做了什麼孽？他活著的時候不聽話，非要和楊家結親。現在人不在了，還給我留下這麼大一攤爛攤子。我們家那老頭子也是，自己不知道該怎麼辦了，就把這鍋甩給老三。老三又能怎麼樣？一邊是他寡嫂，一邊是他失怙的姪兒，他做什麼都是錯！我看了看，要說老大不孝順，還是因為他像老頭子，自己做錯事，沒辦法了，索性就甩手不幹了，讓別人幫他收拾去。只有我們家老三最可憐。可誰讓他的脾氣像我，巴不得家裡的人都好好的，自己吃點虧就吃點虧……」

穀老安人忍不住「噗哧」地笑出聲來，道：「妳這是在可憐你們家老三呢？還是在表揚自己呢？」

裴老安人想了想，也笑出聲來。

屋裡的鬱悶之氣一掃而空，變得歡快起來。

❖

裴老安人和穀老安人要和楊家商量二小姐的婚事，顧曦到底沒有找到機會單獨向裴老安人辭行。

二小姐和楊家的婚事很快就商量好了。二小姐因是三房那邊的姪孫女，雖沒有出閣，但只需要守孝九個月就可以了。幾位小姐都繼續穿著素淨，是敬重宗房去世的裴老太爺。楊家也是這個意思，想著兩家先下小定，只請了親近的親戚來觀禮，等到裴家宗房除了服，再正式下聘，吹吹打打地把二小姐迎進門。

裴老安人覺得不必如此，記得裴老太爺的教導就行了。穀老安人卻很堅持，覺得楊家的意思很合她心意，派人去跟二小姐的父母說了一聲，這件事就這樣定下來了。

此時顧曦已由裴家派的人護送回了杭州城，郁棠尋思著自己也應該回家了。

她去向裴老安人辭行。

裴老安人沒有留她，而是綾羅綢緞、藥材乾貨、吃食點心裝了滿滿的兩騾車。裴家的幾位小姐更是拉著她的手依依不捨：「到時候妳一定要來我們家給兩位老安人拜年！」

郁棠不知道到時候合不合適進府，但若是有機會，她還是想去給兩位老安人拜年的。

她連連點頭，和裴家的幾位小姐說了很多不捨的話，這才坐上裴家的轎子，回了郁家。

帶著兩騾車東西，郁棠剛進青竹巷就被左鄰右舍圍住了，這個問郁棠去了哪裡，那個問騾車上的東西都哪兒來的。郁棠無意宣揚她和裴家的關係，含含糊糊地答著，還是一直注意著郁棠什麼時候回來的陳婆子聽到了動靜，跑過去三言兩句打發了周圍的鄰居，郁棠這才順利地進了大門。

陳氏抱著郁棠還沒有開口說話，眼淚先落下來了，「我的兒，讓我仔細瞧瞧。妳這一走大半個月的，姆媽就沒有睡過一天的好覺。妳在裴家過得可好？裴家的幾位小姐好相處嗎？她們有沒有爲難妳？」

只是她的話還沒有說完，就被等在旁邊的郁文打斷了：「說什麼呢？妳沒看見阿棠比離開家的時候氣色都好了很多嗎？還帶了兩車東西回來，可見裴老安人也很喜歡她。是吧？阿棠。」

話雖如此，可郁文那急切的語氣，上上下下打量她的目光，卻暴露了他的關心和擔憂。

郁棠應「是」，眼淚跟著母親落下來，「嗯，裴家上上下下都對我很好，我還跟著她們去了趟苦庵寺。我挺好的，差點都不想回來了。」

「妳這孩子！」原本站在屋簷下看著他們一家團聚的大伯母和相氏，不知道什麼時候走了過來，大伯母笑著說道，輕輕地拍了拍郁棠的肩膀，低聲道：「回來就好，回來就好。妳姆媽自前天知道妳要回來了，天天都念叨著妳，買肉、買魚，還做了很多妳喜歡吃的點心，就連我們也跟著享福，得了大半筐的吃食。」

郁棠呵呵地笑，淚珠還掛在眼角。

相氏就掏了自己的帕子遞給她，笑道：「回來就好。我們正好一起準備過年的年夜飯。」

郁棠連連點頭，發現相氏的肚子挺得高高的。

「哎喲！」她敬畏又羨慕地望著相氏，「肚子這麼大，有沒有提前請醫婆看看？要不要提早把穩婆定下來？」

「妳啊！」大伯母疼愛地望著郁棠，笑道：「難怪妳姆媽沒有一天不想著妳的，就是個小棉襖，自己都還沒站穩呢，就關心起妳阿嫂來。大伯母沒有白疼妳。」

郁棠不好意思地低下了頭。

大伯母和她母親都是有經驗的人，這些事哪裡輪得到她來過問？

一家人都笑了起來，就連向來在郁棠面前有些端著的大伯父也沒有掩飾心中的歡喜，跟著眾人笑得開懷。

在家的感覺和在外面非常非常的不同。同樣是吃飯，裴府的吃食要比郁家好很多，可郁棠在裴家吃飯的時候，不管怎樣，哪怕只有她一個人，也會覺得有些拘謹。可在自己家，即便和大伯父、大伯母同席，要「食不言，寢不語」，她還是會覺得自在歡喜。同樣是睡覺，連裴府的別院用的都是塡漆床，在裴府睡的則是黑漆螺鈿拔步床，她還是會每晚翻來覆去，要兩炷香的工夫才能睡著。而躺在自家掛著半新細紗帳的四柱雕花床上，聞著被褥間被太陽晒過的柔軟味道，她閉上眼睛就睡著了，而且這一睡就睡到了第二天的下午。

郁棠睜開眼睛的時候，正好聽見雙桃在和陳婆子說話：「……那柿餅，可真是好吃，一點都不苦澀，甜絲絲的，我還是第一次吃到那麼好吃的柿餅。柳絮說，那些白霜都是晒出來的，是從福建那邊快馬加鞭運過來的。小姐也喜歡吃，這次小姐從裴府回來的時候，裴府就送了我們家兩小簍柿餅。說起來，裴府的丫鬟也真的挺厲害的。像分到我們屋裡服侍的柳絮，據說在裴家只是個二等，算不得出眾，可人家做起事來不知道有多細心周到。就送柿餅這件事，聽說就是她告訴陳大娘的。我剛去的時候還覺得小姐小題大做，可跟柳絮接觸一段時間之後，我還挺感激小姐讓我跟著她學規矩的。」

這些事就不要到處說了吧？自曝其短啊！

郁棠翻了個身，屋裡發出一陣輕微的窸窣聲，雙桃立刻打住了話題，低聲對陳婆子道：「應該是小姐醒了，我去看看。這些糕點您就先放在這裡好了，我看過了小姐就過來收拾。」

若是從前，雙桃未必會時刻注意郁棠的動靜，而且就算注意到了，也不會這樣積極主動地過來看她有沒有什麼要求。可見雙桃跟著她去了趟裴府，還是有所長進的。

郁棠抿了嘴笑，由雙桃服侍著起來梳洗。

陳氏過來了。

她過來的時候手裡還捧著個剔紅漆的匣子，見到郁棠的時候神色也有些緊張，「阿棠，裴家的禮單妳可曾仔細看過？我之前一直在收檢裴家送過來的東西，發現了這個匣子。」說著，打開了匣子。

一片金光閃閃，刺得人有點睜不開眼睛。

「全是金飾。」陳氏憂心忡忡地繼續道：「我和妳阿爹大致估算了一下，怎麼也得有二、三斤的樣子。這、這也太貴重了！妳怎麼就收下了？」

郁棠也大吃一驚，起身接過了匣子，仔細地打量起來，「我真不知道。當時裴家的禮單是套著個外封，直到我回家前去向裴老安人辭行的時候，管事才給我的。我怎麼好意思當著裴家人的面去看那禮單上都寫了什麼？後來又急著歸家，想著東西收都收了，以後再照著差不多的還禮就行了，也就一直沒有打開禮單看。」

一匣子的金飾是一套頭面。除了分心、簪釵之類的，還有鬢花，全是赤金的。別的不說，就說那一對鬢花，酒盅大小，做成牡丹花式樣，拿在手裡不過一、二兩的樣子，花瓣薄如紙，顫顫巍巍的，技藝十分高超，絕非普通銀樓打得出來的。

這就不是多少金的事了，而是値多少銀子的事了。

難怪她娘不安。她心裡也很不安。

「阿爹怎麼說？」這麼大的事，她姆媽不可能不與她阿爹商量。郁棠問。

陳氏無奈地道：「妳能指望妳阿爹說什麼啊？他就只會說什麼『來日方長』，可我們家拿什麼還裴家的禮啊？反正我跟妳阿爹說了，過幾天我要帶著妳去給裴老安人請安，送什麼東西過去，讓妳阿爹傷腦筋去。」

郁棠嘻嘻笑，想像著父親抓耳撓腮，不知道如何才好的模樣。

陳氏就收了匣子，道：「我幫妳收起來。這麼好的東西，得留著給妳當嫁妝。」說完，陳氏「哎呀」了一聲，道：「看我這記性！妳阿兄今天一早就派人來問妳起床了沒有，說是有要緊的事找妳，等妳起床了，讓我派人去跟他說一聲——我全給忘了。我這就派人去跟妳阿兄說一聲去，再帶個信，讓妳大伯父、大伯母和妳嫂嫂都過來用晚飯。難得妳在家，又快過年了，也不用分得那麼清楚。」

郁棠連連點頭。她也有事要問大伯母。

大伯母的表姐夫家好像姓曾來著？嘴角長了一顆痣。可她在苦庵寺問了好幾個人，都沒有人知道這位婦人。而且她昨天提到苦庵寺的時候，大伯母也沒有提她有個表姐在苦庵寺裡。

難道是她記錯了？

大伯母的表姐曾經說過，她是因爲兒子失足溺亡被夫家休棄的。若是她還沒有進入苦庵寺，是不是說她這個兒子還有可能得救呢？

郁棠心裡有點急。

還好大伯母來得比較早。

她不管不顧地把相氏丟給了母親，由母親陪著說話，把大伯母拉到了旁邊私語，問起曾氏的事來。

大伯母神色很茫然，道：「我是有個表姐嫁到了曾家，可十幾年前就因爲難產去世了，她不可能在苦庵寺出家或是靜修啊！妳是不是記錯了？還有，我應該沒有和妳提起過我表姐的事啊，妳若不說起，我自己都對這件事沒有什麼印象了。」

郁棠完全懵了。她問：「那您那位嫁到曾家的表姐姓什麼？」

「姓張。」王氏道，「我只有這一位表姐。」

郁棠道：「那有沒有可能是曾家的哪個人，不想大家注意她的事，就在我面前直接說是您的表姐了？」

「這倒有可能。」大伯母想了想，道：「若眞是這樣，那我還是派人去打聽打聽吧，說不定還眞的是遇到了什麼事呢！能幫還是幫一把的好。」

郁棠連連點頭，大伯母問起她苦庵寺的事來：「照妳這麼說，裴家的女眷準備幫著苦庵寺的人自己養活自己了？我覺得這眞是件大好事。要是有用得著我和妳姆媽的事，妳只管開口。妳們這些小姑娘是不知道，不知道有多少婦人成親之後都過得不好，被趕了出來，基本上就沒有了活路。要是苦庵寺的事能做成，妳可就是做了件救苦救難的大善事啦！」

「沒有裴家的女眷，我怎麼可能做出這樣的事來。」郁棠和大伯母謙虛道，心裡卻著急著曾家那位女子的兒子，催著大伯母派人去曾家看看。

大伯母叫了王四進來。

郁棠大吃一驚。

大伯母笑道：「妳不在家的這段時間，王四幫了不少的忙。妳大伯父還準備收他爲徒呢！這樣，他就永遠都是郁家的人了。」

郁棠看著手腳更顯俐落，眼底露出幾分精明，和剛來的時候已無法同日而語的王四。也許把他留在郁家是件好事。郁家就是沒人可用。

郁棠笑著和他打了個招呼。他恭敬地給郁棠行了禮，領命而去。

稍晚一些，郁遠趕了過來。

他是來和郁棠說漆器鋪子生意的事：「章公子畫的那幾個圖樣非常受歡迎，這才幾日，就賣了快三十兩銀子。我的意思，妳這幾天親自去趟章家，這生意最開始畢竟是妳和章公子家的娘子說的，我想，這件事還是交給妳比較好。若是能說服章公子再給我們畫幾幅，那就最好不過了。」

郁棠還能怎樣？只能答應唄。但她還委託了郁遠一件事——給裴家二小姐做個合適的剔紅漆盒，她會當成添妝禮物送給裴家二小姐。「妳想想，裴家和楊家結親，晒嫁妝的時候肯定會有很多人家來觀禮，若是我們家的漆器能讓那些人高看一眼，肯定能給我們家的鋪子帶來點生意的。」

郁遠很贊成她這些觀點，而且他也認爲，不管是怎樣的機會，只要是有機會，就應該去試試，就應該要抓緊了。

他道：「這件事妳就交給我吧。我多做幾個樣子，到時候讓妳挑選，務必做出一個讓裴家二小姐喜歡的。」之後他又說起郁氏老宅的田地和山上種的沙棘果了：「王四難得的細心，幾株樹都成活了，明年肯定會長得更好，可以繼續弄些樹苗來種了。因涉及到種苗的事，到時候我們去問問二叔父的意思好了。」

兄妹倆又爲以後的事說了半天體己話，郁博也從鋪子裡回來了。兩人就一起去了廳堂，全家人一起吃了頓豐盛的團圓飯。

接下來的幾天，郁棠覺得自己忙得像個陀螺似的停都停不下來。

她先去章公子家看了看小章晴，委婉地問了問章公子能不能繼續給他們家畫幾幅圖樣的事。馬秀娘爲難地婉言拒絕了。郁棠之前早有心理準備，雖然有些失望，卻也還能接受。之後又回老家看了看那些沙棘樹，果然如她大堂兄說的那樣，長得非常好，王四和看林人都花了心思。郁棠賞了看林人一兩銀子，至於王四的，則是他從王氏表姐夫家那邊回來之後賞他的，當然，相比看林人，郁棠多賞了他一兩銀子。

他拿著銀子謝了又謝，之後說起尋人的事：「大太太娘家的那位表太太有個姑子，和表太太差不多大小，嫁在了同一個村，前後只隔著片樹林，就像您說的，嘴角有顆痣。不過，她自嫁入夫家之後先後連生了五個姑娘，沒有兒子，如今也還在夫家住著。我也不知道是不是您要打聽的那個人。」

郁棠聽了王四的話，一下子就懵了，懷疑是不是自己的記憶出了什麼毛病，怎麼前世的事和今生完全不一樣了呢？難道這其中還有什麼她不知道的內情不成？

還有前世大伯母的那個「表姐」，到底是不是王四說的曾家的小姑子？她前世說的是眞話還是假話？如果說的是假話還好，只不過是騙了騙她。若說的是眞話，若是那孩子現在還活著，她總不能眼睜睜地看著那孩子出事。

郁棠覺得頭疼得厲害，只好叮囑王四：「你再去幫我仔細查查。」然後把前世大伯母「表姐」的長相又詳細地說了一遍給王四聽。

王四困惑地摸頭，道：「曾家小姑子長得就跟小姐說的一模一樣啊！我也的確好好打聽過了，她沒有生過兒子，只有五個女兒。」

他說得斬釘截鐵，讓郁棠不得不信。

郁棠在心裡嘆氣。

找不到人，不管前世的那些話是眞是假，她都無能爲力啊！

郁棠想著這一切，心怦怦亂跳，總覺得自己前世的很多事，都與裴府、與當年裴府當家的裴宴有著說不清、道不明的關係。

她突然間非常想見到裴宴。

可無緣無故的，又快過年了，正是裴宴最忙的時候，她也不好意思去打擾他。

就這樣，郁棠一直等到了隨母親去給裴老安人送年節禮。

裴府老安人正院的抱廈前，坐滿了好幾家在等著給老安人問好的女眷，見到了郁棠母女，都很是驚訝。要知道，這個時節，能進入內宅，還能等著見到裴老安人的人家並不是很多，大家彼此都認識。郁家是這兩年裴宴掌家之後，才漸漸和裴家親近起來的，而郁家的女眷，去年過年的時候還沒有資格見裴老安人，今年就能登堂入室給裴老安人問好了。這讓她們不由得重新判斷裴家和郁家的關係，而在審視、打量郁家母女的同時，都泛起熱情洋溢的笑容，既不顯得特別逢迎，又不至於讓人感覺被冷落地和郁家母女說著話，自我介紹著各自的來歷。

陳氏笑盈盈地和眾人打著交道，不卑不亢地，讓路過的毅老安人不由高看她一眼，見到裴老安人的時候還讚道：「有其母必有其女。郁小姐為人淡泊隨和，她母親看著也是個差不多的性子。這母女倆倒都是值得交的。」

裴老安人呵呵笑，提前見了郁棠母女。

陳氏先是向裴老安人說起她讓郁棠帶回家的禮物，眞誠地道了謝，然後提前給裴老安人拜了年。至於禮單，她們進府的時候已經交給了裴府的管事。

裴老安人笑著上下打量了陳氏一番——很平常的衣飾，模樣兒卻楚楚動人，十分標緻。郁棠看上去比她的眉眼間多了幾分活潑，和她還不是十分地像，應該是像郁秀才多一些。

她暗暗點頭，表揚了郁棠在她家暫住那幾日的表現，還邀了陳氏初五的時候到裴家來吃春宴，並道：「都是幾個跟家裡常來常往的當家太太。妳也不必拘謹，只管帶了郁小姐過來。她這次可出了個好主意。」把苦庵寺的事告訴了陳氏。

這件事陳氏雖然已經聽郁棠說過了，可這件事能得了裴老安人的讚揚，郁棠的好名聲就有了，以後不管是嫁人還是做別的什麼，都是有百利而無一害。

陳氏喜出望外，急聲應下，生怕裴老安人反悔似的。

裴老安人身邊有所求的人太多了，因此老安人反而喜歡像陳氏和郁棠這樣有什麼說什麼的，就算是高興，也明明白白地表現出來，不矯揉造作，很對裴老安人的脾氣。

等從裴家回來，年味也就越來越濃了，郁家上上下下每天忙進忙出的，大家都忙得很開心——這一年不僅家中合府平安，郁遠娶了媳婦，媳婦還懷了身孕，就是鋪子裡的生意，也漸漸打開了局面，買了田，投在江潮那邊的生意一直沒有壞消息傳來就是好消息……今年對郁家來說，是豐收興旺的一年。

吃年夜飯的時候，郁博還一面親自給家裡的人都添了一點酒，一面心有所感地感慨：「我們郁家也算時來運轉了。」

大伯母欲言又止。

若是郁棠的婚事也能定下來就更好了。

不過這天下沒有十全十美的事，家裡已經這樣順利了，也許還有更好的事就在明年。

她笑著也舉起了酒杯，道：「明年會越來越好的。」

大家都笑嘻嘻地應著。

陳氏也很高興，喝了半盅酒。

從前她還憂心女兒的婚事，可自從和郁棠去見過裴老安人之後，她的心突然就安定下來。女兒有本事，就連裴老安人都高看她一眼，就算一時沒有合適的姻緣，也能自己顧著自己，也能把自己的日子過好了。這不就是他們夫妻最初的期盼嗎？

轉眼間就到了元宵節，郁棠和兄嫂一起出門去觀了燈。

裴家那邊派了人過來，請她二月初二去裴府作客，來送帖子的是三總管胡興，他對郁文道：「我聽說，幾位小姐過年的時候都沒有歇息，請了師父在家裡學著製香。今年元宵節的夜宴，點的就是幾位小姐製的香。家裡的幾位老安人、老太爺和老爺、太太們都說好聞。我估摸著老安人請小姐進府，十之八九是爲了這製香的事。畢竟這件事是郁小姐提出來的，於理於情都應該給你們家小姐一個交代嘛！」

郁文心中得意極了，面上卻謙遜道：「這也是老安人抬愛。還請您回去後跟老安人說一聲，我們家姑娘一定準時登門拜訪。」

胡興高高興興地走了。

陳氏緊張得又想幫郁棠做新衣裳。

郁棠攔住了母親，道：「裴老安人性情豁達，不是個看重這些的人，何況老安人孀居，穿得太豔麗也不好。」

陳氏這才鳴金收兵，到了二月初二的時候送郁棠去了裴府。

裴老安人在廳堂等她，除了裴老安人，還有毅老安人和一位面相有些陌生的老婦人、二太太和裴家的幾位小姐，坐了一屋子的人，十分熱鬧。

郁棠忙上前去行了禮，這才知道原來這位老婦人是五房裴勇的妻子，也就是四小姐的祖母。

裴老安人就笑著問起了她過年的時候是怎麼過的，爲什麼沒有來裴家串門。

陳氏是怕裴老安人客多，她們過來反而累著了老安人，就只在大年初一的早上投了張名帖，算是給老安人拜了個年。

郁棠一一答了。

裴家的幾位小姐倒嘰嘰喳喳地說起話來。這個道「郁姐姐妳對我們太客氣了，我們過年的時候盼著妳來的，結果妳一直沒有來」，那個說「我就說，得派個人去郁姐姐家請人，妳們說不用，結果我們到今天才見到郁姐姐」，吵得很。

勇老安人就皺起了眉，對裴老安人道：「就妳最寵孩子。妳看看，都成什麼樣子了？」感覺有點嚴肅。

裴家的幾位小姐也都一下子安靜下來。

裴老安人不以爲然地笑，道：「孩子不吵鬧難道還大人吵鬧嗎？隨她們好了。」

勇老安人沒再說什麼。

大家都鬆了口氣。

隨後裴老安人和郁棠說起製香的事：「二丫頭和三丫頭試了好幾次，總算是在元宵節之前做了出來，聞著味道也好，我也派人送去了管事那裡，看看怎麼把這些香賣出去。這次叫妳來，就是想跟妳說說這件事。我們這兩天準備再去趟苦庵寺，看看苦庵寺的那些師父、居士能不能製出香來。」

郁棠聽明白了，笑道：「您什麼時候走告訴我一聲就是，我到時候隨您一起去苦庵寺。」至於她母親和大伯母想幫忙的事，她覺得這個時候不太合適說，要等苦庵寺的事落定了，大家都去幫忙的時候再去幫忙比較好，免得有心人誤會他們郁家人有心要討這份功勞。

大家就商量著二月初四過去，在那邊住一晚，第二天再回來。

郁棠覺得也不錯，她到時候再私下逛逛苦庵寺，看看有哪些人是前世她認識的。

之後她就被裴家的幾位小姐叫去看製香了。

磨粉，配料，凝固……一套製香看下來，郁棠興致勃勃地，準備帶幾支香回去給母親和大伯母試試，看她們覺得好聞不好聞。

三小姐聽了，驕傲地告訴她：「我們還做了散香和塔香，郁姐姐也可以帶幾個回去聞聞。」

郁棠笑咪咪地應好，結果她們幾個一轉身，卻看見陳大娘面色凝重，小跑著從她們身邊經過。

「這是怎麼了？」五小姐困惑地道。

陳大娘是裴老安人面前的老人了，做事素來沉穩，從來沒有見過她這副模樣。

二小姐卻臉色一白，猶猶豫豫地半晌沒有說話。

三小姐不愧是和她同房的姐妹，很快猜出了二小姐的不安，遲疑道：「不會是楊家……」

除了二小姐的婚事，她們都想不出還有什麼事能讓陳大娘這樣失態。

四小姐和郁棠的心也都提了起來。

五小姐立刻道：「我這就讓人去問問。」

郁棠明明知道這個時候自己應該迴避，但她更關心二小姐的情緒，她也就跟著幾位裴小姐一起等阿珊回話。

一時間氣氛變得非常緊張。

好在是阿珊很快就回來了。

她神色慌張，人還沒有站穩，已氣喘吁吁地道：「不好了、不好了，是楊家來人了，說是要給顧小姐保媒……」

顧小姐？

顧曦！

顧家要和裴家聯姻就聯姻，楊家什麼時候被扯了進去？

眾人面面相覷。

二小姐更是臉漲得通紅，咬牙切齒地道：「楊家是什麼意思？怎麼管起我們裴家的事來了？」

楊家剛剛才和裴家議親，就開始干涉裴家的事，而且還是二小姐未來的婆家，難怪二小姐會惱羞成怒。

郁棠想勸幾句，可心裡亂糟糟的，嘴角翕了又翕，卻不知道說什麼好。

其他幾位小姐此時也回過神來。

三小姐立刻滿面歉意，不好意思地低聲對郁棠道：「郁姐姐，我們就不送您了。事出突然，家裡的長輩肯定一時也顧不上別的，等家裡的事都理順了，我再親自去請郁姐姐到家裡作客。」

郁棠想說句「沒關係」，可嗓子眼像被什麼東西給堵上了似的，平時挺伶俐的一個人，一時間居然沒能發出聲音來。

她被雙桃扶著，高一腳、低一腳地出了裴府，上了轎子，不知道什麼時候回到了青竹巷的家中。

陳氏驚慌道：「妳這是怎麼了？這麼冷的天，怎麼滿頭的汗？臉也白得像紙似的。」一句話說完，她也跟著慌張起來，高聲質問雙桃：「不是說去見裴老安人嗎？怎麼這個樣子回來了？是有人欺負了阿棠？還是裴老安人說了什麼？」

她雙手緊攥，像是要和誰拚命似的。

郁棠一個激靈回過神來，忙挽了母親的胳膊，低聲道：「沒事，我沒事。就是剛在裴家……」

她聽到楊家要給顧曦保媒，心裡發慌，一時沒有了主意而已。

郁棠艱難地嚥了口口水。

她不知道自己這是怎麼了？顧曦中意裴宴，不要說自己，就是裴家的長輩們好像也都看出些端倪來了。

她不是早就知道了嗎？怎麼現在顧家把這件事給挑明了，她還這麼難受呢？

是的，是難受。

她討厭顧曦，只要一想到顧曦有一天會站在裴宴的身邊，有一天裴宴會對顧曦露出別人都沒有見過的笑容，郁棠光想都會覺得心裡像滴血似的。

肯定是因爲她把裴宴當恩人，不願意像顧曦這樣的女子褻瀆了裴宴而已。

對，肯定是這樣的。

所以她才會非常地難受。

郁棠長長地透了口氣，這才感覺到手腳的溫度，空氣中流淌的暖暖春意。

她好像突然從一個噩夢中驚醒過來似的，四肢百骸又充滿了力量，腦子也飛快地轉了起來。

「姆媽。」郁棠語氣盡量輕鬆地道，「您別擔心了，是顧家，您還記得嗎？就是和我一起在裴家作客的顧小姐，今天有人來給她保媒，想給她和裴家三老爺牽個線，我有點震驚。」

陳氏打量她的目光卻依舊殘留著幾分狐疑，「眞的嗎？三老爺馬上要除服了，婚事也應該有所準備了，妳震驚什麼？妳可別唬弄我！」

「沒有、沒有。」郁棠再次保證，道：「我眞的是太意外。我從前覺得顧小姐和我一樣大，結果突然發現顧小姐有可能會變成三老爺的髮妻……您能想像嗎？」

她的說法說服了陳氏，陳氏笑道：「妳這孩子，嚇我一跳。這也是因爲我們家人丁單薄，妳沒有經歷過什麼內宅的事，所以覺得稀罕。像妳大伯母，比自己的小姑姑還大幾個月呢，兩人就是一起長大的，還是同一年出嫁。」

郁棠嘟了嘟嘴。

反正她覺得顧曦配不上裴宴。

她派了阿苕關注裴家的消息。

裴宴的婚事在裴家是大事，關係到誰會成爲裴家的宗婦，而裴家又是臨安城最大的家族，就算是裴家想低調也沒有辦法低調得起來。

第七章

第二天阿苕那邊就有消息回過來，說是顧家要和裴家結親了。

郁棠愣住了。

她昨天被母親那麼一問，稍微冷靜下來，回到屋裡就琢磨著，如果裴家同意和顧家結親，裴老安人對顧曦應該是非常滿意才是。可在別院的時候，看得出裴老安人對顧曦並沒有特別地關照，陪同顧曦前來的沈太太甚至得罪了裴老安人，所謂的結親，應該只是顧家一頭熱而已。

此時聽阿苕這麼一說，她對自己之前的猜測又開始懷疑起來。

說不定裴老安人正是因爲很滿意顧曦，所以見沈太太說話行事特別不合她的心意，這才發脾氣，才會趕走沈太太的。不然以裴老安人的豁達，不應該反應那麼激烈才是。

後來又提前送走顧曦，也是因爲要和顧家說親了，顧曦再住在裴家就有些不合適了？

要不然，楊家一個剛剛才要和裴家結親的姻親，親事都還沒正式宣告眾人，怎麼就好摻和到裴、顧兩家的婚事裡來呢？楊家又不是什麼破落戶，不懂規矩。

郁棠越想越是這麼一回事。

她的心像在鐵板上煎似的，來來回回，都不知道是什麼滋味了。

她在屋裡來回踱著步子。

幫她收拾東西的雙桃看得眼都花了，忍不住道：「小姐，您到底有什麼心思？老爺和太太都那麼寵您，您要是去說了，他們一定會答應您的。您又何必心焦？想去做什麼就去做唄！」

郁棠呆住。

她還不如雙桃呢！她在家裡這樣焦慮有什麼用？裴家和顧家的婚事一旦定下來，顧曦就算是再上不得檯面，裴家為了顧全大局，肯定都會容忍的，大不了把顧曦送去廟裡靜修。可這樣一來，裴宴這一生也就完了——妻不賢、子不孝的，連家裡的事都管不了，還談什麼族中之事？

不行，她不能就這樣眼睜睜地看著顧曦嫁給裴宴。

她還要在臨安城生活一輩子呢！豈不是又要像前世似的，一輩子和顧曦大眼瞪小眼。

郁棠驟然間心底像噴出一股熱血似的，讓她全身都沸騰起來。

前世，她憑著一身孤膽才逃出李家，才有了之後的事，如今她兩世為人，怎麼還縮手縮腳起來，還不如前世一個孤苦的小姑娘了呢？

她說做就做。

郁棠立刻寫了一封信讓阿苕送到裴府去，並叮囑他：「一定要交給裴三老爺。若是見不到裴三老爺，交給裴大總管或是阿茗都可以，告訴他們我有要緊的事要見三老爺，關係重大，請三老爺務必撥冗見我一面。」

阿苕拿了信應聲而去，回來就告訴她：「裴三老爺今天一天都有客人，問您明天一早去裴府行不行？若是等不到明天一早，就寫張條子讓我帶過去。還跟裴大總管說，我若是求見，就直接帶我去見他老人家。」

明天應該還來得及吧？

郁棠在心裡盤算著，嘴裡卻無意識地道：「三老爺今天一天都在見客？知道見的都是些什麼人嗎？」

不知道與裴宴和顧曦的婚事有沒有關係？

阿茗搖頭，道：「我只聽說沈先生一大早就過來了，之後杭州那邊的顧家也來了人，三老爺在耕園那邊的書房就沒有出來過。我過去，也是阿茗幫著傳的話。」

沈先生也在裴家！

顧家也來人了！

郁棠心中一緊，隨後暗自慶幸，自己若不是早下決心，恐怕再見到裴宴就得是在他訂親的時候了。

她回到屋裡，忍不住抱了雙桃一下，道：「今天多虧了妳，等妳出嫁的時候，我一定賞妳一套銀頭面。」

雙桃被她弄得莫名其妙，但能在出嫁的時候被東家賞一套銀頭面，那可是極有面子的事，她面色一紅，忍不住問郁棠：「大小姐，您這讓人摸頭不知腦的……您爲什麼要賞我？」

郁棠愕然，隨後哈哈大笑起來，道：「妳不知道就不知道吧，只要記得妳出嫁的時候，別忘了提醒我還欠妳一套銀頭面就行了。」

雙桃一時拿不準郁棠是在開玩笑還是眞的要賞她，紅著臉將陳氏給郁棠新做的夏裳收進了悶戶櫥裡。

翌日一早，裴宴在耕園那座之前郁棠去過的涼亭見了郁棠。

春天的耕園，又是另一番美景。除了鬱鬱蔥蔥的大樹，拂在水面的銀絲垂柳，還有奼紫嫣紅的小野花從溪邊冒了出來，蝶舞蜂忙，春意盎然，空氣都變得溫柔起來。

郁棠懷疑裴宴這段時間是不是太忙了，這些野花才能生機勃勃地肆意生長，或者是丫鬟小廝們都忙不過來，沒空把這些花都掐了，再或者是就算那些丫鬟小廝天天掐花也掐不過來？

裴宴則上上下下打量了郁棠好幾眼。

和在苦庵寺時相比，郁棠好像憔悴了一些？當然，這種憔悴不是指相貌上的，她依舊面如桃花，目清如泉，就像那長在梢頭的花蕾般惹人矚目。而是指她精神上的憔悴，有些怏怏的，如同受了什麼委屈似的。

可他這段時間沒有聽說她家有什麼大事發生啊！

裴宴心裡想著，開口之後的聲音卻平靜無波，讓人聽不出喜憎：「出什麼事了？妳這麼急巴巴地來見我，不會是妳又闖什麼禍了吧？」

想當初，她可是打著他們裴家的旗號在外面招搖撞騙過。

郁棠氣得不行。

她就不應該來告誡這個人。怎麼說話就沒有一句讓人能聽的？

昨天晚上打的腹稿立刻被她拋到了腦後，道：「我是聽說三老爺要和顧小姐結親了，想著從前三老爺對我們郁家的關照，有兩句話如鯁在喉，不得不說。若是不中聽，還請三老爺看在我一片誠心的分上，不要責怪。」

又來一個對裴、顧兩家聯姻有話要說的。
裴宴挑了挑眉，道：「那就別說！」
裴宴說這話的時候，還嘴角含笑地斜睨了郁棠一眼。
郁棠一下子驚呆了。
裴宴這是什麼意思？難道他覺得和顧家結親很好嗎？或者是，裴、顧兩家的聯姻還有什麼不足爲外人道的原因？
郁棠心中一沉，覺得自己可能來錯了。
要知道，裴宴可比她厲害多了，要是連他自己都覺得有必要和顧家聯姻，她憑什麼覺得自己比裴宴正確，能夠阻止裴宴呢？
郁棠一下子就蔫了。
難道命中註定，今生的顧曦會嫁給裴宴，成爲裴家的宗婦不成？
她喃喃地道：「你是不是已經做了決定，不管我說什麼，你都決定和顧家聯姻了？」
裴宴沒有吱聲，而是圍著郁棠走了一圈。然後他發現，郁棠像焯了水的青菜似的，更蔫了。
他倒生出點好奇心來了，道：「妳爲什麼反對裴家和顧家聯姻？」
郁棠抬頭，愕然地望著裴宴。
裴宴正沉著臉望著她。
她頓時知道，這樣的機會可能僅此一次，若是抓不住，就不會再有。
「我和顧曦不對勁。」她立馬道，「可不是普通的不對勁。這個人，一有機會就喜歡踩我，我覺得她太假了，我不想這樣的人成爲裴家的宗婦。裴家的女眷應該像老安人那樣，慈祥又溫柔，寬厚又豪爽，而不是總盯著自己的腳尖看，誰越過她去就會心裡不舒服。而且我常聽別人說，妻好一半福。我、我也不想這樣的人成爲您的妻子……」

希望他生活幸福、美滿，妻賢子孝。

若是在沒有來見裴宴之前，她可以毫無負擔地說出這句話，可見到了裴宴，聽了裴宴的話，她突然覺得，也許她是錯的。

每個人的感受都不一樣，她喜歡的，裴宴未必喜歡，她不能以自己的感受去判斷裴宴的喜好，判斷裴宴是否會過得好。

可顧曦肯定不行。

她太瞭解顧曦了。

郁棠不由大聲道：「總而言之，我希望您能愼重地考慮一下。」

裴宴聞言饒有興趣地望著她，道：「那妳到底是因爲妳和她不對勁才反對這件事呢？還是因爲妳覺得她不適合我而反對這件事呢？」

郁棠馬上道：「都有！我既覺得她不合適，也不合意。」

裴宴點了點頭，道：「我明白了！」然後端了茶，一副要送客的模樣。

郁棠眨了眨眼。

事情結束得也太突然了吧。

那裴宴到底有沒有把她的話聽進去呢？

她站了起來，不死心地道：「您這是什麼意思？我說的您聽進去了沒有？」

「我會好好考慮的。」裴宴正色道，「要是我選的妻子與你們這些人都不合群，也是有點麻煩的。」說著，還流露出一副認眞思考的樣子。

可他這副樣子落在郁棠的眼裡，怎麼看怎麼覺得他像是在諷刺她似的。

郁棠臉上火辣辣的，說了聲「那我告辭了」，就逃也似的衝出了涼亭。

裴宴望著她的身影，忍不住笑了起來，聲音由低漸高，最終哈哈哈地迴響在了四周。

裴柒從涼亭旁的樹林裡走了出來，他不解地道：「三老爺，您、您這是怎麼了？」

裴宴的笑容有所收斂，眼底卻如夏夜的星河，星星點點，明亮耀眼。

「哦！」他淡淡地道，「有小兔子跑進了花圃裡，把花圃弄得亂七八糟，然後自己把自己嚇跑了。」

花圃？

這裡哪有花圃？難道三老爺說的是涼亭外的那些野花嗎？

裴柒忙道：「三老爺，阿茗一早就和人掐了半天的野花，可這野花太多了，眨眼又長了出來。」

裴宴隨意地揮了揮手，對裴柒道：「郁小姐剛走，應該還沒有走遠，你加快腳步，請郁小姐去書房裡坐一會，說我有話要跟她說。我送走了楊家的人就過去。」

不管那些野花了嗎？

裴柒摸了摸腦袋，「嗯」了一聲，忙轉身去追郁棠。

郁棠漸漸慢下了腳步，腦海裡不斷地重播著剛才和裴宴對話的畫面，越想就越生氣。

她明明是來阻止裴宴的，昨天還打了半天的腹稿，準備把她和顧曦交往的一些事告訴裴宴，怎麼見到了裴宴卻像小孩子吵架似的，只知道說她不喜歡顧曦，卻忘了原本應該說的話！

也不怪裴宴不相信她。換成了她也不會相信的。

哎！她好像好心又辦了壞事。也不知道有沒有什麼補救的方法？

或者是……她再折回去，好好地和裴宴談談？

郁棠的腦海裡浮現出裴宴冷漠的面孔。

不對！

她停下了腳步。

這件事不能怪她，要怪就得怪裴宴。她每次和裴宴說話，裴宴都非常嚴肅不說，而且說的話也非常簡短，往往她還沒有把話說完，他就已經有了決斷，讓她的話一下子全都被堵在了嗓子眼裡。這也是為什麼每次她見到了裴宴都會落下風的緣故吧？

郁棠好好地反思著自己的行為舉止，尋思著是不是再找個機會和裴宴說說這件事？

顧曦若是真成了裴宴的妻子，她會寢食難安的。比吞了隻蒼蠅還讓人覺得難受。

那她寧願離開臨安。

不過，她這個時候再折回去合適嗎？

郁棠正猶豫著。背後傳來裴柒的聲音：「郁小姐、郁小姐，我們家三老爺請您去書房等他，他說還有事要和您說！」

郁棠認識這個人。

他是裴宴身邊的人。

她不由問他道：「三老爺怎麼又改變了主意？他可有說是要和我說什麼事嗎？」

不會是喝斥她，讓她再也不要多管閒事了吧？

郁棠有些不安。

裴柒笑著回道：「我也不知道。我只是奉命行事。」

郁棠想了想，和裴柒去了裴宴的書房。

這間書房是個五間的敞廳，到處都是書畫卷軸，靠近南邊窗戶的搖椅上放著半新不舊的素色細布薄被，薑黃色葛布迎枕，汝青色梅瓶裡插著枝枯了的艾草。

看得出來，這是裴宴慣用的書房。是他用來讀書寫字的，而不是會客的。

郁棠暗暗吃驚，更好奇為何梅瓶裡插的是艾草，這艾草又是如何保存到今天的。

她正準備湊過去看，屋外傳來一陣腳步聲。

郁棠回過身來，看見個十七、八歲，穿著青色杭綢比甲，做丫鬟打扮的姑娘端著茶盤走了進來。

「郁小姐！」她笑盈盈地給郁棠行禮，明亮的大眼睛，白皙鵝蛋臉，落落大方，如同養在深閨的大家小姐，讓郁棠一時拿不準她的身分。

她卻溫柔地笑著自我介紹：「奴婢叫青沅，是三老爺屋裡的大丫鬟。不知道您喜歡喝什麼茶，我就自作主張沏了大家都喜歡的西湖龍井，您嘗嘗合不合胃口。若是不合胃口，我再換您喜歡的茶。」

郁棠沒這麼講究。她笑著道：「我不挑茶的，都可以。多謝青沅姑娘了。」

「您太客氣了。」青沅把茶放在了書房內的茶几上，有兩個十五、六歲的小丫鬟端了茶點和瓜果進來。

郁棠覺得這兩個小丫鬟有些面熟，可一時又想不起在哪裡見過，只好朝著兩個小丫鬟點了點頭。

兩個小丫鬟羞赧地朝她福了福，退了下去。

青沅則在書房裡陪著她說了幾句閒話，裴宴就過來了。

「三老爺。」青沅忙起身行禮。

裴宴卻看也沒有看她一眼，揮了揮手，示意她退下，隨即開門見山地道：「妳跑那麼快做什麼？我話還沒有說完呢！」

郁棠站在那裡，嘴角翕翕地不知道說什麼好，感覺自己比青沅這個丫鬟都沒有氣勢，就像那兩個不知姓名的小丫鬟。

裴宴眼底飛快地閃過一絲笑意，很快就恢復了肅然，沉聲道：「我都認識妳快兩年了吧，妳怎麼還這麼毛毛躁躁的，就不能穩重點？」

郁棠聽著眼角一抽。

裴宴已飛快地又道：「過了正月十五，李家就搬到杭州城去住了，這件事妳知道嗎？」

「知道。」說起這件事，郁棠沒有心思和裴宴再計較什麼，道：「我一直讓人盯著他們家有什麼動靜呢。我聽說他們家搬到了離小河御街不遠處，一個叫小河巷的地方，不知道是眞是假。」

小河巷算得上是杭州城最繁華的巷子之一，住在那裡的也都非富即貴，因而那邊的房產很少有對外出售的。

郁棠還沒有打聽清楚李家是在那邊租房子還是買房子。如果是租的還好說，如果是買的，那李家可能早就開始準備搬家的事了。

在這一點上，郁棠和裴宴倒是想到一塊兒去了。

裴宴道：「李家的宅子是買的。」

郁棠皺眉，道：「那，京城那邊還沒有什麼消息嗎？」

「估計要到端午節前後了。」裴宴和郁棠心照不宣地道，「過年的時候我派人去送過年禮了，日照那邊也查出了很多東西，只等合適的時候了。」

這樣就好。郁棠點了頭。

裴宴就開始問她過年的事，哪天都做了些什麼，親戚間怎樣走動的，得了多少紅包等等，雜亂無章地什麼都問。

郁棠被問得狐疑。裴宴不像是有什麼要緊的事要和她說，反而像是要把她拖在這裡，不讓她回去似的。

郁棠望著裴宴一本正經的臉，暗暗懷疑著自己。

裴宴卻憋著笑，越憋越難受，正越憋越得意的時候，裴滿來了。

他向裴宴稟道：「老安人說，楊家是大公子的外家，既然大太太和楊家老太爺、舅老爺們都覺得這是門好親事，那就這麼定了。顧小姐許配給大公子，兩家先交換信物，等到除了服就下聘。」

郁棠睜大了眼睛，感覺自己的下巴都要掉下來了。

「大公子……顧小姐要許配給大公子……是、是裴府的大公子嗎？大老爺的兒子，您的姪兒？」她磕磕巴巴地道，腦子裡像被漿糊糊住了似的，沒有辦法思考，只能依靠本能說話，「那楊家，是大太太的娘家了？」

她怎麼會覺得是裴宴要和顧曦結親呢？

郁棠糊里糊塗地想道，她之前還問過裴宴，裴宴分明回答「那就別說」，可「那就別說」也不一定就是否認的意思！

而且他確實也沒有否認啊！

郁棠此時才後知後覺地發現，裴宴根本就是在調侃她！

她的臉頓時火辣辣的，再也忍不住脾氣，衝著裴宴就嚷道：「你、你根本就是在看我的笑話！」

「妳又胡說八道些什麼？」裴宴揚著下頷斜睨著她，看她的目光簡直就像是在看一個無理取鬧的孩子，「明明是妳突然衝到我面前跟我說，妳和顧曦不和，顧曦配不上我，我仔細考慮了半天，覺得妳說的話挺有道理的，就推了和顧家的親事。只是沒有想到我好不容易被妳說服了，結果我大嫂卻跳進坑裡了，我這不是還在苦惱這件事應該怎麼辦嗎？」

郁棠沒臉面對裴宴，一聲不吭，轉身就跑了。

裴宴再也忍不住，哈哈大笑起來。

郁棠直到跑出了耕園，彷彿還能聽到背後傳來裴宴的笑聲。

她怎麼這麼蠢！她怎麼會覺得裴宴讀書是塊料子，就算是他能學習管理好庶務，肯定在人情世故上會有所欠缺……可現在看來，他分明是什麼事都心裡有數！

活該她被裴宴笑。

阿茗氣喘吁吁地趕了上來，高聲喊著「郁小姐」。

郁棠很想埋頭就走掉，可她家離小梅巷至少也有兩刻鐘的路程，她雇的轎子還停在裴家的轎廳裡，她就是想避也避不了。

郁棠只好停下腳步，當做什麼也沒有發生的樣子，強作鎮定地問阿茗：「怎麼了？你喊住我可是有什麼要緊的事？」

阿茗道：「三老爺讓我派了家裡的轎子送您回府，還讓我拿了兩匣子點心，說是讓您帶回去給貴府的太太嘗嘗鮮。是昨日剛剛從京城送過來的，與我們南邊的點心有很大不同。」他解釋著，生怕郁棠不接受的樣子，「轎子我已經安排好了，您請跟我來。我們家三老爺還說了，以後貴府有人上門，直接領到三總管那裡即可。」

能被裴家這樣對待的家族可不多，在臨安城，更是無上的榮耀。

郁棠神色木木的，決定以後再也不自作聰明，跑來見裴宴了。

她腦子裡一片空白，不知道自己是怎麼回到家裡的。

裴宴那邊卻笑得停不下來。

郁家的這位小姐，眞挺有趣。

可見他看人還是有幾分眼光的，不然當初見到她打著裴家的旗號招搖碰騙的時候就會感覺不快，覺得這小姑娘是個惹事精了。

現在誤以爲他要和顧家結親，居然跑來告誡他。

如果他不聽，不知道她會不會像破壞顧家和李家的親事似的，想辦法也拆散「他和顧家」的親事。

這些念頭在腦海裡一閃而過，他隱隱有些後悔。

他是不是不應該把她重新叫回來，就應該讓她誤會，然後看看她會拿出什麼手段來破壞「他和顧家」的婚事呢？不過，若是等她回了郁家，發現她聽到的是謠言，那他肯定看不到她剛才那麼有趣的反應了。這麼想來，還是把她多留一會兒，讓她知道事情的眞相更有意思。

裴宴心滿意足，覺得這是他這段時間以來遇到過的，最讓他開心的事了。

這讓剛剛聽到裴、顧兩家可能聯姻的消息，就馬上趕過來的舒青不由驚訝地停下了腳步，不解地道：「是在我剛剛趕過來的時候，發生了什麼值得高興的事嗎？」

裴宴收斂了笑容，淡然地道：「沒有，沒有發生什麼事。」可說完這句話，他的眼底卻閃過一絲他自己都沒察覺的笑意。

舒青滿心困惑，但裴宴已經拒絕回答他了，他自然不好再多問，只能把這個困惑記在心底，等有時間了再找裴滿打探。他說起了自己來找裴宴的目的：「大公子的婚事，就任由楊家這樣亂來嗎？和顧家結親固然好，可對大公子來說卻並不是最好的選擇。」

裴宴搖了搖頭，嘴角露出一絲譏諷的笑，道：「你以為楊家不知道嗎？可他們更怕我和母親拿捏大公子的婚事做文章，寧願先拿到手裡再說。何況顧昶這兩年發展得不錯，娶顧小姐雖然有些冒險，但也不算吃虧。母親既然答應了楊家，想必是不願再管那邊的事了。那就這樣好了，以後是福是禍，都是他們自己選的，別到時候又怪我沒有阻止就好。」

舒青嘆氣。

裴宴忍不住道：「眞是個蠢貨！連個什麼都不知道的小姑娘都知道這門親事沒什麼好的，他一個大男人卻聽從婦人之言，讓幹什麼就幹什麼，就算以後出仕，我看也是個糊塗官，不害人性命、不給家族惹禍就好。」

小姑娘?!

舒青眼睛轉了轉，覺得自己好像明白了什麼，又有點不敢相信自己的猜測。

要是三老爺眞有這樣的心思，兩人的身分、地位不免相差得有點太遠了，這件事只怕不好辦啊！

他在心裡琢磨著，那邊裴宴已道：「這件事恐怕還得你出面，看看楊家和顧家是怎麼講的，我懶得和他們像小商小販似的一條條地講細節，這些事就交給你好了。」

舒青頓時覺得頭痛不已，但還是只能答應下來。

那邊郁棠已經到了家，心情也慢慢平靜下來。

她就奇怪了，當時自己怎麼就那麼篤定裴家和顧家結親的會是裴宴和顧曦呢？她都生出這樣的誤會來，那裴府的幾位小姐呢？不知道當她們知道顧曦要嫁給裴府長房的大公子裴彤，會成爲她們的嫂嫂時，會是怎樣的表情？

明天她還要隨著裴家的女眷去苦庵寺……要是裴宴也像上次一樣會隨她們一起去苦庵寺，那她明天豈不是也會見到裴宴？

郁棠立刻坐立不安起來。

裴宴那個人平時那麼冷清，別說笑了，就是句好言好語都沒有。今天卻當著她的面毫無形象地哈哈大笑起來，樂得跟個什麼似的。明天要是見到了她，還不知道要怎樣地揶揄她呢？

她明天能不能不去苦庵寺啊！

郁棠在心裡盤算著，想了很多的藉口，但好像都不夠有說服力。

難道她明天還得和裴宴一起去苦庵寺不成？

郁棠心裡的小人兒抱著腦袋蹲在了門檻旁。

要是有條地縫，她就鑽下去了。

但顧家怎麼突然和裴家長房那邊勾結到了一起？

她記得顧曦在裴家別院的時候，和大太太並沒有什麼交往，顧曦之前又一直傾心於裴宴，又怎麼會同意嫁給裴彤？難道這樣她不會尷尬嗎？還是豪門大族家的姑娘和她想的不同？之前不是有人說豪門大族能夠門當戶對的只有那些人家，能選擇的範圍也就很小。是不是因爲這樣，所以顧曦才改變主意的呢？

不管怎樣，顧曦沒能嫁給裴宴，郁棠心裡還是挺高興的。

陳氏讓她幫她未出世的小姪子做兩雙襪子，她立刻就答應了。

「這是怎麼了？」陳氏好奇地和陳婆子道，「不是說出門去買珠花了嗎？怎麼珠花沒有買回來，人倒像被什麼東西給砸了腦袋似的，只知道傻乎乎地笑啊？」

陳婆子笑道：「應該是遇到了什麼好事吧？」

郁棠聽了陳婆子的話，笑得更燦爛了。

以後顧曦要被裴宴的妻子管著，見了裴宴的妻子得恭敬地行禮稱「嬸嬸」，想想就讓她覺得揚眉吐氣。

她也不用離開臨安城了。

郁棠高聲道：「姆媽，今天我們燒個蓴菜銀魚湯嗎？街上都有賣蓴菜的了！」

陳氏有意逗她，輕哼道：「妳知道現在的蓴菜賣多少錢一斤嗎？比肉還貴。妳想吃蓴菜啊？要麼等幾天，要麼等妳明天跟著裴老安人去苦庵寺的時候，看苦庵寺的人招不招待妳了。」

郁棠撇了撇嘴，但就這樣也沒能打擊她心裡的歡喜。

可到了下午，她還是悄悄地派了雙桃去見五小姐，問她明天裴宴會不會一起去苦庵寺。

五小姐這次回話倒十分肯定，她道：「家裡出了點事，我三叔父怕是不得閒，就是我祖母，明天也不知道去不去得成苦庵寺。至於是什麼事，一時半會也講不清楚，到時候我們見面了再說。」

郁棠就懷疑是裴、顧兩家結親的事。

但裴宴不去苦庵寺，讓她安心不少。

❖

第二天一大早，她去了裴府。

裴宴和老安人果然都沒空，帶她們去的是毅老安人和二太太。可裴府的幾位小姐都已經知道了顧曦要和裴彤結親，五小姐坐在騾車裡就低聲和郁棠議論開來：「我們都嚇了一大跳，大堂兄今年才十八歲，還在孝裡，我們都覺得他怎麼也要等到出了孝才訂親的。再就是，從前不是還傳說大堂兄和他娘家的表妹青梅竹馬的嗎？怎麼突然間就要娶顧姐姐了？難道是前些日子顧姐姐來家裡作客的時候，無意間被大伯母瞧中了？」

郁棠想起大太太託沈太太送的信，想起顧曦在暖房和大太太的偶遇……難道顧曦一開始的目標就是裴家長房？

這一瞬間她甚至開始懷疑起自己的判斷來了。

四小姐卻遲疑道：「應該不會吧！在家裡的時候，顧姐姐都沒怎麼見過大伯母，大伯母怎麼會向顧家提親？不是說是楊家看中了顧姐姐嗎？說起來顧姐姐家和我們家也算得上是門當戶對了。大伯母肯定是怕大堂兄除了服之後找不到合適的人家，所以才會這麼急的。再說了，楊家和大伯母認識的畢竟大都是京城的人，千里迢迢的，也不知道對方的人品相貌如何，大堂兄又要很長一段時間都待在臨安，萬一要是對方人品有瑕，那才是眞的麻煩了。我倒覺得這樣挺好，至少知根知底。以後我們開詩會也就不缺人了！」

她說完，已是眉開眼笑，還用手帕捂了捂嘴。

二小姐幾個也都嘻嘻地笑了起來，只有三小姐，垂著眼，嘴角牽了牽，笑得很勉強。

郁棠還以爲她是哪裡不舒服，遞了條存放在匣子裡的溼帕子，讓她擦擦額頭，好歹能舒服點。

三小姐接過帕子，猶豫了片刻，低聲對郁棠道：「郁姐姐，我心裡很不安。」

郁棠認眞地聽她講。

三小姐低聲道：「我從前還曾經聽說過，有人想給大堂兄說媒來著，大伯母一口就回絕了。如今楊家和大伯母卻主動和顧家說親，妳說，會不會是楊家那邊出了什麼事啊？」

郁棠鬱悶道：「這種事，就是打聽也不好明著問，大公子和顧小姐的婚事又已經過了明路……」就算是裴彤和他的表妹眞有情愫，有了父母之命，這些情愫也只能放在心底了。

三小姐畢竟還年少，總覺得花好月圓才是眞，心裡怎麼都有點不高興。

好在苦庵寺在望，她們下了騾車，又換了軟轎，就到了苦庵寺。

然後郁棠就看見了裴家的三總管胡興。他正站在寺門口和苦庵寺的主持說著什麼。

見裴府的女眷來了，他一溜煙地跑了過來，在毅老安人的轎子前站定，恭敬地道：「我們家老安人不能過來，怕您老人家有事身邊跑腿的找不到地方，特意讓我過來搭個手，您老人家有什麼事，只管讓身邊的丫鬟吩咐我，我今天一天都跟著您，聽您差遣了。」

毅老安人笑咪咪地點頭，道：「那就麻煩三總管了。」

「哎喲，看您說哪裡話，折殺我了。」胡興殷勤地道，鞍前馬後地服侍著毅老安人進了寺門。

毅老安人就指著門前一段土泥巴路道：「我看，賣不賣佛香暫不說，這路得先修一修才好。每次過來都費這麼大的勁，哪裡還買不到佛香啊！」

胡興忙道：「我回去就跟三老爺說。」

苦庵寺主持滿臉驚喜。

毅老安人滿意地點了點頭。

郁棠和裴家的幾位小姐則跟在她們身後說著悄悄話。

「說是楊家的人還沒有走。」三小姐依舊拉著郁棠，「伯祖母和三叔父肯定是要和楊家人應酬，今天才沒有辦法過來的。」

郁棠想著也應該是這樣的。

「我當時一聽說是楊家來作的媒，立刻就炸了。」三小姐繼續小聲道，「楊家自己的婚事還沒有搞定，就指手畫腳地管起我們裴家的事來了……還好後來不是，不然真不知道這件事該怎麼收場。」

和四小姐一起走在她們前面的二小姐卻突然回頭，冷哼道：「這有什麼為難的？婚事不是還沒有定下來嗎？就說兩人八字不合就是了。」

郁棠嘿嘿地笑。

五小姐道：「二姐姐，妳這樣不對。以後也不能一言不合就回娘家，會被夫家的人瞧不起的。妳應該把楊家的人找來，好好地教訓他們一番，讓他們改正。」

她稚言稚語的，加之小臉繃得緊緊的，一副小孩裝大人的樣子，就是她們身邊服侍的丫鬟婆子也都忍不住了，一個個低頭無聲地笑著。

偏偏五小姐還什麼都不知道的樣子，道：「妳們這是怎麼了？難道我說得不對？我舅母和我舅舅置氣的時候，我外祖母就是這麼教我舅母的。」

郁棠實在是忍不住了，拉了五小姐的手道：「妳說得很有道理。我們快點跟過去吧，也不知道毅老安人和主持都說了些什麼？苦庵寺裡能不能製香？對了，三小姐，這件事是妳在負責，製香的東西都帶過來了嗎？等會是妳還是二小姐教苦庵寺的人製香啊？」

三小姐聞言知雅意，立刻道：「我和二姐姐都教，這樣快一點。製香的東西交給了管事的，應該都帶來了吧？」

郁棠就叫了雙桃，「妳去問問，看東西都準備齊全了沒有？」

雙桃應聲而去。

大家的話題就轉移到了教苦庵寺的眾人製香上來。

郁棠鬆了口氣。

三小姐就衝著郁棠直笑。

郁棠想想剛才的情景，也笑了起來。

苦庵寺收拾了一個閒置的大殿作爲製香的地方，寺裡能來的人都來了，一邊是尼姑，一邊是居士，二小姐教那些尼姑製香，三小姐則教那些居士製香。

眾人的天賦一下子就顯現出來。除了一個姓李的居士，其他人都笨手笨腳的，有的生怕浪費了香料，有的則怕自己做不好，教了半天，只有那個姓李的居士能全程跟上。

這和大家預想的完全不一樣。

二小姐和三小姐教了半天，也開始心浮氣躁起來了，毅老安人和二太太也直皺眉。

郁棠一看這樣不行，但她想起自己前世剛進李府時骨子裡藏著的怯意，讓她比平時還要笨拙，頗有些感同身受。但二小姐和三小姐的心情，她也能理解。兩個人都是非常聰明伶俐的，身邊的丫鬟婆子也都是層層選拔上來的精明人，一個眼神、一句話就能支使著別人照著她們的意思行事。遇到苦庵寺這些畏手畏腳的眾人，也不怪她們心浮氣躁了。

得想個辦法改變這種情況才行。

她盯著幾個居士的手看著，心中一動，福至心靈般突然想到了一個點子。

郁棠四處看了看，看見了常年跟在二太太身邊的那個姓金的婆子，她想了想，悄悄地走了過去，喊了聲「金大娘」，道：「我看這樣下去，我們今天就算是交代在這裡，估計也沒什麼進展。我倒有個主意，只是不知道妥當不妥當，還請金大娘幫我拿個主意。」

金大娘既然是二太太的心腹，多多少少都知道些裴老安人和二太太對郁棠的評價，她看了一眼陪著毅老安人和主持師父說話的二太太，熱情地笑道：「要不我帶您去二太太那邊吧？我一個做婆子的，郁小姐抬舉，喊我一聲大娘罷了，我哪有那見識覺得妥當不妥當啊！」

郁棠知道自己又遇到了個明白人，笑道：「您老人家吃過的鹽比我們走過的橋都多，我先說給您聽聽，您要是覺得合適，我們再去二太太面前說。要是覺得不合適，您也幫我把把關，免得我說錯了話，丟人丟到了毅老安人面前。」

金大娘忙說了幾聲「不敢當」，卻是支了耳朵聽郁棠說話。

「我瞧著製香的步驟也不過是那幾步。」郁棠冷靜地道，「她們看了後面的忘了前面的，我瞧著多半是因爲太緊張了。若是平時，倒可以慢慢地教，只是二小姐、三小姐馬上要開課了，未必能天天跑過來教她們製香。不如把製香的步驟給分成幾部分，讓她們一個人只學一小部分，這樣就比較容易記住了。」

金大娘眼睛一亮，拉了郁棠就往二太太那邊去，「這主意好！郁小姐跟二太太說一聲，肯定不會有什麼錯的。」

郁棠鬆了口氣，在二太太和毅老安人面前又說了一遍。

毅老安人和二太太也都覺得好，叫了二小姐和三小姐到跟前，把郁棠的方法跟她們說了一遍。兩人眼睛都亮了，轉過身去就開始布置人手，教她們一個人只學一小部分。

毅老安人朝著郁棠欣慰地笑，道：「妳這孩子，也不知道平時都吃些什麼、喝些什麼，怎麼就比旁人都要聰明呢？這樣的點子也能立刻就想了出來。」

郁棠謙遜地笑，道：「不過是腦子裡一閃而過的念頭，也不知道好不好。這不就來找兩位長輩幫著拿主意了。」

二太太也滿是讚揚，道：「這樣很好。若是這苦庵寺能製出佛香來，妳也算是頭功一件。」

郁棠又謙虛了一番。

製香的速度明顯地快了起來，而且很快就製出了第一批線香。

三小姐道：「這個叫八寶香，裡面添了八種香料，同佛家八寶似的，一般人聞著都會很喜歡的。」

金大娘就試著點了一支。

佛香味綿長，其中還含著些許的檀香味。

但檀香是種非常名貴的香料。苦庵寺的主持不禁問道：「還加了檀香嗎？」

「沒有。」三小姐笑得有些得意，道：「要不怎麼說是從古書上找到的方子呢？聞著很像檀香的味道吧？實際上是合香。以後妳們寺裡有了這方子，就可以製出檀香的味兒來。」

郁棠聽著心中亂跳了幾下，再結合她前世的經歷，總覺得這不是什麼好事。

她打量著周圍人的神色。果然有人在仔細地聽，而且這些仔細聽著的人，全都是眼睛有神、衣飾乾淨又手腳俐落的。

這香方若是交給了苦庵寺，未必能保得住。

前世，苦庵寺很窮，大家都掙扎在溫飽邊緣，自然也就沒有什麼大的矛盾。但在李家的那幾年，郁棠見識過太多的好心變壞事。

人都是不患寡而患不均的。

用過晚膳，她去拜訪二太太。

二太太正好有客人，金大娘笑盈盈地把她迎到了隔壁的廂房，跟她道：「是楊家來人了，我們家二太太不好不見。郁小姐您在這裡等會兒，等來人一走我就去通稟二太太。」

郁棠不免有些奇怪。這都掌燈時分了，楊家有什麼急事要派了人來苦庵寺見二太太？

她又怕自己把大太太的娘家和二小姐的婆家給弄混了，像在裴宴面前似的鬧出笑話來，就低聲問道：「是哪個楊家？」

金大娘是二太太的陪房，隨著二太太到裴家沒多久就跟著二太太一家去了任上，一直到老太爺去世守制才回臨安，對裴家估計還沒有郁棠知道得多。她聽郁棠這口氣，以為郁棠對裴家知之甚詳，也就沒了對外人的警覺，絲毫沒有防備地悄聲道：「是大太太娘家那邊的人。好像說楊家怕大公子耽擱了大比，給大公子介紹了一位西席。沒想到三老爺不同意，楊家來的人和三老爺不歡而散，卻也沒有辦法。就想找我們家二老爺，結果我們家二老爺去了五臺山，就找到了二太太這裡。」

說到這裡，她不屑地撇了撇嘴，「十之八九是想讓我們家二太太幫著大公子說說話。可他們也不想想，裴府是什麼人家？難道裴府的大公子要讀書，還得他們楊家的人給請西席嗎？我們家二老爺、三老爺可都是兩榜進士，哪個西席能和我們家二老爺、三老爺比？再說了，就算是我們家二老爺和三老爺都忙，沒有那個時間，不是還有毅老太爺嗎？再不濟，勇老太爺也是舉人出身啊！楊家的閒事，也管得太寬了！要我說，都是大老爺在世的時候給慣的！」

至於慣得誰，已不言而喻了。

按理，郁棠不應該聽這些，可她實在是有些好奇大太太和裴宴的恩怨，她此時甚至腦子飛快地轉了起來，異想天開地琢磨著大太太點了顧曦做她的兒媳婦，不會是想和裴宴打擂臺吧？

她都能看出顧曦在打裴宴的主意，難道別人看不出來？

她就不明白了，顧曦什麼人不好嫁，非要來裴家蹚這渾水，非要嫁到臨安城來。

郁棠就輕聲道：「多謝金大娘了。我在這裡等著，二太太有空了您讓人喊我一聲就是了。」

金大娘就喜歡郁棠這樣直白的人，她立馬笑得滿面春風，親手給郁棠沏了杯茶，拿了蜜餞、果子給她做了茶點，這才去了二太太那邊伺候。

郁棠就尋思著，以二太太的精明，楊家只怕會無功而返。

她喝著茶，不禁伸長了脖子朝二太太正房的大廳望過去。

事情也巧，她剛望過去，二太太正廳的門簾子刷地一下就被撩開了，郁棠看到個四十來歲的婆子滿臉忿然地走了出來，金大娘不以爲意地跟在她身後，聲音聽似熱情實則敷衍地高聲說著：「這大晚上的，您可仔細腳下。這麼晚了，只怕是進不了城了，您還是在這裡住一晚再走吧！」

那婆子頭上的金飾在燈籠的光照下一閃一閃地，看得出來，是個富貴人家裡有臉面的僕婦。

郁棠跑到了窗邊，只聽那婆子冷笑了一聲，道：「不敢勞您大駕，我們拿了我們家大老爺的名帖，已經在驛站訂了間房。不過，我還是有句話要請您轉告您家二太太，我們家大姑奶奶的今天，說不定就是別人的明天。」說完，昂首挺胸，大步朝外走去。

她就看見金大娘一面衝著那婆子的背影翻了個白眼，一面依舊熱情地高聲道：「您慢點，好歹讓我送您一程。」隨後慢悠悠地追了上去。

郁棠抿了嘴笑，覺得這金大娘平時低眉順眼的，是個在丫鬟婆子堆裡頭一眼找不著的，想不到卻是個頗爲有趣的人。

她趕緊回去重新坐好了。

不一會，金大娘過來領她去見二太太，路上還低聲囑咐她：「二太太心情有些不好，若是有什麼怠慢的地方，您可別放在心上。」

郁棠忙道：「是我來得不巧。可我這事又有點急，不來怕生出什麼事端來，只好硬著頭皮來打擾了。」

金大娘笑道：「郁小姐是個明白人，說是有急事，事情肯定很著急。」

不過兩句話，她們就到了二太太的正廳。

有小丫鬟出來撩了簾子。郁棠走進去，見二太太一個人端坐於方桌前的太師椅上，昏暗的燈光照在她的臉上，讓她的神情顯得十分嚴肅。

郁棠上前去行了禮。

二太太神色微霽，請她坐下來說話。

郁棠就把自己的擔憂說了出來：「那天去府上試製香的時候我沒有注意，今天主持師父這麼一說，我才意識到，若是這香方給有心人得了去，是可以單獨配出檀香味的佛香來的。這原本是件好事，說不定我們還可以專賣那檀香味的佛香。但我也曾聽人說過一件事，有人見鄰居家貧，好心請了去鋪子裡幫忙賣吃食，結果那鄰居得了主人家做吃食的方子，乾脆自己也開了間同樣的鋪子，還用各種方法把原來賣吃食的鋪子給弄得關了店。我就在想，這香方是不是暫時別一股腦地全給了苦庵寺？香方就託了家中鋪子的大掌櫃管著，她們只需要幫著做各種佛香，我們不賺她們的錢，多發點工錢給她們，您看可以嗎？」

二太太當然也聽說過東郭先生的故事，只是佛香什麼的，對於她來說不過是買個針頭線腦的錢，壓根就沒有放在心上。她雖然覺得郁棠的話有道理，卻並不覺得這是件特別嚴重的事。但她還是很喜歡郁棠的，覺得她做事認眞、仔細，還敢擔責，値得讚揚，遂笑道：「妳考慮得很周到。等明天我們一起去與毅老安人商量了，再決定怎麼做好了。」

郁棠聞言只好起身告辭：「那我明天再過來和您一起去見毅老安人。」

二太太讓金大娘送她出門。

這是二太太對郁棠的禮遇。郁棠笑著道了謝，由金大娘陪著出了廳堂。

金大娘已經知道談話的結果了，她安慰郁棠：「您放心好了，毅老安人肯定明白您的擔心。」

郁棠一點也不放心。毅老安人自從娶了長媳之後就不再主持三房的中饋，一心一意照顧身體不好的毅老太爺，只怕比二太太想得還簡單。

不知道如果是裴老安人在這裡會怎麼想？

郁棠暗中嘆氣，誰知第二天早上起來，和裴府的幾位小姐一起去給毅老安人和二太太問安的路上，卻遇到了裴宴。

他同往常一樣穿了件非常普通的素色細布道袍，鑲了藏青色的邊，身姿挺拔地站在那裡，如松臨風，風姿卓然。

郁棠的腳步不由頓了頓，臉上火辣辣地燒了起來。

她左右瞧瞧，看到一棵合抱粗的大樹，嗖地一下子躲到了樹後。

裴家的幾位小姐則趕緊走上前去，恭恭敬敬地給裴宴行禮。

裴宴的表情依舊很冷，說話的聲音卻很溫和：「這一大早的，是要去給長輩問安嗎？」說完，看了幾位裴小姐一眼。

二小姐居長，她代表幾位裴小姐應諾。

裴宴就溫聲道：「那妳們就快去吧！」

裴家的幾位小姐福身朝他又行了個禮，魚貫著從他面前走過。

雙桃這才發現自家的小姐不見了。

可這個場合，她也不好到處嚷嚷，想著等裴宴離開了她再找找，也許郁棠只是去了官房或是被哪株花草給迷住了，停留了片刻。

偏偏裴宴站在那裡不走。

郁棠心急如焚。等會大家給毅老安人和二太太問安，她卻不見了，這算是怎麼一回事啊！

早知道這樣，她就應該厚著臉皮和幾位裴小姐一起闖過去的。

郁棠咬著唇，四處張望，想另找條能通往毅老安人和二太太院子的路。

裴宴卻慢悠悠地走到了她躲藏的樹下，嘴裡還喃喃地道：「聽說答應這門親事是顧小姐自己的意思，也不知道顧昶會不會答應？要是顧昶不答應，裴、顧兩家又只是口頭的約定，我和母親是極力反對的……我還忘了問裴彤的意思，要是裴彤也不願意……」

那這門親事是不是就作罷了呢？

郁棠在心裡接著裴宴的話道，心中的小人則捂著嘴嘿嘿地笑了起來。

作罷也好，免得顧曦嫁到裴家來，壞了裴家一鍋好湯。

不過，顧曦爲什麼要答應這門親事？她和裴彤應該沒有見過吧？

但也難說。也許在自己不知道的時候，顧曦已經見過了裴彤呢？

郁棠有點好奇裴彤長什麼樣子。難道和裴宴一樣的英俊，顧曦才因此改變了主意？

或者，裴彤對顧曦一見鍾情？那裴彤的表妹又是怎麼一回事呢？

郁棠腦子裡亂糟糟的，兩眼就顯得有點無神。

結果她耳邊就傳來了裴宴驚訝的聲音：「郁小姐，妳站在這樹後做什麼？還好我發現妳了，不然等會修路的工匠過來，豈不要嚇著郁小姐？」

完了、完了，被裴宴發現了。

她怎麼就這麼倒楣呢？

郁棠拔腿就跑。

她耳邊又傳來裴宴焦急的聲音：「錯了、錯了。郁小姐，那邊是寺裡的菜園子，茅廁也在那邊，她們每天都要澆地的，您小心別踩著了。」

郁棠沒在苦庵寺裡待過還好，她在苦庵寺裡待過，自然知道裴宴說這話是什麼意思。

她一下子就僵在了那裡。

「郁小姐！」裴宴含笑的聲音再次在她耳邊響起。

郁棠閉了閉眼睛，覺得自己眞是太、太、太倒楣了！

第八章

很早之前，郁棠就明白了一個道理：當困難來臨的時候，你越迴避它，就越容易被它拖到泥沼中不能脫身。

她閉了閉眼睛，立刻就深吸了一口氣，然後睜開了眼睛，翹起了嘴角，笑盈盈地轉過身去，朝著裴宴福了福，「三老爺，好巧啊！沒想到會在這裡遇到您。這一大早的，您這是……」

裴宴眼睛含笑地望著她，清粼粼的，像有什麼東西在其中閃爍般，讓人一眼望去就有點挪不開目光。

他道：「不是說這邊要修路嗎？我尋思著這些日子沒有什麼事，要修路不如趁早。」

裴宴聲音輕柔，如春風拂面，讓郁棠詫異之餘又心生異樣。

她不由仔細打量裴宴。

還是看似樸素卻奢侈的穿著，還是冷峻嚴肅的面容，還是玉樹臨風的模樣，她怎麼會覺得裴宴與平時大不相同了呢？

郁棠不好意思地笑了笑，把上次見面時的尷尬強壓在了心底，若無其事地和裴宴寒暄：「是嗎？沒想到三老爺來得這麼快。時候不早了，我還要去給毅老安人和二太太問安，就不陪您了。您若是有什麼吩咐，直接讓阿茗跟我說好了。」

她說完，轉身就朝二太太和毅老安人住的院子走去。

誰知道裴宴卻跟在了她的身後。

他這是要幹什麼呢？

郁棠心中有些不安，裴宴卻三步併作兩步，突然間和她並肩而行，還問她：「剛才看到幾個姪女過去，好像還有妳的丫鬟在裡面，妳怎麼沒有和她們一起？」

郁棠心中的小人忍不住翻了個白眼，面上卻帶著笑，道：「剛才啊……剛才我看到有隻螳螂停在大樹上，一時著了迷，多看了幾眼，等回過神來的時候，她們已經走遠了……」

「哦！」裴宴一本正經地點頭，道：「難怪妳剛才差點追錯地方。還好我提醒了妳。不過，妳這毛病得改一改了，怎麼一著急就說錯話，就走錯路。還好這是在苦庵寺，巴掌大的地方，這要是在昭明寺，妳不得迷路啊！說起昭明寺，我有件事想跟妳說，四月初八浴佛節，昭明寺這次準備請了福建南少林寺那邊的高僧來講經，我看妳這記性，還是別去了吧！」

南少林寺那邊的高僧要過來講經嗎？

郁棠訝然。

裴宴不以爲意地道：「這件事，是家母促成的。到時候說不定宋家、沈家、顧家都會有人來。」

他這個人，從來不放無的之矢。他告訴她這件事是什麼意思？

郁棠在心裡琢磨著。目光中不禁流露出幾分茫然。

裴宴看著在心裡嘆氣。

這小姑娘有時候挺機靈的，挺有意思，可有時候挺傻的，非要他把話說清楚了她才能明白。不過，她長得漂亮，就算是傻的時候也還能入眼。

他只好道：「到時候我準備讓苦庵寺製個比較特別的香，比如說，腳盆大小的盤香，或者是兒臂粗的線香，說不定能讓苦庵寺製的香一舉成名。」

說得郁棠眼睛都亮了。

她覺得她還應該和郁遠說一聲，讓郁家鋪子也做個類似五百羅漢圖案的剔紅漆功德箱獻給昭明寺，肯定也能讓郁家的漆器大放光彩。只是不知道鋪子裡還有沒有這樣的圖樣？萬一沒有，找誰畫好？而且時間不等人，馬上就要到浴佛節了，這件事得早做打算才行。

腦子裡想著事，郁棠說話不免就慢了半拍。

她有些漫不經心地道：「三老爺說得有道理。我昨天還跟二太太說來著，最好是把製香的步驟分開，一個人學一點，應該能趕在四月初八之前做出佛香來。您又趕著給苦庵寺修路，苦庵寺以後肯定會香火很旺盛的。」

不過，香火旺盛了之後，世俗的事就多了，不知道以後苦庵寺是否還會繼續收留那些無家可歸的婦孺？

因爲她的關係，苦庵寺和前世大不一樣了。這樣的改變對於苦庵寺來說，也不知道是好是壞？

郁棠就有些無措。

裴宴看著有些摸不著頭腦。

他看著她們幾個小姑娘行事太兒戲了，像鬧著玩似的，想著他母親的性子，這件事最終恐怕還得落在他的頭上。他不想給她們收拾爛攤子，想著堵不如疏，乾脆提前接手，把這件事辦穩妥，走上正軌了，以後也就可以丟手不管了。這才指點郁棠一二的。郁棠倒好，不僅沒有聽明白，還露出一副很是感慨的樣子。

她到底在想什麼呢？

裴宴略一思忖，道：「怎麼？苦庵寺做不出我說的香嗎？」

腳盆大小的盤香和兒臂粗的線香可都是很考驗手藝的，有些製香的鋪子開了幾十年也做不好。

郁棠只惦記著自家的鋪子，把這一茬給忘了。

她忙道：「這件事是二小姐和三小姐在負責，我得去問問她們才行。」

裴宴點頭。

郁棠想了想，把自己昨天晚上去跟二太太說的話告訴了裴宴。

她尋思著，若是裴宴也覺得這不是件什麼了不起的事，她也就撒手不管了。前世沒有她這些亂七八糟的主意，苦庵寺的眾人雖然清苦，卻也能暖飽不愁，也許這樣的苦庵寺才能保持本心和原意，繼續收留那些可憐婦人，未必不是件好事。

裴宴聽著卻腳步微滯，想了想，道：「妳說的事我知道了。妳且先別管，我自有主張。」

郁棠整個人鬆懈下來。

交給裴宴果然是對的。看來他也覺得這樣不妥當。就看他能不能調和眾人的想法了。

兩人說著話，很快就到了毅老安人和二太太住的地方。

有小丫鬟遠遠地就看見了裴宴，忙去通報，得了信的毅老安人居然領著二太太和裴家的幾位小姐親自迎了出來。

「遐光什麼時候過來的？怎麼也不差了人來跟我說一聲。」毅老安人望著裴宴，滿眼的慈祥，「快到屋裡坐！雖說已經立了春，可這天氣還是挺冷的。」

她說著，熱情地領著裴宴進了門。

眾人行了禮，裴宴客氣地問候了毅老安人和二太太一聲，說了自己的來意。

毅老安人和二太太顯然也很意外他的到來，疊聲道謝，又說起製香的事來。

眾人都露出忐忑的神情來，顯然是沒有把握在短時間內，按裴宴的要求做出能送到昭明寺的香來。

裴宴就道：「那妳們就先把香方給家裡香粉鋪子的大掌櫃好了。讓寺裡派了人跟著香粉鋪子裡的師父先學著，只要有人來苦庵寺訂香，她們能拿得出來就行。」

這不是作弊嗎？

裴家的幾位小姐面面相覷，卻不敢質問。

毅老安人幾次欲言又止。

郁棠則心生嫉妒。要是他們家也能有人這樣幫襯一下就好了。

裴宴坐了一會兒就走了，但他走的時候叫了郁棠送他，卻在郁棠把他送到門口的時候，漫不經心般地道：「聽說顧小姐擅長製香，想必浴佛節那天她也會去昭明寺，只是不知道她會不會跟我想的一樣，給昭明寺敬香？」

原來那個大坑在這裡等著她啊！

郁棠斜睨了裴宴一眼。

裴宴挑了挑眉，揚長而去。

郁棠心裡的小人氣得直跳腳。

他這是什麼意思？讓她去和顧曦鬥嗎？

這有什麼好鬥的？裴宴怎麼這麼幼稚！

實際上，只要顧曦不損害她的利益，她根本不會去針對顧曦。

郁棠朝著裴宴的背影撇了撇嘴，隨後像想起什麼似的，表情凝固在了臉上。

對啊，裴宴不是個會隨便說廢話的人，那、那裴宴跟她說這話是什麼意思？

接下來的時間郁棠簡直食不下嚥，要不是雙桃跑來告訴她，在寺裡沒有找到她說的那個人，她都忘了她不死心，還想在寺裡找到大伯母所謂的表姐的事。

至於香方的事，毅老安人的確比二太太想得多，但她沒有反對也沒有贊成，而是笑著對郁棠道：「那我回去和大嫂商量商量。我不怎麼管庶務，也不知道應當不應當。可這香方是郁小姐給的，郁小姐這麼考慮肯定是有原因的。」

好歹有件事讓郁棠心裡好受了點。

回到家裡，她立刻去見了郁遠，把四月初八浴佛節的事情告訴了他。

郁遠眉頭皺得緊緊的，道：「現在現做肯定來不及了。今年春天的雨水多，家裡的那些漆乾得太慢了。但這麼好的機會，我也不想失去。這樣，妳先回家等著，我去和阿爹說說，看能不能想想辦法。再就是昭明寺那邊，既然今年有高僧講經，肯定會有人捐大筆的香油錢，一定會準備捐贈大典，如果我們能搭上這個大典，就贈他們個功德箱，要是搭不上，就捐點銀子好了。畢竟是做善事。」

郁棠也是這麼想的，兄妹倆又說了些細節上的事，這才散了。

可郁棠心中總覺得會有什麼事發生似的，又想不出自己到底哪裡疏忽了。

好在是贈給昭明寺的功德箱解決了——上次走水，鋪子裡的東西都燒光了，郁博從家裡的庫房找出了個八百羅漢圖案的箱籠，他們決定在這個箱籠的基礎上改一改，把它改成個功德箱。而且昭明寺那邊也答應了，讓他們家在捐贈大典上送出功德箱。

這樣一來，郁家的漆器也可以趁機讓更多的人知道了。

但郁棠還是輾轉反側地睡不著。

裴宴是什麼意思？

顧曦會來參加昭明寺的浴佛節……她是個從來不做無用功的人，她如果來參加浴佛節，難道僅僅就是來贈個香之類的這麼簡單嗎？

郁棠有點煩裴宴的神神叨叨了。

郁棠想找個機會見見裴宴，問問他是什麼意思。不過，還沒有等她想好藉口，裴家的三小姐和五小姐差人報信說明天要來拜訪她。

陳氏喜出望外，親自上街去採買吃食，郁棠拉都沒能拉住。

等到三小姐和五小姐過來，陳氏做的糕點、小食擺滿了一桌，灶上燉著老鴨湯，蒸籠裡蒸著大肘子，油鍋裡炸著肉丸子……香氣四溢，比過年的時候還要熱鬧，還要豐盛。

郁棠無奈地笑著搖頭，等三小姐和五小姐見過陳氏之後，就拉著她們去了自己的廂房裡喝茶。

茶葉是陳氏昨天去市集上新買的岩茶，配著陳氏做的茯苓糕，再美味不過了。

三小姐和五小姐都疊聲誇讚，還問起了那天去苦庵寺時郁棠送給她們的吃食：「當時也說是伯母做的，伯母的手可真巧啊！」

郁棠就推了推她們面前的九攢梅盒，笑道：「那等妳們回去的時候，我讓雙桃給妳們裝一點。」

兩人沒有客氣，笑盈盈地道了謝。

郁棠就陪著她們說了會兒閒話，郁棠這才知道，顧曦和裴彤的婚事一波三折，這幾天又出了點事。

「也不知道大伯母是怎麼想的？」五小姐低聲道，「非要把大堂兄送去顧家讀書，爲這件事，不僅找了我姆媽，還找到了毅老安人和勇老安人，還好兩位老安人都沒有答應去做這個中間人，幫著她到三叔父那裡去說項，不然豈不是個笑話？」

三小姐卻若有所思，道：「可楊家也是這樣的說法。好像大堂兄在我們家讀書讀不出來似的。我瞧著，大伯母不像是急著給大堂兄找岳家，而像是在急著給大堂兄找讀書的師父。」

郁棠聽著心中一動。

前世，老太爺去世之後，裴家的人都在臨安守孝，後來楊家藉口楊老太爺病危，裴彤去侍疾，裴彤這才留在了楊家，之後參加了鄉試和會試。

這其中到底發生了些什麼事，她並不清楚。

難道這才是大太太選了顧曦做兒媳婦的緣由？

郁棠思忖著，五小姐已轉移了話題，道：「反正我是不知道大伯母要做什麼的。我姆媽也說了，遇到大伯母的事讓我避著點，等祖父除了服，我爹就該出仕了。等到三叔父娶了嬸嬸，我姆媽就會帶著我和阿弟跟著阿爹去任上了。」說到這裡，她有些依依不捨，道：「可我不想跟著阿爹去任上，也不想跟我姆媽和我阿弟分開。」

三小姐好像是第一次聽說這件事，她驚訝地道：「那妳，豈不是很快就要離開臨安了？」

「我也不知道。」五小姐遲疑道，然後「吱呀」一聲，對三小姐道：「我們別把正事忘了！」說完，還朝著三小姐使了個眼色。

三小姐立刻正襟危坐，還咳了兩聲，這才正色地道：「郁姐姐，我們來找妳，是為了苦庵寺的事。」

郁棠很是意外，和她們開著玩笑：「我還以為是妳們放假，想我了，來找我玩的呢！」

三小姐不好意思地笑了笑，道：「我們是想來找妳玩的，可功課有些緊，這些日子都沒有長假，原本得等到過端午節的時候才能來找姐姐的。」

五小姐也在旁邊點頭，急急地道：「是真的，郁姐姐。妳要是不相信，遇到二姐姐和四姐姐的時候可以問她們。」

「我是和妳們開玩笑的。」郁棠哈哈地笑，道：「妳們是爲了苦庵寺的事來找我的，是苦庵寺那邊出了什麼事嗎？」

五小姐和三小姐就交換了一個眼神，五小姐才道：「從苦庵寺回來，我們把苦庵寺的事稟了祖母。結果祖母說，這件事讓我們姐妹幾個自己拿主意，以後不管是我姆媽還是叔祖母她們，都不會再插手苦庵寺的事。香方是全都給苦庵寺的人，還是只給一部分，浴佛節獻不獻香，都由我們自己決定。」她說著，愁容全都浮現在了臉上，「郁姐姐，我們雖然都跟著家裡的長輩學習主持中饋，可這樣的事卻從來沒有經歷過，心裡沒底，就想請郁姐姐和我們一起……」說完，她睜大了眼睛，哀求般地望向郁棠。

郁棠被她看得心裡發軟，恨不得上前捏捏五小姐還帶著幾分嬰兒肥的圓臉。但她還是忍住了，道：「妳是想讓我和妳們一起幫襯苦庵寺嗎？」

「是的、是的。」五小姐忙道。

三小姐覺得五小姐的話不足以打動郁棠，忙補充道：「郁姐姐，我和五妹妹都覺得妳說得有道理。佛香的配方對我們來說可能沒什麼，可對有些人來說卻是發家的祕方。匹夫無罪，懷璧其罪。原本苦庵寺雖然清苦，卻平安清泰，如果因爲我們的緣故給苦庵寺惹出什麼麻煩來了，那豈不是我們的罪過？我和五妹妹都覺得不能這樣隨隨便便就做決定。」

郁棠莞爾，覺得自己很幸運，認識了裴家的幾位小姐。她道：「那三小姐和五小姐有什麼需要我幫忙的呢？」

這就是答應的意思了。

三小姐和五小姐都笑了起來。

五小姐道：「我們想，昭明寺的香會是個好機會，無論如何我們都要抓住這次機會，讓苦庵寺的佛香揚名香會。這幾天我們派在苦庵寺的人回來告訴我們，苦庵寺的師父們做不出三叔父說的那種線香和盤香來，我們已經請胡總管幫忙，去找製香的師父了。可香方的事，卻有些為難。」

三小姐道：「我們和二姐姐、四妹妹也討論了半天，不知道交給誰好——二姐姐最遲明年就要出閣了，我、我這邊也要議親了。四妹妹和五妹妹年紀還小……」說完，她看了五小姐一眼，「我剛剛才知道，五妹妹在家也待不了多長的時間了。」

五小姐道：「我們都知道這件事很麻煩，可除了郁姐姐，我們想不出其他人可託了。」

三小姐道：「郁姐姐，我們想請您掌管這香方，反正這香方原本就是您拿出來的。」

兩人說著，站了起來，給郁棠行禮：「郁姐姐，還請妳幫幫我們。」

郁棠忙把兩人拽了起來，道：「有話好好說，妳們這樣，豈不是讓我非得答應不可？」

「沒有、沒有。」三小姐、五小姐面露惶恐，急得額頭冒汗，「我們、我們想了好久都沒想到更好的辦法……」

匹夫無罪，懷璧其罪。郁棠也不想讓苦庵寺有事。

她想了想，道：「妳們不用和我這樣客氣。我既然答應了妳們，肯定會想辦法的。何況苦庵寺的事是我提出來的，我怎麼能袖手旁觀？」

三小姐和五小姐訕訕然地垂手恭立。

郁棠看著直笑，道：「妳們別這樣，坐下來說話好了。」

兩人這才坐在了太師椅上。

郁棠笑著暗中搖頭，卻也沒有和她們再客氣，直接說起了苦庵寺的事：「妳們說來說去，實際就是一樁事——苦庵寺的事怎麼辦？對嗎？」

兩人不住地點頭。

郁棠的腦子已飛快地轉了起來，道：「我一個姑娘家，也不好直接出面管這件事。」最主要的是，她的威望、名聲都不足以讓她擔任此事，這件事，還得扯了裴家的大旗，讓裴家的女眷出頭。不過，也不是沒有折中的辦法。

她沉吟道：「我給妳們推薦一個人。裴家臨安當鋪的小佟掌櫃。他家世代在裴家爲僕，忠心耿耿，當鋪那邊又有老佟掌櫃拿主意，讓他暫時管管苦庵寺的事，我想，他應該有空閒。」

兩人想了想，都露出欣喜的笑容。五小姐甚至長吁了一口氣，道：「我就說，這件事得來找郁姐姐拿主意才是。」

三小姐嘻嘻笑，看得出來，整個人都放鬆下來。

郁棠就繼續道：「不過，要調動小佟掌櫃，讓小佟掌櫃眞心實意地幫我們，還得提前跟三老爺說一聲才好。」

兩人覺得這都不是什麼事，神色間更輕快了。

五小姐還快言快語地道：「三叔父在幫苦庵寺修路，就住在別院。我們這就去找三叔父，他肯定會答應的。」

這可眞是打起瞌睡來有人送枕頭。

郁棠笑道：「這敢情好。明天我們就去別院問問三老爺。」

五小姐茫然道：「我們要親自去嗎？讓管事們說一聲不行嗎？」

當然行。可裴宴每次在她面前都神神叨叨的，她也要在他面前神神叨叨一次。

「人怕面對面。」郁棠道，「想讓三老爺幫我們，我們若是能親自求他，自然更好。我正好這些日子沒什麼事，我去一趟好了。有什麼消息，我再及時跟妳們說。」

「這……合適嗎？」三小姐有些不安地道，「原本是我們的事，卻全都推到了妳身上。」

「有什麼不合適的？」郁棠笑道，「妳們不是還要上課嗎？我這些日子正好沒什麼事，等我忙起來，我可就要支使著妳們跑腿了！這可是妳們說的，讓我和妳們一起幫苦庵寺的師父們製香的。」

兩人赧然地笑。

郁棠心情愉悅地拍板：「這件事就這樣決定了。」

她馬上就可以糊弄糊弄裴宴了。

送走了三小姐和五小姐，郁棠就開始準備明天去見裴宴的衣飾。第二天一大早，她就出門去了裴家的別院。

到別院的時候，已快到晌午。

裴宴正躺在院子裡那株樹冠如蓋的香樟樹下的逍遙椅上看書，見郁棠進來，他喊阿茗去幫郁棠端了把玫瑰椅過來，又指了指茶几上的茶壺，「桑菊飲，喝嗎？」

清熱解毒，正是春季的飲品。

「多謝三老爺。」郁棠笑咪咪地坐了下來。

裴宴又讓人端了些桃李等果子過來。

郁棠望著果盤裡鮮嫩的桃子、紅彤彤的李子，掩飾不住的愕然浮現在臉上，「這麼早桃子和李子就上市了嗎？」

「應該還沒有吧。」裴宴懶洋洋地答道，「是莊子裡的莊頭送過來的，說是莊子裡種出來的新品種，只結了兩、三筐，還沒有辦法販賣，先拿過來讓我嘗嘗。」

郁棠想到過年時她去看的那些沙棘樹，別說掛果了，就是花都開得少。

她頓時覺得有些洩氣，很想去裴家的莊子看看，兩家的山林到底有什麼不同……

郁棠恨恨地咬了一口桃子。

味道清甜，非常好吃。

她心裡的鬱氣又增了幾分。

裴宴看她氣鼓鼓的包子臉就覺得很有趣。

他不明不白地說了那麼一通話，想著郁棠也應該來找他問清楚了，郁棠果然就在他預期的時間內跑了過來。不枉他在這鳥不拉屎的地方住了好幾天。

不過，裴宴若是把心思放在了誰的身上，那個人就很難逃過他的手掌心。

他仔細地觀察著郁棠，覺得他若是再不拋點餌出去，只怕郁小姐要炸了，那就不好玩了。

裴宴忙道：「妳說妳有要緊的事找我，是苦庵寺的事嗎？幾個小丫頭搞不定了，請了妳出面幫忙？」

郁棠不得不佩服裴宴的聰明勁。

她點頭，開門見山地道：「製香的事是我提出來的，我不能半路丟了不管。所以我想向您借個人。」

裴宴想了想，道：「佟掌櫃？」

這傢伙太聰明了。郁棠已經不想傷腦筋去想他是怎麼猜到的。但他猜到了她打佟家人的主意，卻沒有猜到具體是誰，還是讓郁棠在心底小小地得意了片刻，不由對著裴宴露出了一個比平日裡更燦爛的笑容來，歡喜地道：「佟掌櫃呢，年高德劭，他要是再分心管這件事，裴家的當鋪怎麼辦？何況我們這裡不過是些製香的小事，殺雞焉用牛刀？我想，裴家的當鋪還是得請佟掌櫃坐鎮，請小佟掌櫃幫我們拿個主意就夠了。」

裴宴一愣。

郁棠看著，心生雀躍，忙不迭地道：「怎麼？您覺得不合適嗎？我見識有限，只能想到小佟掌櫃。要不，您給我們出個主意？看請哪位管事的來幫幫我們好。當然，也不是把這位管事就定在我們這裡了，我們會盡快從身邊的僕婦或是寺裡的居士、師父中找個合適的人來接手的。到時候他就可以重新回裴家管事了。您覺得呢？」

裴宴覺得就算是把小佟掌櫃派過去，也是殺雞用牛刀。可他仔細想想，他手下的管事中，還真沒有比小佟掌櫃更適合的人了。

他瞥了郁棠一眼。正好看到她眼底一閃而過的得意。

這小人兒！

他就說呢，她怎麼會這麼老實，原來是在這裡挖了個坑等著他呢。

但他也不是吃素的。她不就是覺得他拿不出更適合的人了嗎？那他把胡興派過去給她用好了。

裴宴立刻道：「小佟掌櫃不錯。不過，佟掌櫃每個月都要去杭州城那邊對帳，他要是再走了，當鋪也不是很方便。我看，讓胡興幫妳們好了。正好他現在主要是給老安人當差，妳們的事他應該也能顧得上。」

胡興當然更好。這個人極善交際，又是裴府的老人，不管是府外還是府內都很有人脈，也有手腕。缺點是胡興是個老狐狸，想讓他一心一意地聽她的支使，幫她們辦事，還得花一番心思。

只是這樣一來，她又被裴宴牽著鼻子走了。

郁棠眼珠子一轉，立刻有了說詞。她道：「胡三總管自然是更好。但正如您所說的，他現在主要是聽候老安人的差遣，若是跟著我們三天兩頭地跑苦庵寺，會不會喧賓奪主，讓老安人那邊沒有了可用之人。再說，老安人讓幾位裴小姐管這件事，就是想鍛鍊她們的處事能力，要是我們用了胡總管，老安人會不會覺得沒有達到鍛鍊她們的目的啊？」

若是她這樣說他都置之不理，那她也就沒有什麼顧忌了。他到時候可別怨她使勁地支使胡興幹活。

郁棠目光明亮地望著裴宴，還在她自己都沒有察覺的情況下眨了眨眼睛。

她這是在向他宣戰嗎？裴宴挑了挑眉。

不過，她這番話還真讓他挑不出毛病來。

他母親做了半輩子的宗婦，獨斷慣了，他既然已經讓胡興去服侍他母親了，再把胡興抽出來給幾個姪女和郁棠用，的確有些不合適。

看樣子他還是輕瞧了郁小姐。她除了有相貌，偶爾魯莽衝動之外，有時候還是有點腦子的。

裴宴向來欣賞能從他嘴裡扒食吃的人。

他笑道：「那就這麼說定了。我這就派人去跟佟掌櫃說一聲，讓小佟掌櫃去找妳。」

這怎麼能行呢？貴人不可賤用。她是去請小佟掌櫃來幫忙的，可不是請小佟掌櫃來給她跑腿的。

郁棠立刻道：「哪用得著這麼麻煩，我們家和佟掌櫃家也算得上是世交了，只要您發了話，小佟掌櫃那裡，我親自去請好了。」

裴宴既然決定幫她，已經準備放手，就不會再做那些小手腳了。他爽快地答應了，不再去關注這件事，丟給郁棠幾個自己想辦法去了。

他端了茶，一副準備送客的模樣。

郁棠氣得不行。

這個裴遐光，總是在她面前搗鬼，話說一半留一半的。

郁棠立馬跟著端起了茶盅，喝了口桑菊飲，道：「這茶挺好喝的。好像和我之前在家裡喝的桑菊飲有些不一樣。這茶是誰調配的？三老爺手裡有方子嗎？能不能外傳？若是不方便外傳，能不能告訴我哪裡能尋得著？我覺得這茶味道清淡又回味綿長，想弄些給我姆媽也嘗嘗。」

想問他話就問，還弄出這麼多的花樣！

裴宴裝不知道，想看郁棠怎麼出招，只管順著她的話說：「不知道是誰配的。青沅？燕青？我不記得了。讓阿茗去幫妳問問，把方子給妳。」

郁棠笑咪咪地道了謝，毫不客氣地準備把方子拿到手，然後立刻打了記直球：「您上次說顧小姐會在昭明寺浴佛節的講經會上獻香，您是怎麼知道這件事的？難道顧小姐曾經派了人來和您商量？浴佛節講經會不是由老安人牽的頭嗎？難道講經大典上不管捐贈什麼東西都能在大典上露面嗎？」

有點意思！

裴宴被郁棠突然這麼一下子問得有點懵，但他很快就回過神來，笑道：「當然是因為顧家派了人來跟我母親說的。要是顧家和裴家的婚事成了，顧小姐就是我們裴家的長孫媳了，她若是能在香會上傳出賢名，於我們裴家也是件好事。」

郁棠壓根就不相信。她笑道：「看來三老爺最終還是要把宗主的位子傳給大公子的了。」不然何必讓顧曦賢名在外？

若是走仕途，家眷最好是低調無名，一來是免得有個什麼事就被人求上門來，平白無故地惹出麻煩來。二來就是免得壓了上峰家的女眷一頭，讓上峰面上無光，壞了彼此間的情分。

裴宴再愣住。

外面有各式各樣的猜測，卻沒有一個人敢當著他的面說出來，更不要說問他什麼了。

郁棠就知道裴宴想不到她的言辭會這樣的尖銳，索性乾脆道：「若是三老爺無意讓大公子當宗主，我想不通您爲何要抬舉顧小姐爭這個賢名？我想，臨安城肯定不止我一個人會這麼猜測。」

裴宴頓時臉色一沉。

他沒有想到郁棠這麼大膽，敢戳他們家的痛處。他是不是太慣著她了？才讓她敢從以前的小心翼翼到現在的大放厥詞！

裴宴端了茶，厲聲道：「時候不早了，郁小姐還是早點回去吧！免得天色太晚，路上不好走，讓家裡的人擔心。」

這脾氣！說翻臉就翻臉。半句不如他意的也聽不得。

郁棠腹誹著，面上卻不顯，更不敢真的和他翻臉，她佯裝出一副什麼也不知道的樣子，笑道：「這還沒過晌午呢？還來得及！」說完，她還突然露出恍然大悟的表情，拍了拍自己的手，道：「哎喲，我只顧著趕路了，忘記了這都要到晌午了，您肯定還沒有用午膳吧？那我就不打擾您了。我在附近歇會兒，等您用過了午膳，歇了午休，我再來拜訪您好了。浴佛節的香會我們應該怎麼辦，我心裡一點譜也沒有，這件事只怕還得請教您。」隨後也不等裴宴說什麼，就起身笑著要和他告辭。

裴宴目瞪口呆。

這算什麼？以退爲進嗎？她不會以爲他眞的不敢得罪她吧？

她想留下來用午膳，他偏偏就要學她，佯裝出一副什麼也不知道的樣子好了！

裴宴換了個微笑的面孔，溫聲道：「既然如此，我就不留郁小姐了。至於說到浴佛節的香會，我現在也不知道具體是怎樣安排的，恐怕幫不上郁小姐什麼忙。」

郁棠知道裴宴這個人不講究，可她沒有想到他會不講究到這個地步。

她在心裡冷哼，卻半點也沒有服輸。

他不是讓她別來嗎？她偏偏要他開口留自己。

郁棠在心裡琢磨著，笑容更燦爛了，「三老爺能讓小佟掌櫃幫我們，已是天大的恩情，我們都感激不盡。既然您不知道香會那邊的安排，正巧，我還沒有去拜訪老安人，我去問問老安人好了。」

郁棠這是什麼意思？他不告訴她，她就去問他母親……她這是在威脅他嗎？

裴宴端著茶盅的手一頓。

她不會以爲他母親會站到她那邊吧？

裴宴嗤之以鼻。

看來，這位郁小姐還挺天眞！

他覺得，他應該給郁棠一點教訓。

「妳去問問我母親也好。」裴宴氣極而笑，道：「浴佛節的事，我母親的確是比我更清楚。」

郁棠聞言，心裡的小人兒驕傲地抬了抬下頷。

她就知道，這傢伙聽了她的話，肯定以爲她是要去裴老安人那裡告狀去的。

她有這麼傻嗎？不管怎麼說，裴老安人和裴宴是親生的母子，就是五小姐，在裴老安人面前只怕也沒有裴宴有面子，何況是她這個外人。

不過，郁棠最多也就像隻小貓，大著膽子拍了裴宴一下，已經讓裴宴變臉了，可不敢再去撓他了。何況她本意就是來給裴宴添堵的，如今目的已經達到，再去招惹裴宴，讓他惱羞成怒，那可就得不償失了。

郁棠忙道：「您也這麼覺得？那可太好了。」她佯裝鬆了一口氣的模樣，語氣都變得輕快起來：「我答應了三小姐和五小姐跟她們一起幫著苦庵寺製香之後，就直接來了您這裡，就是有些事拿不定主意，覺得要先跟您說說才成。這下我終於放下心來了。既然顧小姐獻香方的事是您和老安人都答應的，到時候我們家給昭明寺獻功德箱就緊隨著顧小姐好了。」說著，她笑咪咪地站了起來，黑白分明的大眼睛眨也不眨地望著裴宴。裴宴甚至能從她的雙眸中看到自己的身影，那神情，不僅認眞，而且還非常的眞誠。「那我就不打擾三老爺用午膳了。我在路上吃點點心，趕到貴府的時候老安人應該正好有空。我就先告辭了！」

說完，她朝著裴宴行了個福禮後轉身就走，把裴宴打了個措手不及不說，還讓他喊住她也不是，不喊住她也不是，猶豫間，郁棠的身影很快就消失在了他的視野中。

裴宴頓時眉頭緊鎖。

這讓他有種虎頭蛇尾的感覺。他在這裡待了幾天，一方面是想躲著沈善言，另一方面是覺得郁棠肯定會找他的。結果郁棠果然如他所料般找了過來，但只說了三言兩語就跑了，這讓他不僅沒有感受到守株待兔的閒情雅致，反而讓他覺得自己有點傻。

他完全可以在其他地方躲著沈善言，為何要在這裡受這罪?!

裴宴心情一下子變得有些沮喪。

特別是郁棠最後丟下來的那句話。

郁家準備隨著顧家獻香方後，給昭明寺獻功德箱。

郁家為何要和顧家比？她是覺得他會特別優待顧家嗎？

裴宴有些煩躁地喝了口茶。

舒青不知道從什麼地方冒了出來，他若有所思地喊了一聲「三老爺」。

裴宴回頭。

舒青上前低聲道：「我倒覺得郁小姐言之有理——顧小姐獻香方之事，是不是需要從長計議？」

裴宴不悅，但他不知道自己是因為舒青聽到了他和郁棠說的話，還是因為舒青站在了郁棠那邊而心生不悅。要說是前者，他自幼是個粗率的性子，進入官場之後，為了查缺補漏，他常常會在自己和別人說話的時候安排舒青在帷帳後聽著，讓舒青把他沒有注意到或是沒有意識到的事告訴他，他不應該生氣才是。如果是後者，那就更不應該了，郁棠這小姑娘有點鬼機靈，就算舒青站在她那邊也是對事不對人，舒青說到底是他的幕僚，他又有什麼不高興的呢？

他一時陷入到自己的情緒中，沒有說話。

舒青向來覺得裴宴是個他也看不透的人，他早已放棄猜測裴宴的心思，學會了有什麼就說什麼。這次也一樣，他沒有顧忌，見裴宴好像還在沉思，他直言道：「顧小姐的確不適合出風頭，否則會有很多人像郁小姐那樣猜測，這對長房來說不是恩典而是殘忍。您心裡清楚，裴家宗主的位置，是無論如何也不會交給長房的。若是因爲獻香方的事無端引起很多猜測，我看不如取消此事，這對裴府，對大太太，對您，都比較好。」

裴宴還陷在郁棠走前說的話裡，他擺了擺手，沒有和舒青討論顧曦的事，而是道：「你說，郁小姐是什麼意思？郁家在顧家之後獻上功德箱，她是怎麼想的？」

舒青愕然。

在他看來，這根本不是什麼問題。

「郁小姐應該沒有什麼特別的用意吧。」他小心翼翼地道，心底到底擔心有些事是自己疏忽了，因此沒能猜出郁棠的用意，「我看郁小姐的意思，也就是隨口一說罷了。」

裴宴搖頭，道：「這小姑娘，可不是一般的小姑娘，她心思多著呢！她不可能無緣無故地跑這麼遠，就爲了走的時候和我說這一句話。」他摸了摸下巴，猜測道：「你說，她不會是想讓顧小姐在香會上出醜，但又因爲顧小姐將來會是我們裴府的長孫媳婦，怕因此得罪了我和老安人，隱晦地來給我打聲招呼。我們要是事後追究起來，她卻早就給我們打過招呼了……」

郁小姐應該沒有這麼重的心機吧？

舒青想反對，但看看裴宴一本正經的樣子，他又和郁棠不熟悉，一時不知道該說什麼了。

裴宴見舒青沒有說話，索性讓舒青不要管這件事了：「我會盯著的，你繼續幫我關注顧昶那邊的消息就行了。」

楊家也好，他大嫂也好，都是喜歡投機的，和顧家結親，肯定不僅僅是想讓裴彤去顧家讀書這麼簡單。他沉吟道：「裴彤的那位表妹，是真的病死了還是出了什麼事？」

不然，他大嫂是不會改變主意去和顧家結親的。

「是真的暴病而亡。」舒青道，「裴伍親自去送了葬，看到了楊小姐的屍體。楊家當時也慌了神，不知道如何是好。後來接到了大太太的信，楊家的兩位舅老爺商量了好幾天，才決定和顧家結親的。」

裴宴冷笑，道：「是真的病逝就好，別到時候人又從什麼地方冒出來，把大家都嚇一跳。」

舒青想到楊家曾經做過的一些事，低頭不語，不予評價。

裴宴就道：「路上真的連個茶肆都沒有嗎？你派人去看看郁小姐她們午膳怎麼樣了。」

舒青在心裡不停地吐槽。既然這麼關心別人用沒用午膳，怎麼之前就不留人在這裡吃了飯再走呢？失禮也沒失到這個分上啊。

郁小姐今天也太倒楣了點。

舒青臉上半點也看不出來。他恭敬地應是，退了下去。

裴宴琢磨著郁棠的話，覺得自己得回趟裴府才行。

這小姑娘，太會忽悠了，別把他母親真的給忽悠進去了才好。

裴宴草草地用了午膳，把修路的事交給了裴柒，趕路回了臨安城。

郁棠要是知道裴宴被自己給糊弄住了，肯定得高興地跳起來。可這會兒，她啃著點心，喝著水，心裡卻把裴宴至少罵了三遍。

見過小心眼的，可沒有見過比裴宴更小心眼的。

要是她的話沒能把裴宴給糊弄住，她會更氣的。

不過，講經大典的事，她也的確要好好想想。前世，顧曦向昭明寺獻香方的時候，是由她自己親自送上去的，昭明寺的主持師父爲了抬舉她，還贈了她一盞蓮燈。這盞蓮燈底座上是由昭明寺主持師父親手寫的一章《金剛經》，據說還送到五臺山去開了光的。

顧曦一時風頭無人可比。

說來也奇怪。前世顧曦嫁到李府之後就一路順風順水的，做什麼事都能引得人爭相模仿，好像她是臨安第一的貴婦人似的，裴家的女眷就沒有一個和她打擂臺的。

這怎麼想都不對勁啊！就算裴老安人等老一輩的不屑和她去爭這些，那裴府的那些小輩們呢？

郁棠仔細地回憶著裴府給她留下了印象的子弟。

除了大公子裴彤，還有裴彤一母同胞的弟弟裴緋，還有裴家的旁支裴禪、裴泊。裴彤和裴禪是中了進士的，裴緋和裴泊則中了舉人。

長房的就不說了，裴禪和裴泊的妻子好像也非常低調，她作爲李府的次媳都從來沒有見過。還有裴宴。他前世到底有沒有娶親？娶的是誰家的姑娘啊？

眞是麻煩！

郁棠越想心裡越煩，恨恨地咬著點心，覺得自己有現在，全拜裴宴所賜。

好在是裴府快到了。她整了整衣襟和妝容，去見了裴老安人。

裴老安人聽說郁棠要見她，立刻讓陳大娘帶了她進來，還見面就直言道：「是不是三丫頭和五丫頭去麻煩妳了？我就猜著她們得去找妳！」

要不是顧曦和裴彤馬上要訂婚了，她們說不定還會把顧曦也拉進來。

郁棠有些不好意思地給老安人行過禮後，就坐在了丫鬟端來的繡墩上，溫聲和老安人說著話：「這件事也是我引起的，我不能全部丟給裴小姐們，自己卻不管。何況這是件善事，能幫得上忙，我也是很高興的。」

裴老安人點了點頭，笑道：「說起來幾個小丫頭年紀也不小了，不過是家裡小子多姑娘少，我們老一輩的都不由自主地寵著她們，明知道不應該，也就裝糊塗了。她們能把妳請來，也算是她們的本事。關於這件事，妳有什麼想法？妳來見我，肯定是想問問我的意思了？」

郁棠敢在裴宴面前裝神弄鬼，卻不好意思唬弄裴老安人。

至於說浴佛節那天昭明寺有什麼安排，裴家這麼多管事，她相信等到了浴佛節的前幾天，自然會有人告訴她那天的行程，她不必著急上火地現在就要知道。

裴老安人不說，她也不必要問。

郁棠笑著點了點頭，道：「三小姐和五小姐讓我和她們一起幫著苦庵寺的人學製香，我想著這件事也是我提出來的，不能丟了就走吧？就答應了。後來又知道這件事是您讓她們幾個負責的，就尋思著得來跟您說一聲。關於浴佛節獻香的事和香方的保管，也想跟您說說，請您給我們把把關，看我們想得對不對。」

也就是說，她們已經有了主意。

裴老安人對自家幾個小輩還是清楚的。二丫頭這些日子忙著準備嫁妝，三丫頭的婚事也開始商量訂親的日子，兩個小姑娘的心思都不在這件事上了。四丫頭和五丫頭年紀小些，還懵懵懂懂的，自己身邊的人都管不好，更別說苦庵寺的事了。

有想法的，肯定是郁棠。

裴老安人從前只覺得她安靜、溫和、大方、識大體，沒想到她還能擔事，不由感興趣地朝她傾了傾身子，神色慈祥地溫聲道：「那妳都說說看，妳們準備怎麼辦？」

郁棠就把借小佟掌櫃和請人幫著製香的事告訴了裴老安人。

以她們的情況，請個製香師父可以說是就能解決所有的問題了，裴老安人覺得若是換成她自己，也會這麼做的。可借管事，而且借的還是小佟掌櫃，這就讓裴老安人心裡不由得一動。

外人看佟家，只覺得佟家是裴家的老人，忠心耿耿，因而在東家面前也有些體面。可裴家的人卻知道，佟大掌櫃是裴宴的祖父留給裴老太爺的人，佟大掌櫃年輕的時候，曾經服侍過裴老太爺筆墨。後來雖然放出去做了大掌櫃，卻一直掌管著裴老太爺的體己銀子，裴老太爺過世後，也是佟大掌櫃第一個站出來支持裴宴，還幫著裴宴把外面的一些財物盤點清理清楚了。對裴宴來說，佟大掌櫃是家中管事中最值得他信任和尊重的人了，他甚至還準備提攜小佟掌櫃，想放小佟掌櫃去掌管裴家在京城的鋪子。

這樣的人，他居然借給了郁小姐，讓小佟掌櫃跟著家中的幾個女眷胡鬧……

裴老安人仔細地打量著郁棠。

白皙的面孔，明亮的雙眸，紅潤的嘴唇，如三月枝頭一朵含苞待放的玉蘭花，雖衣飾普通，還帶著幾分趕路的風塵，卻依舊漂亮得如夏日之光，只是靜靜地坐在那裡，就讓屋裡都光鮮了幾分。

是個眞正的美人。

但裴宴可不是那種能讓美色主導的人。要不然他也不會都這個年紀了，屋裡還沒有個人。

那這位郁小姐是憑什麼打動了裴宴，讓裴宴支持著她們做那些玩笑似的善事呢？

裴老安人在心裡琢磨著。

郁棠卻沒有想這麼多，她覺得裴老安人審視她是很正常的——誰家小輩的好友，家中長輩能不注意？若是交了人品不端之人，受了影響，到時候可是哭都哭不回來的。

她鎮定地道：「老安人您覺得這樣可行嗎？」

裴老安人想了想，沉吟道：「小佟掌櫃的確很不錯，不過，妳們怎麼想到了要借小佟掌櫃？我有點好奇。」

郁棠心生異樣。她覺得裴老安人今天的話有點多，好像在向她解釋自己爲什麼要這麼問，但她是裴府的老太君，根本沒有這個必要啊！

郁棠覺得是自己多心了，依舊坦然地笑道：「是我去求三老爺的——裴家的掌櫃裡面，我只和佟家的幾位掌櫃熟悉，其他的人我不瞭解，也不知道爲人如何，就向三老爺借了小佟掌櫃。」

裴老安人一愣，隨後哈哈地笑了起來。

有些人，就是運氣好。

有時候，你機關算盡，比不過別人運氣好。郁棠說不定就是個有這樣福氣的小姑娘。

裴老安人不再多想，笑道：「這個人選很好。」隨後不由自主地告訴她爲人處事的道理：「做事，就得選對人。人選對了，做什麼都事半功倍。人若是選得不好，做什麼事都會束手束腳。我們做事，有的時候其實就是選人。」

郁棠感覺到裴老安人的善意，恭敬地垂手聽著。

還是個聰明的人。

裴老安人很是滿意，還指點她讓小佟掌櫃去幫著找做線香和盤香的人。「這件事說來說去也是一件事，他既然接手了，這些事也不妨交給他去做，他認識的人比妳們認識的多，他要是覺得有困難，還可以去找其他的管事幫忙，比妳們交給胡興要好得多，胡興一直以來都只在臨安城裡走動，比不得佟家，幾個叔伯兄弟都在四處做大掌櫃。」

郁棠忙起身道謝，陪著裴老安人又說了幾句閒話，直到小丫鬟來稟說大太太過來了，她這才起身告辭。

裴老安人也沒有留她，讓計大娘送她出門。

出門的時候，她碰到了大太太。

郁棠想給大太太行個禮來著，誰知道大太太滿臉鐵青，看也沒有看她和計大娘一眼，由一群丫鬟婆子簇擁著，和她擦肩而過。

計大娘滿臉的尷尬，給郁棠賠禮道：「大太太這些日子爲了大公子的婚事忙得暈頭暈腦的，還請郁小姐不要放在心上。」

這一看就是在盛怒之中，郁棠當然不會為此生氣了，但她也止不住好奇，悄聲問計大娘道：「大太太這些日子都這樣嗎？」

計大娘看四周無人，低聲和她八卦起來：「可不是！之前不是住在別院嗎？讓她回來過年她不回來，後來不知怎地，楊家舅老爺來了，她就下了山，接著就天天為了大公子的婚事和老安人、三老爺置氣。要不是馬上要到大老爺的祭日了，老安人哪裡還能忍她！」

說不定人家大太太就是看著馬上要到大老爺祭日了，才這樣鬧的呢！

郁棠不懷好意地猜測，又有點奇怪大公子成親有什麼好鬧的？

計大娘看了她一眼，笑道：「難怪郁小姐不知道。大戶人家是無私產的，可也不能真的成了親，給娘子買個頭花戴，都等著月例或伸手向家中的長輩要，所以成親的時候，通常都會贈送些產業給晚輩，讓他們有個買花粉胭脂、筆墨紙硯的進項。大太太就是為此事跟老安人置氣呢！說大公子是家中的長孫，雖說不能繼承永業田了，卻不能和其他房頭的少爺一樣，只給幾間鋪子就算完事了。」她說到這裡，警覺地又朝四周看了看，在郁棠的耳邊輕聲道：「陳大娘說，大太太這是在打老安人陪嫁的主意！」

郁棠嚇了一大跳。

計大娘以為她不相信，道：「真的！是陳大娘跟我說的。」說到這裡，她長長地嘆了口氣，「老安人嫁進來的時候十里紅妝，陪嫁不少。而老太爺也好像知道自己會走在老安人前頭似的，老太爺走後，家裡的人才知道老太爺把自己名下的產業都轉到了老安人名下，三位老爺一個銅板也沒有得到。」

「啊！」郁棠睜大了眼睛。

爲什麼沒有分給自己的兒子？難道是怕自己走後，兒子們不孝順老安人？還是覺得三個兒子都不好？

可這也說不過去啊！

郁棠皺了皺眉。

計大娘唏噓道：「不說別的，光是銀子就不下十萬兩，還不是存在裴家自己的錢莊裡面。老太爺走後，那家錢莊的大掌櫃怕老安人把存的錢都提走了，沒等老太爺下葬就開始圍著老安人轉，直到得了老安人的準信，說依舊會把錢存在他們錢莊，那大掌櫃還覺得不放心，又在家裡停留了月餘才走。你說，誰攤上了這樣的婆婆能不動心啊！」

「是啊！」郁棠還在想著老太爺的安排，有些心不在焉地道：「這麼多錢！」

「可不是！」計大娘搖頭，「但留這麼多銀子有什麼用？我覺得，老安人寧願不要這銀子，也不想老太爺走的。」

是啊！誰願意老來失伴？何況聽說老太爺和老安人的感情向來很好。

郁棠頓時心情有些低落。

兩人相對無語，在大門口正要分手，裴宴回來了。

看見他的車馬，眾人都非常的驚訝，原本安靜的側門立刻喧譁起來。

裴宴下了馬車卻徑直朝郁棠走過來，「怎麼？這就要回去了？見過老安人了？老安人怎麼說？」一副有要事商量的模樣。

跟車的裴柒眼珠子直轉，有些僭越地插言道：「三老爺，您這幾天吃沒吃好，睡沒睡好，有什麼話還是進屋說吧！」說著，他的視線落在了郁棠的身上，客氣地喊了聲「郁小姐」，做了個請的手勢。

可郁棠看裴宴卻皮膚光潔，一雙眼睛清澈炯然，身材挺拔颯爽，半點也看不出疲勞倦色。

她在心裡冷笑。

這個裴柒，又是個人精。

計大娘張大的嘴巴半晌都沒能合攏，見裴柒要請郁棠重返裴府，這才回過神來，忙上前虛扶了郁棠，忙道：「郁小姐，您隨我來。」

可就算如此，她心裡也很茫然，完全不知道發生了什麼事。

三老爺不是去修路了嗎？怎麼這個時候回來了？

男女授受不親，既然要請郁小姐進府，怎麼不使喚青沅或是燕青？裴柒請郁小姐的時候，三老爺怎麼也沒有阻止？

她高一腳、低一腳地陪著郁棠往耕園去。

第九章

裴宴居然趕了回來！

可見她的說詞對他起了作用。

郁棠心裡的小人兒歡喜雀躍，好不容易才控制住了想要上揚的嘴角，跟著計大娘到了耕園。

她決定，繼續忽悠裴宴。

反正他很厲害，她忽悠的又是些無傷大雅的事，就讓他自己去頭疼、去傷腦筋好了。

郁棠越想越心情舒暢，不知不覺中就跟著計大娘進了裴宴的書房。

裴宴的書房一如往日，梅瓶裡插著乾枝，半新不舊的薄被整整齊齊地放在搖椅上，搖椅旁的茶几上還擺著個四格攢盒，放了些零碎的東西。濃濃的書香中透著幾分溫馨，讓人看著心先跟著安靜下來。

郁棠有點羨慕裴宴有間這麼大的書房，她這次多打量了幾眼。

裴宴卻連衣裳都沒有換就跟著走了進來，靠在書房中間的大書案旁，神色淡然地指了指搖椅旁的禪椅，道了聲：「坐。」

郁棠覺得裴宴原本就比她高一個頭，若是她坐下來，豈不是更沒有氣勢？這於她接下來要說的話不利。

她笑著道了謝，卻沒有聽話地坐下來。

裴宴心中「嘖」了一聲。

這是要和自己對著幹了！

不過，她最多也就是隻小貓貓，發起脾氣來也不過是只敢伸出爪子撓兩下，最多撕爛他一幅畫，打碎他一個花瓶罷了，這些損失他還是承受得起的，不足爲懼。

「我母親怎麼說？」裴宴也就沒有客氣，開門見山地道，「浴佛節昭明寺的香會是怎麼安排的？」

「我沒有問。」郁棠睜著她一雙黑白分明的大眼睛，滿臉眞誠地望著裴宴。

裴宴訝然。

郁棠已滿臉愧疚地道：「這件事都是我的錯。我到了府上，見了老安人才意識到──從前我在府上小住的時候，家裡的管事和管事娘子有什麼事都會提前一天告訴我們，講經會那麼大的事，肯定有管事在負責，既然這樣，講經會的行程肯定也會提前就定好，告訴所有參加講經會的人。是我太急了，又自小生活在街衢小巷，之前沒想明白，直到見到老安人、見到陳大娘才想明白的。」

裴宴聞言，一口氣堵在胸口，都不知道該說什麼了。

也就他把這姑娘的話當眞，還急著趕了回來，就怕她在講經會上搗亂，到時候丟臉的可不僅僅是顧家，還有裴家和郁家。

可望著眼底閃爍著愉悅的光芒，一副計謀得逞的郁棠，他難道還能指責她讓自己上了當不成？

裴宴覺得心累。

他疲憊地按了按太陽穴，無奈地道：「妳既然覺得沒必要提前知道了，就等那天的行程單出來再說吧！不過，既然行程單出來了，妳就得照著行程單來。否則講經會不順利，那丟的可也是老安人的臉面。」

郁棠明白。

她前世經歷過顧曦獻香方的事，知道畢竟只是幾頁紙，顧曦就算是做得再漂亮，想透過這件事給自己爭個好名聲，可也不如需要四個人抬的功德箱，也不如腳盆大小的盤香、兒臂粗的線香。

她有的是辦法壓制顧曦。

而且，她還有點盼著這天早點到來，想看看顧曦陰沉的面孔。

「三老爺要是沒有其他事，我就先走了。」郁棠喝了一口阿茗端上來的岩茶，有點可惜沒時間吃裴宴書房裡的桃酥餅了。

岩茶配桃酥餅，想想都好吃得讓人舌頭都要捲起來了。

可是她已經惹了裴宴，她怕裴宴發脾氣。

天子一怒，伏屍百萬，流血千里。

裴宴當然比不上天子，可讓臨安城的人，或者說讓他們郁家不痛快是很容易的。

「我已經跟老安人說了要借用小佟掌櫃的事。」她恭恭敬敬地道，不想在這個時候再招惹裴宴了，「還得親自去請一趟才顯得出我們的誠意。距離浴佛節沒多長時間了，我心裡有點急，想明天就去佟家拜訪。」說完，給裴宴行了個福禮，擺出一副「不管你同意不同意，我有事要忙，得走了」的架勢，還叮囑裴宴：「您記得派個人去跟兩位佟掌櫃說一聲，免得我貿然地找了過去，兩位佟掌櫃還不知道發生了什麼事，不相信我說的，那可就麻煩了。」

裴宴看著就心煩，擺了擺手，讓她走了。

郁棠覺得自己像飛出了囚籠的小鳥，頓時人都飛揚了起來。

路上，她試著先說服小佟掌櫃的岳母計大娘：「雖比不上那些大掌櫃看著氣派，可這是做善事，是留名的事兒。人不管走多遠，走多高，總歸是要落葉歸根的。在家鄉有個好名聲，可是別人求都求不到的事。」

計大娘聽了直笑，道：「郁小姐，您不必和我說這些。我們計家也好，佟家也好，都是裴家的世僕，受過裴家的大恩。三老爺和老安人讓我們做什麼，我們就做什麼。別說是去幫著您和幾位小姐打理苦庵寺的事了，就算是讓他去莊子裡做莊頭，他也會好生地跟著那些老佃戶學，幫著三老爺和老安人打點好田間地頭的事。」

郁棠嘿嘿地笑，臉有些熱。

從裴府回到家裡，她直接就累癱在了床上。

陳氏還以爲她只是去裴家作了一天的客，見狀不免有些心疼，道：「量力而行，要是實在顧不過來，就別管苦庵寺的事了，想必裴老安人能體諒的。」

郁棠敷衍般地「嗯」了幾聲。

陳氏哭笑不得，狠狠地拍了拍她的肩膀，坐到了她的床前，柔聲道：「阿棠，姆媽跟妳說個事。」

郁棠一聽這話立刻戒備地坐了起來，語氣也變得乾巴巴地：「您說。」

陳氏一看她這樣子就氣不打一處來，又狠狠地拍了拍她的手，這才道：「妳這是幹什麼？我這不是為了妳好嗎？這一開年，妳都十八了，別人家像妳這麼大的姑娘早就成親了，妳的婚事還沒有一撇，我這不是著急嗎？」

郁棠忙安慰陳氏：「我知道、我知道。我也沒說什麼。我只是讓您別著急。這又不是買碗買碟子，不好了還可以再買。」她腦子飛快地轉著，「我阿爹不也說了不著急嗎？」

「可吳太太這次給妳介紹的這戶人家，我瞧著挺不錯的。」她不死心地道，「我覺得那孩子也挺好的……」

郁棠只得道：「是哪家的子弟？要是您覺得好，我就去看看。」

反正自過年之後他們家又相看了幾家，不是她姆媽嫌棄別人長得太寒磣，就是她阿爹嫌棄別人沒有才學……但有學識又有相貌的人，怎麼可能去別人家入贅呢？

她不想打破父母的幻想，乾脆就隨他們去好了。反正婚事十之八九都不能成。

陳氏見女兒聽話，精神大振，忙道：「是吳太太娘家那邊姑太太婆家姨母的孫子……」

郁棠左耳朵進、右耳朵出，心裡琢磨著明天去見小佟掌櫃的事，把陳氏的話當催眠的曲子，居然就睡著了！要不是被陳氏掐了一把，她恐怕就直接睡到明天早上才能起來了。

陳氏恨得咬牙切齒，把郁棠狠狠地訓了一頓，吃晚膳的時候又向郁文告了她一狀。

郁文笑著打著馬虎眼，好不容易把陳氏給哄得笑了起來，雨過天晴。

郁棠悄悄地向父親豎起了大拇指。

郁文得意地朝著她笑了笑，趁著陳氏叫了陳婆子進來問話的機會，悄聲和郁棠說著悄悄話：「婚姻的事急不來的，一急就容易出問題。妳也別什麼都聽妳姆媽的。萬一哪天妳去相看了，要記得阿爹的話，但凡有點覺得不滿意的，就不要答應，不然肯定是害人害己。」

郁棠連連點頭。

❖

可在裴府裡，裴老安人端著茶盅，好一會兒都沒有動。

珍珠只得小心翼翼地上前，幫裴老安人捏著肩。

裴老安人喃喃自語：「怎麼這個時候回來？沒有先來見我，倒是先去見了郁小姐，還是在門口把人給截下來的……」

她的兒子，什麼時候幹過這樣的事？

裴老安人心中一動。

不會是他們家裴宴看中了郁秀才家的郁棠吧？

常言說得好，英雄難過美人關。郁棠倒是個美人兒，可到底是不是個關隘，誰又知道呢？

橫豎離除服也沒幾個月的時間了，小兒子的婚事也不急。

且就算她急也沒有用。裴宴自小主意就大，和黎家的婚事他說不行，無論黎家怎麼對他，他就是不答應。

但郁家……相差得也太遠了。

也許是她多心了。
裴老安人搖了搖頭，心裡卻始終感覺隱隱有些不安。

❋

翌日，郁棠去見了大、小兩位佟掌櫃。
裴宴做事就是敞亮。大、小佟掌櫃都得了準信，見到郁棠的時候父子倆都笑了起來，佟大掌櫃還不見外地和她道：「妳這孩子，想讓小佟去做點事就讓他去做，何必去求三老爺給他這個恩典，還給他正正經經補了個管事的缺？以後若是總管裡有人辭了工，小佟就也有個機會去爭爭總管的位置了。」
還有這種事？
郁棠汗顏，不好意思搶了裴宴的功勞，道：「這都是三老爺的意思，我只不過是在旁邊幫著敲了敲邊鼓。」
這中間的事佟大掌櫃已經全都知道了，有些話他也不好說得十分明白，聽了笑道：「不管是誰的功勞，這個時候您能想著我們佟家，我們佟家上上下下都感激不盡。」說著，他好像不想再多說這些事似的，把話題轉移到製香的事上去了：「我一收到消息就讓人去打聽製香的師父了，應該這兩、三天就會斷斷續續地有消息過來了。」
這麼快！
郁棠非常驚訝，但驚訝過後又高興起來，覺得自己很幸運選擇了小佟掌櫃來幫忙。
她向佟大掌櫃道謝。佟大掌櫃擺了擺手，就與小佟掌櫃和郁棠，三個人坐在當鋪後面內堂的小花廳裡商量起以後的事來。
佟大掌櫃的意思，先重金請外面的師父幫著做一批腳盆大的盤香和兒臂粗的線香出來，用於講經會上獻香用，然後再教苦庵寺的師父和居士們怎樣製這種香。再加上二小姐和三小姐已經教過的製香方法，之後製出來的香，一大部分送到裴家的香燭鋪裡賣，小部分留在寺裡，或賣給上門求香的人，或送給來苦庵寺上香的香客。
前者郁棠能理解，這和她想的一模一樣，可後者她就有點不明白了，道：「苦庵寺頗為偏僻，幾乎沒有什麼香客，給來上香的人贈送些佛香挺好的，可賣香給上門求香的人……」
十之八九沒人買！
佟大掌櫃胖胖的臉笑得像個彌勒佛，道：「郁小姐，做生意不是那麼簡單的事。有時候是為了賺錢，有時候是為了賺名聲。有時候呢，賺錢更重要，有時候卻是名聲更重要。苦庵寺說到底，是要做善事的，既然要做善事，那就是名聲更要緊一些。何況苦庵寺現在壓根就沒有什麼名聲，那怎麼打開苦庵寺的名聲就是第一要緊的事了。就像您所說的，苦庵寺偏僻，香客都少，來求香的人就更少了，可我們的本意也不是為了賣香——您想想，要是您去苦庵寺裡上香就有香得，而那些不進去上香的，想得到苦庵寺的佛香卻要拿銀子來買。您是選擇進去上個香呢？還是選擇過門不入只買個香就走呢？」
郁棠恍然，若有所思。
佟大掌櫃看著暗暗點頭。難怪郁秀才捨不得把這個女兒嫁出去，這是個機靈的，一點就透，過幾年說不定真的能把郁家給撐起來！

佟大掌櫃心裡一高興，索性就多說了一些：「所以說，這送給昭明寺的香就很要緊了。一定要好聞，一定要讓那些婦人覺得聞著就舒服。阿海過去呢，第一件事就是要聞聞那些佛香都是什麼味道的。我聽說有一道香方可以製出檀香味的佛香來。我覺得這個好，我們可以單獨做一批檀香味的佛香出來，遇上什麼端午節、中秋節之類的節日可以送，先到先得，送完為止。還可製些安神的香，很多年紀大了的香客都有睡不好的毛病……」

他說起生意經來就有點話長，等他感覺到郁棠看他的眼睛有些直愣愣的，這才驚覺自己又說多了，忙打住了話題，笑道：「這些都是我隨便想的，具體要怎麼辦，還得根據實際的情況再具體分析，我們好好商量過了再說。」

可就這樣隨便說說，已經讓郁棠大開眼界了。

她忙道：「您說、您說。就是我之前沒有想這麼多，怕自己一時沒有記住，能不能讓我找筆墨記一記？」

佟大掌櫃愕然，然後哈哈大笑起來。

郁棠臉一紅，急道：「我、我腦子真有點不夠用了，您還是別笑我了。」

「挺好、挺好。」佟大掌櫃不以為意，笑道：「我也是帶過很多徒弟的人了，不怕不知道，就怕不認真。妳這樣挺好，苦庵寺的生意一定能做起來的。」

原來在佟大掌櫃的眼裡，苦庵寺這件事也不過是門生意。

郁棠赧然地笑。

小佟掌櫃這時才有機會開口說話。他恭敬地請教郁棠：「香方我能看看嗎？我早聽說過這些香方是您從孤本裡找到的。既然是孤本裡的，肯定是前朝的香方了。前朝的人用香崇尚奢華，如今的人用香崇尚清雅，這香方怕是還要調整調整。」

這是個誤會。這香方是前世顧曦配的，不僅符合現代人的愛好，而且還特別受婦人的喜歡。

小佟掌櫃沒有見過製好的香，自然會有所擔心。

郁棠立刻爽快地答應了：「我們也只是想幫苦庵寺有個收入，不至於靠著香火過日子，您想怎麼改都沒問題。」

只要小佟掌櫃請的人有這本事。

大、小佟掌櫃都明顯地鬆了口氣。

郁棠暗暗抿了嘴笑。

她在當鋪待了快一個時辰，三個人才把以後的章程討論了個大概，再繼續說下去就涉及到一些細節了。小佟掌櫃剛剛接手，郁棠也還沒有再去苦庵寺看過，問的人不知道，答的人也不清楚，就沒有繼續討論下去，而是約好等小佟掌櫃去苦庵寺看過，找到了製香的師父再說。

郁棠起身告辭。大、小佟掌櫃送她出門。

正是春暖花開的季節，當鋪內堂天井的香樟樹枝椏吐綠，清新喜人，樹下池塘裡養的錦鯉搖擺生姿，活潑可愛。

郁棠不由腳步微頓。

她突然想到了自己第一次進入內堂裡的情景。

裴宴就在雅間，她隔著天井看到他的側影。

事情好像就發生在昨天。可實際上已經過去了快兩年。

郁棠翹起嘴角，微微地笑。

那時候她只是覺得裴宴英俊逼人，讓人見之不能忘，卻沒有想到，有一天她會成爲裴宴的座上賓，還會和裴家發生這麼多的糾葛。

她心情愉快地回到了郁家。

裴府那邊，舒青從苦庵寺回來，正和裴宴說著修路的事：「都安排好了，最多十天，路就能通了。不過若是要全都鋪上青石板，恐怕還得半年。」

最要緊的是，這段時間家家戶戶或要春耕、或要植桑準備養蠶，未必有青壯年幫著修路。

他遲疑道：「要不要請湯知縣幫個忙？」

湯知縣任期快滿了，一直在尋路子想調個更好的地方，可因爲上次李家私下養流民爲匪的事被揭露後，他既不想得罪裴家，又不想得罪在他眼裡看來是新貴的李家，兩邊討好的結果是兩邊都不滿意他的處理結果，在這個節骨眼上，兩家自然也都不會幫他。他正爲這件事急得團團轉。

可裴宴不想給湯知縣這個機會，他道：「我們的根本在臨安城，若是縱容個像湯知縣這樣的父母官，以後再來上任的官員會怎麼想？照我說，李家私下收留流民的事就得一提再提，把他踢到哪個旮旯角落裡去做官才是，讓那些再到臨安做官的人睜大了眼睛，知道什麼事該做、什麼事不該做才是。」

舒青想想也有道理，遂點了點頭，準備繼續和裴宴說說知縣的事——湯知縣走後，由誰來臨安做父母官？他們若是有心，是可以左右一下臨安的官員任免的。

誰知道裴宴卻話題一轉，轉到了浴佛節昭明寺的講經會上去了：「那天的行程出來了嗎？捐贈的事是怎樣安排的？」

舒青愕然。

說實話，這是件小事，以他在裴府的身分、地位，根本不會關注這件事。但作為幕僚，他不能說他不知道。

他立刻讓人去喊了胡興進來。

胡興立刻道：「還沒有定下具體的章程，不過老安人的意思是，先捐贈，再講經，之後想再捐贈的人，可以繼續捐贈。所有當天有捐贈的人都可以留下姓名，刻在石碑上，立在寺後的悟道松旁邊。您看這樣行嗎？」

原本這樣的事都是有舊例可循的，胡興雖然說老安人還沒有完全確定下來，但這個章程肯定是經過老安人首肯的，不然他就會直接讓裴宴拿主意了。他這麼說，也不過是怕裴宴有什麼意見和老安人相左，他提前打聲招呼罷了。當然，若是裴宴一定要改，他肯定會依照裴宴的意思修改的。

只是這種情況發生的機率非常小。裴宴是家中的宗主，他是要管大事的人，這種丟香火銀子、捐贈點香油錢的事，以前根本不需要他過問的。

胡興想他可能就是心血來潮問一問，十分自信地挺著胸膛等著裴宴誇獎他。

因爲講經會之後還繼續接受捐贈，這些會後捐贈的，多半都是聽了講經會之後情緒激動的普通民眾一時的激動之舉。這樣一來，捐贈的東西和銀兩肯定比尋常的香會都要多，而這次由裴家資助的講經會肯定也會名揚江浙，讓裴家錦上添花的。

不承想裴宴看了他一眼，卻道：「這件事安排得不錯。不過，這次請了南少林寺的高僧過來，主要還是讓大家聽聽高僧的教化，就不要喧賓奪主了。講經會之後的捐贈依舊，講經會之前的捐贈……」他沉吟，「就由寺裡統一安排知客和尚拿上去，知客堂的大師父唱個捐贈的名冊就行了。過猶不及，這種在講經會上露臉的事，裴府還是少沾爲好。」

胡興和舒青一個戰戰兢兢地應諾，一個睜大了眼睛，半晌都沒有眨一下。

裴宴才不管這些人心裡怎麼想呢。把事情布置下去後，他心裡一直繃著的那根弦終於鬆了下來。

大家統一行事，又是臨時改的，郁小姐應該沒有什麼機會搗亂了吧？

他在心裡琢磨著，思忖著自己還有沒有什麼失察之處。

胡興和舒青卻一個比一個神色奇怪地躬身行禮，退出了書房。

裴宴開始思考湯知縣的事。

胡興卻一把拽住了舒青，誠懇地低聲向他請教：「三老爺這是什麼意思？是不是覺得我之前的安排太高調了？他老人家不會生氣了吧？」

這個新宗主，喜怒無常，真的讓他摸不清脈絡。

舒青卻在想郁棠。

這件事不會與郁家的那位小姐有關係吧？

因此他回答胡興的時候就有點心不在焉的：「應該沒有吧！不過，那天據說顧家小姐也會來湊熱鬧。她雖然是嫡長孫媳，可宗主的位置卻落到了三老爺這一支。」

胡興被舒青的話嚇出一身的冷汗來。

他只想到怎麼把這件事做好，讓裴家大出風頭，讓自己能重新回到裴宴值得託付的人員名單中去，卻忘記了裴家最忌諱的就是出風頭了。

舒青可不是隨隨便便就亂說話的人。

「多謝、多謝！」胡興連聲道，「等舒先生哪天有空了，我們一起去喝個小酒。臨安城有名的食肆、酒肆就沒有我不知道的。」

舒青並不是臨安人，而是跟著裴宴從京城回來的，具體是哪裡的人，有些什麼經歷，胡興並不清楚。

包括帳房陳其和車夫趙振，他都不熟悉、不瞭解。

舒青笑了笑，客氣地說了聲「好」，就去忙自己的去了。

胡興則站在樹蔭下發了半天的呆才離開。

小佟掌櫃那邊，比郁棠預料的還要順利。就在她見過佟大掌櫃的第三天，當鋪那邊就有消息傳過來。佟家掌櫃們找了兩個製香的師父，一個是富陽人，姓荀，年過六旬，過來可以，但要帶著一家老小和自己的十幾個徒弟一起過來；還有位姓米，武昌人，四十出頭，也是要帶著一家四口和兩個徒弟過來。小佟掌櫃介紹這兩位師父的時候道：「各有利弊。荀師父是老東家不在了，新東家要轉行，給了他一筆銀子養老。可他的兒子、女婿、徒弟都是學這個的，他要爲他們找條出路，他自己則可能不會再製香了。米師父呢，正是年富力強的時候，他是因爲和老東家不和，所以才遠走江南的。具體要選哪位，還請郁小姐拿個主意。」

郁棠想著這件事是裴老安人讓幾位裴小姐主理的，讓人帶了信去給裴家的幾位小姐，詢問她們的意見。誰知道裴家的幾位小姐個個都爲了浴佛節的事不得閒，二小姐乾脆道：「既然這件事交給了郁姐姐，就勞煩郁姐姐拿主意了。」

一副要丟手的樣子。

郁棠苦笑。

還眞應了那句話，誰出的主意誰幹，這件事怎麼就成了她一個人的事？

好在是小佟掌櫃也和佟大掌櫃一樣，是個豁達之人，不僅沒有笑她，還安慰她：「沒事，我們常遇到這樣的事。您只要把您選擇的理由告訴幾位裴小姐，讓幾位裴小姐以後遇到這類的事能有個參考的就行了。這也是老安人讓幾位裴小姐主事的緣由——她們以後都會嫁到富貴之家的，難道還眞會去管這些事不成？就算是有什麼事，婆家有丈夫叔伯，娘家有兄弟姐妹，有的是人給她們出主意。老安人也是怕她們見識少，這才拉著她們這裡、那裡到處走動的。」

郁棠想想也覺得有道理，遂對小佟掌櫃道：「我想選那位米師父。」

小佟掌櫃一愣。一般人通常都會選荀師父，米師父是和原來的東家鬧得不和，這是很受人詬病的事。

郁棠道：「您找的這兩位都是當地有名的製香師父，那米師父想找個餬口的事應該並不難，卻寧願背井離鄉，顯然是不想和原來的東家打擂臺，可見這人還是有點底線的。和原來的東家不和，說不定也是另有內幕。而那位荀師父呢，兒子、女婿、徒弟全都跟著他學製香，他年過六旬了，新東家要轉行，他的家裡人和徒弟們居然找不到很好的事做，還需要他出面幫著攬活，可見若不是他的那些兒子、女婿、徒弟什麼的不爭氣，沒有學到他製香的手段，就是他敝帚自珍，沒有把手藝傳給自己的傳人。這樣的人，就算是我們請了來，恐怕也不會眞心地教苦庵寺的師父和居士們製香的。不過，這兩人具體的性子如何，還是得接觸了才知道。」

小佟掌櫃暗暗點頭。

他說這話也有些試探郁棠的意思。若是郁棠信任他，就會相信他所提供的消息；若是不信任他，只會相信她自己親眼所見的。這關係到他今後要以怎樣的態度對待郁棠。

如今就是最好的結果了。

小佟掌櫃也就不再藏著掖著了。他道：「我想把兩位師父都請過來試試。」說到這裡，他還朝著郁棠笑了笑才繼續道：「正好幫我們趕製一批盤香和線香。」

這就是要藉著試用的機會，讓兩位師父都幫著苦庵寺做事了！

郁棠抿了嘴笑，道：「可行！」

小佟掌櫃的眼睛也瞇了起來。

兩人心照不宣地達成了協定，彼此都覺得對方是個機敏靈活之人，以後應該能夠很好地共事。

很快，兩位師父就都到了臨安。

這期間，郁棠還去相了次親。

和前幾次一樣，郁棠仍舊沒有什麼感覺。郁文覺得這小子人還算老實，陳氏卻挑剔人長得不夠高大，配不上郁棠。

郁文還難得地和陳氏爭了一次：「嫁人，最要緊的不就是人品、才學嗎？」

陳氏道：「可那孩子也太矮了一點。難道你想以後生個很矮的外孫嗎？」

可能因爲郁家的人都不太高，對於身高就有了一定的執念。

像郁遠，一見相氏就覺得滿意。可在外人的眼裡，相氏人高馬大，還不白，從相貌上來說，嫁給郁遠就有點高攀了。

郁文立刻不吭聲了。

郁棠鬆了一口氣。

她覺得自己還有好多事要做，還不想那麼快成親。

按照之前小佟掌櫃和兩位製香師父說好的協議，兩位製香師父在苦庵寺附近的兩家農舍一安頓下來，他就親自將兩位師父的車馬費送了過去，還很委婉地表示：不是他不相信兩位製香師父的手藝，而是東家行事喜歡「是騾子是馬，拉出來遛遛」，他這個做小掌櫃的也只能依命行事。還哄著兩位師父「一定要拿出最好的手藝，做出最好的香來，不然我這個推薦人沒辦法給東家一個交代」。

兩位製香師父自然疊聲應好。

小佟掌櫃送上已經配好的香料，就去了苦庵寺。

苦庵寺的主持師父已經按照小佟掌櫃說的，透過這些日子的觀察，找了十幾個手腳伶俐的居士，見小佟掌櫃過來，直接就把人交給了小佟掌櫃，還照之前小佟掌櫃的叮囑說道：「爲了讓我們苦庵寺出頭，裴家不僅資助了昭明寺的講經大會，還請了兩位師父幫著我們苦庵寺製香。可我們自己也不能袖手旁觀，妳們去了，一定要好好幫著兩位師父打下手。」

兩位師父對這些居士的態度，也決定了最終聘請誰。

沒幾天，兩位師父都做出了腳盆大小的盤香和兒臂粗的線香。小佟掌櫃就請了郁棠和裴家的幾位小姐試香，看看那香點著後會不會中途熄滅或是斷掉——這才是腳盆大小的盤香和兒臂粗的線香爲什麼不好做的原因。

郁棠和裴家的小姐當然不可能真的等到盤香和線香燒完——那得幾天幾夜。不過是在小佟掌櫃把香送過來的時候去看了看，然後找了間穿堂，把香點著了後聞了聞香味，就跑到一塊兒去說悄悄話了，穿堂裡自有守著的丫鬟婆子告訴她們這些佛香是好是壞。

「郁姐姐那天準備穿什麼衣服？」這是四小姐最關心的，她滿臉興奮，道：「我做了三套衣服，二姐姐和三姐姐都敷衍我，說都好。等會郁姐姐幫我看看，妳說哪套好看我就穿哪套。」

五小姐氣呼呼地道：「郁姐姐別聽她的。我們都說她穿那套粉色的好，可那套粉色的要戴珍珠首飾才好看。結果她最後卻新打了支金鳳銜珠的步搖，她想戴著這步搖去昭明寺，才在那裡糾結穿什麼衣服好。」她說著，邀請郁棠：「姐姐有些日子沒來了，我們家後院的牡丹花快開了，妳這些日子有空嗎？我到時候讓婆子送信給妳，妳過來賞花唄！今年家裡新添了幾株綠牡丹，我也是第一次見。」

郁棠奇道：「三老爺不是不喜歡花嗎？」

五小姐不滿地哼哼道：「三叔父就算是再不喜歡，還能管到我祖母的院子裡去？那綠牡丹，是宋家派人送過來的，我祖母可喜歡了，還賞了我姆媽一盆。不過我姆媽怕養不好，依舊放在祖母的花房裡。」

郁棠知道宋家和裴家的關係。她笑著應了：「那妳到時候記得讓婆子跟我說一聲，我也只是聽說過綠牡丹，還沒有見過。」

三小姐卻冷笑道：「宋家向來是無事不登三寶殿，他們這次又要做什麼？」

五小姐遲疑道：「應該沒什麼事吧？來的人只說宋家在太湖那邊新做了兩艘大船，說大船下水的時候，想請祖母過去看看。這不算是什麼事吧？」

三小姐告誡五小姐：「反正他們家做什麼事，我們都得多個心眼，能不走動就盡量別走動。」又感嘆道：「伯祖母什麼都好，就是這門親戚不好。」

郁棠聽了直笑，道：「皇帝還有三門窮親戚的，妳也不能指望著姻親個個都人品端方啊！」

三小姐臉色一紅，道：「我就是覺得宋家做事太不講究了。」至於怎樣不講究，三小姐沒有再說，郁棠也不好多問。但宋家造出了大船，卻給郁棠留下了深刻的印象。

不知道江潮這次出海平不平安？如果能平安歸來，郁家可就搭上好運氣了。

郁棠在心裡想著，耳邊卻傳來二小姐的抱怨：「妳們別一副爭奇鬥豔的模樣好不好？浴佛節那天，我們都只能在廂房裡看看熱鬧而已，穿那麼好做什麼？」

什麼意思？眾人的目光都望向了二小姐。

二小姐就道：「妳們難道都不知道嗎？浴佛節的章程出來了，講經會之前的捐贈，各家都不出面，東西事先交給昭明寺，到時候由昭明寺的知客和尚依名冊唱名一番就行了。所有的女眷都不許出去看熱鬧。」

所有的女眷都不能出去看熱鬧?!

也就是說，顧曦不可能出現在講經會上。

郁棠頓時心花怒放。

想像著顧曦花了兩、三個時辰打扮得光彩照人，好不容易到了臨安城，在昭明寺裡安頓下來，準備參加講經會，卻被告知不能上臺，暗中氣得直咬牙的樣子……

郁棠的嘴角忍不住翹了起來。

她忙捂住了嘴。

四小姐還在那裡和二小姐爭辯：「不讓去看熱鬧，難道我們就不用給長輩請安了嗎？難道我們就躲在廂房裡不見人了嗎？既然要應酬，怎麼能衣飾不整呢？我不管二姐姐妳穿什麼，反正我要帶兩套衣裳去換的。說不定能用得上呢！」

是哦！不管顧曦能不能到講經會上去贈香方，浴佛節那天也是顧曦和裴彤商定了親事之後第一次露面，肯定有很多人對顧曦好奇，很多人會找藉口去看看顧曦長得怎麼樣。

唉！那天顧曦註定會大出風頭的。不能上臺獻香方對她的打擊肯定也就沒有那麼大了。

顧曦這個人，最喜歡成爲萬眾矚目的焦點，最喜歡不動聲色地出風頭。

只是不知道大太太會不會出現？裴家大公子會不會參加？

她還沒有近距離地見過裴彤。不知道他長得什麼模樣？和裴宴像不像？

郁棠在這裡天馬行空地亂想，表情不免有些心不在焉。五小姐看著就拉了拉她的衣襟，見郁棠把注意力落在了她的身上，這才再次問道：「郁姐姐，妳的衣飾都準備好了沒有？妳要不要和我們一起做幾件新衣裳？祖母在給三叔父做冬衣，請了蘇州城那邊的老裁縫過來。」她說著，左右瞧了瞧，壓低了聲音道：「那位老裁縫比王娘子她們的手藝更好，我們也可以趁這機會讓他們給做點東西。」

裴家的人都這麼講究嗎？

郁棠忙道：「不用了，我家裡還有沒穿過的新衣裳，我到時候挑件好看的就行了。」

五小姐把郁棠當自己人，繼續勸她，還伸了伸自己腳上的繡花鞋，「妳看！這就是我剛回來的時候，那位師父幫著做的鞋，做得可漂亮了。」

郁棠這才發現五小姐今天穿的是雙湖綠色的鞋，小小巧巧的，用油綠色的絲線繡了忍冬花的藤蔓，用淡淡的粉色繡了小小的玉簪花，色彩淡雅不說，圖樣還十分出彩，小小一雙繡鞋上，繡出了各式各樣不下二十幾種或含苞、或綻放的玉簪花，讓人嘆爲觀止。

她頓覺驚豔。

五小姐看著就抿了嘴笑，得意地道：「郁姐姐，妳也覺得好看吧？我們女孩家的東西，也不好隨意就交給別人做，不過，他們家的繡工真的很厲害，讓他們幫著繡條裙子，做個什麼小物件的，我都覺得挺好的。」

郁棠看中的卻是圖樣。如果能用在他們家鋪子裡的漆器上，肯定能讓很多女眷喜歡。要知道，置辦嫁妝，那可是母親和姑母、姨母們的事。

郁棠蠢蠢欲動，道：「知道這家鋪子在哪裡嗎？我現在一時還用不上，可妳這繡鞋繡得真是好，我到時候也想找他們幫著做點東西。」

三小姐嘻嘻地笑，道：「難得有能讓郁姐姐看了心動的衣飾。不過，這鋪子向來只接熟客的單子，能到我們家來給我三叔父做衣裳，也是看在我三叔父的面子上。我們倒是知道他的鋪子在哪裡，但是要請他們家的鋪子做東西，怕是得跟滿大總管說一聲，看看他能不能借我們家的名頭給妳提前預約個時間。」

這麼麻煩？郁棠很意外。

五小姐忙道：「沒事、沒事。他也給我阿爹做衣裳，他來的時候我再跟妳說一聲，妳到時候再想想有什麼要做的也行。」

郁棠聽出點名堂來，她道：「他們家的鋪子只給男子做衣裳嗎？」

裴家的幾位小姐都面露遲疑。

二小姐道：「好像不是吧？我的嫁衣就是請他們家幫著做的。但其他的衣服是由王娘子她家做的。」

也就是說，人家只接大活。

郁棠心裡有點譖了，在心裡又把裴宴吐槽了一遍。

這人也太講究了，別人做嫁衣的手藝，硬生生地被他用成了做道袍的手藝。道袍有什麼難的？她阿爹的道袍她都能做，用得著去找個這樣的裁縫師父嗎？

不過，這鋪子的圖樣是誰畫的？她心癢得非常想去看看，說不定還真的得請裴滿幫忙呢！

幾個人說說笑笑的，等到掌燈時分，五小姐等人留郁棠過夜——那腳盆大的盤香和兒臂粗的線香都還沒有點完。

郁棠突然想到那些去廟裡點長明燈的，通常都會點幾盤腳盆大的盤香，那些盤香通常都能燃三天三夜。

難道她還要等上三天三夜不成？

郁棠忙道：「這香能點幾天？」

幾位裴小姐都不知道，立刻喊了人去問。

去問的人回來說：「可以燃三天三夜。」

幾位裴小姐差點暈倒。三小姐更是可憐兮兮地問：「難道我們要等三天三夜不成？夫子讓寫的小楷我還沒有寫完。要不，我把功課拿過來？」

二小姐遲疑道：「或者是我們先回去，過兩天再過來看看？」

這個主意郁棠覺得好。

四小姐卻眼珠子直轉，道：「郁姐姐還是留在我們家住幾天好了。我的小楷也還沒有寫完，製香的事我們都顧不上，這次的香做得好不好，還得郁姐姐多費心了。」

郁棠一看就知道四小姐有小九九，只是她一來不知道四小姐打的是什麼主意，二來這件事也的確需要有人盯著，她想了想，就答應下來。

❋

二小姐忙讓人去報了胡興，讓胡興安排人去郁家報信。

陳氏是知道郁棠去裴家是做什麼事的，接到信雖然有些驚訝，但也沒有牴觸。

郁棠已經不是第一次留宿裴家了，每次都能平平安安、順順利利地回來，她也就接受了郁棠留宿之事。但作爲母親，她還是有些擔心，一面幫郁棠收拾了些換洗的衣飾，一面反覆地叮囑雙桃要注意關好門窗之類的話。

雙桃卻已經習慣了，笑道：「太太您放心。小姐在裴家留宿的時候，客房就在離裴家五小姐不遠的地方，過來服侍的都是裴老安人屋裡的人，比我還盡心盡責。您就放心好了。」

陳氏不悅道：「小心駛得萬年船。妳們住在別人家，小心點總不爲過。」

雙桃不敢再說什麼，連聲應諾，拿了郁棠的換洗衣飾，坐著裴家派來的轎子出了門。

❋

郁棠卻在打那裁縫鋪子圖樣的主意。

她思來想去，覺得這件事對裴家人來說可能根本不是件事兒，與其找裴宴幫忙，還不如去找裴滿。

郁棠第二天一大早和幾位裴小姐去看過了依舊在燒的盤香和線香之後，幾位裴小姐回去上課了，她就讓雙桃去見裴滿。

裴滿這幾天忙得連口水都顧不上喝。

浴佛節昭明寺的講經會原本不過是老安人心血來潮時的一個想法，最終消息傳了出去，不僅宋家的人準備過來湊熱鬧，就是遠在福建的彭家和印家都準備過來看看，如何安排這幾家的住宿、吃食、出行，都是件頗爲費心的事。何況湯知縣的任期到了，他走吏部的路子沒走通，到今天也沒有個準信會去哪裡任職，急得團團轉，正瞅著機會想往裴家鑽。後來知道了講經會的事，連臉面也不要了，這幾天淨找藉口來拜訪三老爺。沈善言也爲顧、裴兩家的婚事不停地在三老爺面前晃……偏偏郁棠也有事找他，還是件當不得正事的事。

裴滿哭笑不得，對雙桃道：「能不能等我忙過這幾天？」

裴家大總管這個頭銜在臨安還是很有威懾力的。雙桃不敢勉強，忙道：「那我就等您忙完了再過來。」

裴滿點了點頭。雙桃立刻退了下去。

只是她出門的時候正好和舒青擦肩而過，舒青見有個生面孔，想了好一會兒才想起雙桃是誰。他不由好奇地問裴滿：「郁小姐身邊的丫鬟來找你做什麼？」

裴滿把事情的由來告訴了舒青。

舒青狡黠地笑，若有所指地道：「你最好把這件事放在心上，就算你一時半會抽不出空來，也叫個穩重點的人立馬就去辦。」

他是裴宴的幕僚，不是個隨便說話的人，何況他語氣中提醒的意味非常重。

裴滿不禁停下手中的事，仔細地想了想，悄聲問舒青：「我以後遇到了郁小姐的事，是不是都要放在需要立馬解決的事之中？」

舒青笑笑沒有回答。

裴滿心裡已經有數。他轉身就吩咐人去問了給裴宴做衣裳的裁縫。

恰好那裁縫正在裴宴那裡給他試衣裳，裴宴聽著就有點不高興。

這家裁縫鋪子雖然是打著輕易不接單的旗號，可本質上也不過是個做生意的鋪子，他們家的東西再好，也不值得郁棠費心去籌謀。

他打發了裁縫鋪子的人，叫了裴滿過來，道：「郁小姐要他們家鋪子裡的東西做什麼？我母親不是有個專門做衣裳的鋪子嗎？那家鋪子的衣裳做得不好？還是那個姓什麼的裁縫娘子行事張狂，怠慢了家中旁人？」

裴滿嘴角抽了抽。

旁人？這個旁人應該是指郁小姐吧？

人家王娘子一年四季都會派人送他鞋襪，他收了人家的好意，關鍵時候總不能連一句話也不幫人家說吧？

裴滿面色如常，神色恭敬地道：「給老安人做衣裳的那婦人姓王，爲人很是謙遜謹慎，服侍老安人很多年了，應該不是這樣的人吧？」

裴宴冷笑，道：「多的是人有兩副面孔。你去查查，這到底是怎麼一回事？」

每個人的確都有兩副面孔，但有幾個人敢在老安人面前露出兩副面孔？

裴滿心裡不停地吐著槽，面上還要不顯露半分，繼續恭敬地應「是」，派了人去查。

王娘子冤得不行，好在是裴滿還是比較瞭解她的性子的，知道她一直以來都很緊張裴家的生意，就是遇到了裴家掃地的丫鬟也會客客氣氣，順手的時候甚至會送兩根紅繩給那些小丫鬟們綁頭髮，於是查了查也就過去了。

裴宴這邊卻還是不放心，讓人請了郁棠過來，問她找裁縫師父要圖樣做什麼。

郁棠窘然。她沒有想到這點小事，裴滿也會請裴宴示下。

「家裡的漆器生意不是不怎麼好嗎？」她把自己和郁遠來來回回折騰的事告訴了裴宴。

裴宴很是鄙視，道：「你們家就讓妳一個小姑娘家這樣胡鬧？」

這話郁棠就有點不愛聽了。她道：「什麼叫小姑娘家？我也沒有胡鬧。我們家的漆器鋪子是我祖父那會兒傳下來的，雖然我阿爹和我大伯父各分了一間，可鋪子卻沒有分開過，一直是在一塊兒，由我大伯父管著的。我阿爹和我大伯父是想我和我阿兄一起掌管鋪子的。」

裴宴對人、對事向來都反應很快。聞言他立刻意識到，郁家這是準備讓郁小姐招女婿上門了。可他心裡莫名有些擔心，不禁道：「那妳也同意家裡的安排囉？」男子以入贅爲恥，願意做上門女婿的，通常都有這點、那點的不足。

裴宴微微蹙眉。

郁棠一時沒有反應過來，道：「什麼安排？」

裴宴心裡就有些煩躁。

這小姑娘，怎麼傻乎乎的！平時挺機敏的，一到關鍵的時候就不知所謂了。

他沒好氣地道：「妳就同意你們家給妳入贅？妳不是還有個堂兄嗎？他可以一肩挑兩頭啊！」

這是很多人家的選擇。既不用改姓，也不用和親生的骨肉分離，不過是多贍養了一個叔父。可叔父家的產業也該姪兒得，算一算還是划算的。

郁棠這才明白他說的是這件事。

她再大大咧咧也不好和裴宴討論這些。

郁棠臉色一紅，答了句非常安全的話：「父母之命，媒妁之言。我自然是聽從父母的。」

那妳還敢到我面前來大放厥詞！

這話都到了裴宴的嘴邊，他猛地覺得這個時候說這樣的話好像有些不合時宜……雖然不知道為何覺得不合時宜，也不知道以他隨心所欲的性子，為何就要忍著把這句話給嚥了下去，但他還是忍了又忍，生硬地把話題轉到了郁家的漆器鋪子上：「妳為何瞧得起那裁縫鋪子的圖樣？我瞧著很一般。」

他的話音一出，郁棠長長地鬆了口氣，她這才發現原來她在回答裴宴問話的時候心弦一直緊繃著。至於為什麼……她望著裴宴目光灼灼的眼睛，一時也沒空多想，直覺自己好像平安無事地從懸崖邊逃脫了似的，讓她本能地想快點揭過這一段去。她有點迫不及待地道：「那是您沒有注意到他們家的繡工。他們家的繡工可好了。」她說著，就舉例說起五小姐的繡花鞋來。

裴宴依舊是滿臉的鄙視，道：「我要是沒有記錯，你們家鋪子是做剔紅漆的吧？」

郁棠連連點頭，「您沒有記錯。」

「剔紅漆不是以華麗低調見長嗎？」裴宴不以為然地道，「像妳所說的圖樣，零零散散的幾朵花，妳準備用在哪些器物上？這種圖樣我不用看就知道，螺鈿做出來才好看。用剔紅漆做這種圖案，既不能體現剔紅漆的繁複工藝，也不能體現剔紅漆的特點。」

說得好像他家有個祖傳的漆器鋪子似的。

郁棠氣結，也有些不服氣。她知道裴宴懂得多，但不至於連漆器也懂吧？

郁棠有些不服氣地道：「剔紅漆有什麼特點？爲何就不能像圖畫一樣留白？我之前向人討要了幾幅畫做圖樣，銷得就很好。」

裴宴撇了撇嘴，道：「那是因爲那些人沒有見過更好看的剔紅漆物件。再說了，剔紅漆的特點不就是與其他漆器工藝有不同之處嗎？我雖然是外行，可我也知道，剔紅漆與其他漆器的不同之處，在於它要在物件上反覆抹上幾十層的紅漆，待乾後再雕刻出浮雕的紋樣。要藏鋒清楚，纖細精緻。大量的留白，就得突出圖樣的內容，做人物自然是好。如果是花紋或是花樣子，恐怕就要仔細地考慮留白的顏色了。妳難道準備讓你們家的漆器做成黑色或是其他顏色的底不成？」

「當然不行！」郁棠脫口而出，隨後不知道說什麼好了。

剔紅漆的要點就是在於「紅」，若是底色變成了其他的顏色，那就不叫剔紅漆了。

想到這裡，她心中一動，道：「能不能用別的顏色做底色？」

裴宴心累，不太想跟她說話，懶懶地道：「那妳可以試試，說不定還能推陳出新，創出個新漆器工藝來。」

郁棠還就眞的動了這樣的心思。

她的心瞬間就飛了，恨不得轉眼間就回到自己家的鋪子裡，和郁遠商量這件事。

裴宴卻不想理會她的那些小心思，繼續道：「剔紅漆的工藝在於一個『剔』字，你們就應該在這方面下功夫才是。與其向那些裁縫鋪子要圖樣，不如請人重新畫花樣子。至於人物之類的圖樣，對雕工的要求很高，五官要栩栩如生才行，你們家可有這樣的師父？」

郁棠沒有吭聲。

裴宴也不需要她吭聲，一看就知道了。他索性道：「妳去把你們家的那些圖樣拿過來我看看。」

郁棠杏眼圓瞪地望著他，滿目驚詫。

裴宴驟然覺得她看自己的目光太過明亮，讓他感覺有些刺目，甚至生出微微不自在的感覺。他不由輕輕地咳了兩聲，道：「還不快讓人把那些圖樣都拿過來！」

郁棠跳了起來，心裡的小人兒手舞足蹈，快活得像小鳥。

「好的、好的。」她生怕他反悔，也顧不得失禮不失禮了，衝到門口就喊了雙桃過來，叮囑道：「妳快去鋪子裡，跟少東家說，三老爺願意幫我們家看看漆器的圖樣，讓他快點拿了圖樣進府。」

雙桃喜出望外。裴家要是願意幫忙，郁家的漆器鋪子肯定會發財的。

郁家好了，他們這些人走出去都能昂頭挺胸，倍兒有面子。

「我這就去！我這就去！」她也顧不得禮儀，一溜煙地跑了。

第十章

郁棠怕裴宴是三分鐘的熱度，一面在心裡暗暗祈求她阿兄得了信能片刻也不停留，快馬加鞭地趕過來；一面覺得自己得把裴宴穩住才行，不能讓他這個熱情散了。她想也沒有多想，轉身回了書房，立刻殷勤地和裴宴說起話來。

只是她和裴宴不論是學識涵養還是眼界見識，都沒有什麼共同之處，加上裴宴是個話短的，問候過吃了、喝了沒有之類的話後就不知道該說些什麼了。

郁棠在心裡腹誹。

難道不說四書五經上的那些內容，就沒什麼值得說的了不成？

她心生鬱悶，卻也只能繼續找話題，說起了漆器的工藝來。

裴宴冷眼看著郁棠在那裡嘰嘰喳喳地找話說。他應該不耐煩，應該心生厭惡才是。可看著她亮晶晶的眼睛，找不到話題時的窘然，找到話題時的竊喜，他覺得自己好像在看滑稽戲似的，不，比看滑稽戲還要讓他覺得有趣。

他居然就這樣聽她絮絮叨叨地說了大半個時辰，直到她說出「您覺得我們家再聘個手藝高超的雕工師父怎麼樣」的時候，他再次沒有忍住，低聲斥責道：「你們家好歹是經營了幾代的漆器鋪子吧？家裡那麼多的弟子，居然還要請個手藝高超的雕工師父回來？妳這是打郁家的臉呢？還是打妳大伯父的臉？就算是妳大伯父同意，妳阿爹應該也不會同意吧？」

郁棠猝然間就沒有了聲音。

的確，她要是眞的請個雕工師父回來，她大伯父說不定會覺得她是在指責他沒有把鋪子經營好。

那怎麼辦？放棄雕人物圖嗎？

那怎麼行？

郁棠搖頭。

他們家漆器鋪子之前生意不好，就是貨品單一，如果再沒有了人物圖，選擇更少了，生意恐怕會更差了吧？

她在那裡沉思。

裴宴卻饒有興趣地看著她。

一會兒搖頭，一會兒失笑，一會兒皺眉，一會兒垂頭，表情和動作不知道有多豐富，就是裴家三歲的小孩也沒有她好動。

他不由感慨還好郁小姐的相貌出眾，不管怎麼看都讓人賞心悅目，若是別人做出這樣的舉動來，只怕早就被他當成失心瘋了。

也算她運氣好，他正在躲沈善言，就在這裡和她消磨些時光好了。

裴宴想著，道：「現在做生意，不外兩種。一種是什麼都做，大家去了總歸不會空手。還有一種，就是把生意做到頂尖，只要想起這個物件，第一件事就是去他們家看看，他們家沒有了，才會考慮別人家。你們家這個漆器鋪子，原來就是以做剔紅漆器聞名，物品求大、求全，我覺得根本沒有必要。」

眞是這樣嗎？

郁棠有些忐忑，道：「可如果做到頂尖，應該很難吧？」

他們家根本沒有自信能做到這種程度。

裴宴冷笑，道：「花同樣的功夫，同樣的時間，同樣的精力，居然事事都居人之下，你們家也夠有出息的。」

郁棠骨子裡也是個不服輸的人，要不然，前世她也不會在知道了李家對她的惡意後，明知地位、實力相差懸殊，她還是想辦法從李家逃了出來，尋思著怎麼給父母兄長報仇了。

裴宴的話像火苗，立刻引得她心中激盪。

她握了握拳，瞪了裴宴一眼，立刻道：「你別小瞧人！」

郁棠說這話的時候因爲激動，面頰紅彤彤的，眼睛亮晶晶的，從一株溫婉蘭花變成了一株火紅的杜鵑花。

裴宴覺得這樣的郁棠才漂亮。

他滿意地點了點頭，道：「這還差不多——我可不幫那些遇到事，還沒有開始就已經膽怯了的人！天下爲難的事多著呢，要是連試一試的勇氣都沒有，還談什麼成功！妳就應該這樣想！好了，這件事就這樣定了。以後你們家鋪子裡的物件就以花樣子爲主。我想想，最好還是要有一種主打花樣，讓大家一想到這種花，就想起你們家的剔紅漆器來……」他說著，走到西邊的書架前，開始翻起書來。

郁棠目瞪口呆。

他們家鋪子裡的事就這樣定下來了嗎？
不用與她大伯父、她阿爹、她大堂兄商量一下嗎？
這也太草率了吧？萬一要是這個法子不成呢？
郁棠望著裴宴穿著白色細布道袍卻顯得猿背蜂腰的背影，一時間陷入了兩難的境地。
她要是不照著裴宴的意思去做，以裴宴那「老子天下第一聰明」的性格，肯定會覺得她這是不相信他，會覺得自己做了無用功而惱羞成怒，到時候可就不是理不理她的問題了，多半會和她絕交。
但她要是照著他的話去做，裴宴就算是天下第一聰明的人，可這讀書和行商是完全不同的兩碼事，要是他的辦法行不通呢？難道她要拿家裡祖傳的產業和裴宴去賭一把不成？
郁棠頓時如坐針氈，臉上紅一陣子、白一陣子的，恨不得這時候手裡有枚銅錢，拿出來拋個正反面才好。
她怎麼會把自己弄到了這等境地呢？郁棠想撓腦袋。
一會兒踮腳、一會兒伸腰的裴宴突然轉過身來，目帶驚喜地對郁棠道：「找到了！」
帶著淡淡笑意的裴宴，眉眼陡然間變得生動起來，如一幅靜止不動的山水畫，一下子讓人聽到了溪水淙淙，聞到了青草浮香，感受到了風吹過的窸窣，整幅畫都活了過來。裴宴英俊得整個人彷彿都發著光，看得郁棠心裡怦怦亂跳，口乾舌燥，半晌都沒辦法從他的臉上挪開目光。
她再一次感覺到了裴宴的英俊。

偏偏裴宴一無所察，還在那裡繼續笑道：「這是我阿爹送給我的一本畫冊，是讓我用來練習怎樣畫花鳥的。我覺得妳可以拿回去和你們家的畫樣師父仔細研究研究，應該會有所收穫。」他說著，把一套六本的畫冊全都拿了出來，示意郁棠接過去。

郁棠過了一會兒才反應過來。

可裴宴已經皺眉，厲聲道：「妳在想什麼呢？難道剛才在我面前說的話都是在敷衍我？你們不敢走專精這條路？」

郁棠感覺自己再次站在了懸崖邊，一個回答不好，裴宴就會生氣地丟下她跑了。

但他人跑了她好像不怕？大不了像從前那樣，在他面前做小伏低地把人給哄回來好了。可讓他生氣……就不好了！

這念頭在她心裡閃過，她自己都嚇了一大跳，讓她足足愣了幾息的工夫，這才慌忙地跑了過去，一面伸手去接裴宴手中的畫冊，一面語無倫次地解釋道：「沒有、沒有。我剛剛就是在想這件事。沒注意到您在說什麼。我既然答應了您會好好經營家裡的漆器鋪子，我就一定會做到的。這一點您放心。我不是那言而無信的人……」

但郁棠伸出去的手卻落空了——裴宴轉了個身，把手中的畫冊放在了旁邊的茶几上，眉頭一蹙，又成了那個神色冷峻嚴肅的裴府三老爺。

「妳別拿話唬弄我。」他冷冷地看著郁棠，立刻在他與郁棠之間劃出一道冷漠的小溝，「這畫冊是我曾祖父送給我父親的，雖然稱不上孤本，但也十分難得，勉強也算是我們家的傳家寶之一。妳要是沒有那個信心和決心讓你們家的鋪子專攻花卉，就別答應得那樣爽快，免得糟蹋了我家的東西。而且你們家就算是不專攻花卉，我也有別的法子讓你們家的鋪子賺錢。妳別這個時候勉強答應我了，回到家裡一想，困難重重，又反悔了……」

可他讓她有時間反悔了嗎？郁棠在心裡腹誹。

她不過是伸手晚了一點，他就敏感得板著臉教訓她，她要是說他的這個法子不行，他還不得丟下人就跑了？然後像她預料的那樣，從此以後再也不管他們家的事了，甚至有可能見到她都像沒有看見似的。

她能說眞話嗎？

郁棠心裡的小人兒流著淚，想做出一副興高采烈的樣子，抬眼看見裴宴那鷹隼般銳利的目光，她立馬一慫，不敢再作戲了，腦子卻飛快地轉著，一面想著對策，一面正色道：「我眞的沒有反悔。我只是奇怪，我幾次進府都沒有看見府裡的花花朵朵，怎麼您會讓我們家專攻花卉的圖樣？還有專畫花鳥的冊子。我太驚訝了，有點走神。」

裴宴的眉頭還是皺著的，但周身凜冽的氣勢卻是一斂，讓人感覺溫和了很多。他道：「還沒有除服，我覺得家裡還是別那麼熱鬧的好。」

她紫嫣紅也是熱鬧?!

郁棠還是第一次聽到這樣的說法，她已無力吐槽，只能繃著臉繼續道：「原來如此！那您覺得，我們家主打什麼花卉好？」說到這裡，她再去拿畫冊的時候，裴宴就沒有阻止，而是讓她順利地抱走了畫冊。

郁棠這才驚覺自己好像忘記奉承裴宴了。

她忙補救般輕輕撫過手中的畫冊，道：「眞沒有想到，這些畫冊居然這麼貴重。您放心好了，我肯定會小心保管這些畫冊的，等到我們家的畫樣師父翻閱過後，我再絲毫不損地給您還回來。」

裴宴給了她一個理所當然的眼神。

郁棠恨不得把這些畫冊都高高地舉起來。

不過，她也看到了這些畫冊的價値。

雖然只是看了一下封面，封面上那幅芭蕉美人圖野趣十足，讓人看了記憶深刻，想一看再看。

能讓裴宴稱爲傳家寶的東西，的確不是凡品。

郁棠在心裡評價著，裴宴已走過來毫不客氣地抽出其中一冊畫冊，看似隨意實則非常熟悉地打開了其中一頁，指道：「妳覺得蓮花如何？我小的時候畫過一幅蓮花，只有幾片用來點綴的葉子，其餘全是大大小小的蓮花。當時我就覺得挺好看的，連那幾片葉子其實都可以不用。我看有些剔紅漆的盒子，天錦紋、地錦紋交織的，我覺得你們家也可以做這樣的盒子出來。」

蓮花原本就繁複，全做成蓮花的樣子會不會讓人看著覺得累贅？

郁棠想像不出盒子的模樣。

裴宴就一副嫌棄的樣子坐在了書案前，開始勾勒他心目中的蓮花圖樣。

認眞的人有種別樣的漂亮。

郁棠看著因爲認眞而閃閃發亮的裴宴，覺得非常奇妙。

事情怎麼就發展成了這個樣子？裴宴……居然在給他們家畫圖樣！

她要是悄悄地在上面雕上裴宴的私印，肯定會讓人瘋搶……

郁棠想想，心裡的小人兒就忍不住樂呵起來。

就在她怕自己笑出聲的時候，阿茗輕手輕腳地走了進來，稟道：「郁老爺的姪兒過來了！」

郁棠聽著就撇了撇嘴。

敢情她大堂兄在裴宴這裡連個正式的姓名都沒有。眞是萬般皆下品，唯有讀書高。她阿兄的兒子，一定得有個功名才行。

郁棠胡思亂想著，裴宴頭也沒抬地「嗯」了一聲，阿茗又急趕急地去請人了。

她只好繼續站在那裡等著裴宴畫圖樣。

郁遠進來的時候看了不免滿頭霧水，他看了看裴宴，又看了看郁棠，不知道如何是好。

郁棠只好眼睛看著郁遠，朝著裴宴抬了抬下頷。

郁遠會意，先上前給裴宴行了個禮。

裴宴依舊沒有抬頭，而是吩咐郁棠：「妳招呼妳大堂兄坐一會兒，把我們之前說的事先跟他說說，我這裡很快就完了。」

郁遠震驚地望著郁棠。

這……這副口吻，怎麼像是吩咐自己的……家裡人？下屬？

郁棠已見怪不怪，神色平靜，低聲向郁遠解釋起裴宴的主意來。

郁遠一聽就亢奮起來，他忙道：「好主意！好主意！我看我們家的鋪子就照著三老爺的意思經營好了。就是阿爹知道了，也肯定會同意的。」

郁棠眨了眨眼睛。

難道什麼時候裴宴給阿兄喝了什麼神仙水，讓他阿兄覺得只要是裴宴說的就都是好的不成？

郁遠見自己的堂妹還一副傻傻的樣子，急得不行，朝著她直使眼色。

郁棠頓時醒悟過來。

既然這主意是裴宴出的，若是失敗了，那就是裴宴的責任，以裴宴的爲人和財力，他肯定會想辦法補償郁家的損失的。

從裴宴給他們家的鋪子出主意的那一刻起，郁家的鋪子就已經立於不敗之地了。

這對郁家來說，如同天上掉餡餅的好事。

郁棠作爲郁家的人，又一直希望自家的鋪子能興盛起來，理應高興才是。可不知道爲什麼，當她明白了大堂兄的用意時，只是覺得心裡堵得慌，沒有半點的喜悅。

裴宴無知無覺，他低著頭，認眞地畫著畫。

潔白如玉的面龐，完美的側面線條，靜謐的表情，如同雕刻，讓他有種別樣的英俊。

郁棠在心裡暗暗地嘆了口氣。

她不喜歡大堂兄說起裴宴時的口氣，好像裴宴是個傻瓜似的。

裴宴可是比大多數的人都要聰明的……念頭閃過，郁棠坐直了身體。

他應該也知道吧？指點他們家鋪子的生意，若是贏利，自然大家都好；若是虧損了，他是要負責的。

他是覺得郁家不過是蠅頭小利，是虧是贏都無所謂呢？還是覺得就算是要他負責任，他也要幫他們家一把呢？

郁棠癡癡地望著裴宴的側顏，心裡亂成了一團麻。

好在是裴宴畫畫的速度很快，不過兩盞茶的工夫，他那邊就畫好了。

裴宴拿著畫稿從大書案後面站了起來，一面朝兄妹倆走過來一面道：「你們看看！我只畫了幅三寸見方的小圖，但大致上就是這麼一個圖樣了。」

郁棠後知後覺地坐在那裡等著裴宴走過來。郁遠已騰地一下站了起來，上前兩步迎了過去，伸出雙手去捧裴宴手中的畫樣，嘴裡不停地道著「有勞三老爺，您辛苦了」之類的話。

郁棠看著臉色一紅，這才驚覺自己是不是對裴宴太怠慢了？

她忙跟著站了起來。

裴宴卻看了郁棠一眼。

郁棠眨了眨眼睛。

裴宴這是什麼意思？就算她對他不敬，補救一下總比無動於衷好吧？

她茫然地望著裴宴。

裴宴垂了眼簾，好不容易才忍住沒笑。

平時看著挺機敏的一小姑娘，怎麼家裡的依靠一到，她就完全一副不諳世事的樣子了？

不過，這樣的郁小姐也挺有意思。像隻好不容易收起了爪子的小獸，結果發現爪子收得不是時候，只好又強裝鎮定地重新穿上盔甲，卻讓人無意間窺視到她的柔軟內裡。

不知道她在家裡的時候是不是也這樣懶散？

裴宴決定不理會郁棠，讓她自己忐忑不安地去胡亂猜測去。

「我畫了兩幅畫。」他坐在郁棠兄妹倆旁邊的禪椅上，淡淡地道，「一幅是蓮花圖，一幅是梅花圖。蓮花圖一整幅畫的都是蓮花，梅花圖則畫了兩隻喜鵲。」說到這裡，他眉頭微蹙，道：「你們家的師父雕花鳥如何？不會雕花鳥的手藝也一般吧？」

雕刻花鳥是郁家的傳統手藝，可在裴宴的面前，郁遠就不敢把話說滿了。

「還好、還好。」他連聲道，「要不，我這就讓人去鋪子裡拿個雕花鳥的匣子過來您看看？」

裴家和郁家雖然都在臨安城，可一個東、一個西的，往返也要半個時辰，而且這眼瞅著時候不早了，還是別這麼麻煩了吧？

郁棠想著，誰知道裴宴卻很認真地點了點頭，對郁遠道：「那你就讓人拿一個過來吧！」

郁遠一聽，立刻吩咐隨行的三木去鋪子裡拿匣子，還叮囑他：「拿雕工最好的匣子。」

三木飛奔而去。

郁棠看著裴宴。

裴宴就挑了挑眉，一副理所當然的樣子，道：「不是我信不過你們家的雕工，有些事，得親眼見過才知道。」

還找藉口！分明就是信不過他們家的雕工！

郁棠正想反駁他幾句，誰知道還沒有等她開口，郁遠已道：「那是、那是。三老爺見多識廣，能指點我們，我們家已經感激不盡了。不瞭解我們家的手藝，就不好指點我們賣什麼東西好，這個道理我懂的。」

她大堂兄也太恭謙了吧？郁棠瞪了郁遠一眼。

郁遠當沒有看見。

他覺得郁棠雖然比一般的女子有主意，有擔當，可到底在內宅待的時間長，不知道裴家的厲害。他這算什麼？不過是在裴宴面前說了兩句好話罷了，別人想說好話還沒機會說呢！

他繼續道：「您看我要不要把家裡的畫樣也全都整理一份，給您送過來？」

裴宴看著郁棠生氣卻又無可奈何的樣子，心情愉快，道：「也行。你什麼時候能整理出來？」

郁遠立馬道：「很快的！我回去之後就和鋪子裡的夥計們連夜整理。」至於到底什麼時候能整理出來，卻沒有明確地告訴裴宴。

裴宴也沒有追究，讓兩兄妹看他畫的圖樣。

蓮花那幅，全是半開或是盛開的蓮花，或清麗或瀲灩，千姿百態，小小的三寸之間，卻已道盡了蓮花的各種姿態。梅花那幅，只是淡淡地勾了幾筆，卻因爲有了兩隻在枝頭婉轉啼鳴的喜鵲而變得春意盎然，不復梅花的凜然卻帶著世俗的煙火，讓人心暖。

郁遠手藝一般，眼光卻不錯，是個懂畫的。

他當即「哎呀」一聲，驚嘆道：「沒想到三老爺居然畫得這樣好！不愧是兩榜題名的進士老爺。」

裴宴抬眼看了郁遠一眼，毫不留情地道：「君子六藝。就是七十歲的老童生也有這樣的畫功。」

郁遠窘然，呵呵地笑。

郁棠雖然有點惱火大堂兄，卻也不會看著他被人欺負，立刻就幫大堂兄懟了回去。她幽幽地回覆道：「若是人人都能畫的圖樣，銷量應該沒有那麼好吧？」

這小丫頭片子！左也不是，右也不是，沒想到她還有副脾氣。

裴宴氣結，道：「就算是一樣的畫，也要看是誰畫的。要不然吳道子的佛像爲何能成傳世之作呢？」

郁棠最多也就敢伸出爪子來抓裴宴一下，卻不敢眞的惹了裴宴生氣。

不管怎麼說，裴宴是在幫他們郁家嘛！

她立刻笑容滿面地道：「這蓮花好看。這梅花……您之前不是說留白多了不好看嗎？要不要也畫上滿滿的梅花？我覺得那樣應該也挺好看的。」說著，她還發散思維，天馬行空地道：「如果能讓那些梅花一層一層地，就像眞的梅花黏在匣子上那樣，應該更好看。」她的話音一落，她自己卻心中一動，腦海中浮現出一個堆滿了梅花的剔紅漆匣子，花團錦簇的，恐怕沒有女孩子不喜歡。

她越想越覺得這種方法可行。

「要不，我們也畫個全是梅花的畫樣？」郁棠和郁遠商量，「如果好看，我們還可以雕滿是蘭花的，滿是玉簪花，滿是梔子花的匣子，那可就真如三老爺說的一樣，是我們的特色了。」

裴宴聞言抽了抽嘴角。

敢情他之前說的都是廢話，郁小姐壓根沒有聽進去？

他沒有理會郁棠，而是把目光落在了郁遠的身上，道：「你覺得如何？」

郁遠可看出點門道來了。但他在裴宴面前有些膽怯，遲疑道：「三老爺畫的這些花樣子，花瓣層層疊疊不說，而且還線條分明，柔裡帶剛，的確都非常適合剔紅漆的工藝，特別是這幅梅花圖的留白處，用了同色的底色，線條就越發地重要了……」

他說著，腦海裡浮現出自家的那些圖樣。

還別說，換成了裴宴畫的，不僅看著好看，而且整體的質感和格調都上去了，那、那他們家的漆器就能賣出更好的價錢來了。

郁遠激動起來：「三老爺，真是多謝您了！要是沒有您，我們不知道還要走多少彎路！不是，說不定我們這一輩子都不知道問題出在哪裡了。」

他的語氣非常真誠，讓人一聽就知道他是真的很感激裴宴。

裴宴嘴角微彎，氣勢都比剛才和煦了很多。

「你能看出來就有救。」他道，「這是我從前進宮的時候，在上書房裡看到的一件剔紅漆的匣子，那圖樣就給人這樣的感覺。我想，你們也應該能借鑑。」

「能的、能的。」郁遠連連點頭，歡喜掩飾不住地從他的眉宇間溢出來。

郁棠聞言也明白過來。

果然人就得有見識。像裴宴，不僅果樹種得好，就是給他間漆器鋪子，他也很快就能想出辦法打開局面。

她道：「我們仿了御上的東西，要不要緊？」

「有什麼要緊的！」裴宴不以為然地道，「這就像畫畫，剛開始的時候要臨摹，可若是想要名留青史，就得有自己的風格和技法。你們現在先想法子打開局面，然後還得細細地琢磨這些細微之處，不然就算是一時贏利，只怕也難以長久。」

郁遠小雞啄米似的點頭，看裴宴的眼光完全變了。不再是奉承巴結的小心翼翼，而是仰慕崇拜的敬重。

郁棠撫額。

裴宴卻得意洋洋地斜睨了她一眼。

郁棠目瞪口呆。

難道裴宴知道會這樣？

她仔細地打量著裴宴。他依舊是那樣傲然，恨不得讓人打他一頓才甘心。

郁棠咬牙切齒。

裴宴還哪壺不開提哪壺，狀似無意地問郁遠：「我是不怎麼懂漆器工藝的，你說，剔紅漆為何要用紅色打底？用白色或是黑色不是更好看嗎？」

郁遠用學生回答師尊提問的口吻恭敬地答道：「有用白色或是黑色打底的，不過，那叫做塡漆，又是另一種工藝，我們家不會。」

「是嗎——」裴宴拉長了聲音，似笑非笑地瞥了郁棠一眼。

郁棠低頭，恨不得有道地縫能鑽進去。

裴宴還不放過她，繼續道：「要不，你們家也學學這塡漆的手藝？不知道難不難？」

郁遠望著裴宴，一副不知道說什麼好的表情。

手藝是餬口的依仗，而奪人口糧，等同於謀財害命！這是誰都知道的，三老爺怎麼會說出這樣傻瓜一樣的話來？

他尷尬地道：「就算我們家想學，那也得有地方學，也得有人願意教才是。」

郁棠就氣得不行。

裴宴知道自己再逗下去，郁小姐又要伸出爪子來了，被撓他不怕，把人逗哭就不好了。他轉移了話題，道：「原來如此。那我們還是好好研究一下哪些圖樣更能體現剔紅漆的與眾不同吧！」

給郁家畫漆器圖樣是裴宴臨時起意，郁棠壓根不相信裴宴懂漆器，可裴宴一本正經的模樣，又讓她不由得心生疑竇。

說不定人家眞的就是一通百通呢！

在守孝之前，裴宴不也沒有種過地嗎？可現在，連她都聽說了，裴家莊子裡出的桃子、李子還有水梨，都遠銷到江南和兩湖去了。還有傳言說他們家出的桃子要做貢品了。

郁棠只好壓下心中的疑惑，安安靜靜坐在旁邊聽裴宴說話。

就聽見他問她大堂兄：「你想把你們家的鋪子做成什麼樣子的？」

郁遠一愣，想了想，小心翼翼地道：「要每年都能賺到錢，讓家裡的長輩不必再為鋪子裡的生意發愁。」

裴宴聽著撇了撇嘴，道：「你這志向也太大了。」

郁棠知道他說的是反話，尋思著要不要給大堂兄說兩句話，郁遠已笑道：「我們小門小戶的，可不就只有這點志向。要想把生意做大，就得官場上有人。我們家人丁單薄，讀書讀得最好的就是我二叔了，我們也就不坐著這山、望著那山高了。」

她以為大堂兄說了這樣的話，裴宴聽了肯定會更加不屑的，誰知道裴宴卻表情微滯，像想起了什麼似的，發了半天的呆，這才輕聲道：「知足常樂！有時候這才是福氣。」

他的聲音裡帶著些許的幽怨，聽得郁棠毛骨悚然。

裴宴怎麼會用這種口吻說話？還說出這樣的話來？

她不由側了頭去看裴宴。

裴宴卻正巧回頭，和她的目光碰了個正著。

郁棠忙衝著他笑了笑。

他又是一滯，隨後自嘲般地彎了彎嘴角，一掃剛才的低落沮喪，又重新變得盛氣凌人起來，道：「你想賺錢，可也得能賺到錢才行！你只把目標定在賺錢上，那你肯定就賺不了大錢。要我說，你膽子得再大一點，怎麼也要做個臨安第一、浙江前三吧？不對，就算你做到臨安第

一、浙江前三，估計也沒辦法名震蘇州或是廣東，照我看來，你得想辦法把鋪子做成浙江第一。這樣，你的鋪子才會不愁賺錢。你想想，我說得有沒有道理？」

有道理。

別說是郁遠了，就是郁棠也覺得他說得有道理。

可要想做到浙江第一，一要有錢投入，二要有人庇護。裴宴可眞是站著說話不腰疼啊！

但郁遠和郁棠都是聰明人，裴宴明知道他們家是什麼情況，還敢這麼說，多半是已經有什麼主意了。郁遠也看出來了，這位裴家的三老爺和老太爺可不一樣，老太爺如冬日暖陽，若有什麼難事求上門來，只要他老人家知道了，一準就給你辦了。這位三老爺，特別喜歡別人拍馬屁，就算是有辦法，也要人捧著，他才可能告訴你。

他也不怕丟臉了，直接道：「我這個人向來愚鈍，想不出來有什麼辦法。您是裴府的三老爺，肯定有辦法。要不，您就直接告訴我好了。」

裴宴每天不知道聽到多少好話，哪裡會在乎郁遠說了些什麼。他望著郁棠，沒有說話。

郁棠氣得不行。

難道他們家她阿兄說了好話還不成，還得她也說幾句好話不成？

郁棠就偏不理他，也直直地望著他。

兩人互看了一會兒，最後還是裴宴敗下陣來。

他摸了摸鼻子，覺得郁小姐的貓爪子又露了出來，他還是別去惹那個麻煩爲好。

當然，他也不是怕這個麻煩，而是他覺得自己的時間寶貴，不能就這樣爲了件小事而浪費了，何況還有沈善言這個人追在他身後，讓他防不勝防。他還是儘早把郁家的事解決了為好。

裴宴乾脆直言道：「我看到你們家漆器的時候就想到了。過幾天，有御史到這邊來複查幾宗案子，我得了信，司禮監也可能會跟著來人，你們就按照我說的，想辦法盡快做出幾個漂亮的剔紅漆的匣子，我用來送禮。到時候你們家的匣子名聲也就出去了。」

說來說去，還是要走這條路子。

郁遠喜出望外，連聲應「是」。

裴宴見郁棠面上並無喜色，心中頓時不悅，問郁棠：「妳覺得這樣不好嗎？」

「不是。」郁棠當然知道裴宴這是在幫他們家。可她自從決定從李家跑出來，就知道什麼事都是求人不如求己，別人能幫你一時，不能幫你一世。受了人家的恩惠，銘記於心，報答別人的同時，也要趁著這個機會自己立起來才行，才不會辜負那些幫助過她的人。

她道：「我在想，要做些什麼樣的匣子……」

裴宴神色大霽，道：「今天太晚了，有點來不及。等這幾天我有空的時候再給你們畫幾個圖樣，湊足八幅或是十一幅才好。至於你們家那邊，得盡快把匣子做出來才行。」

剔紅漆的匣子得來來回回往匣子上塗幾十層漆才行。

郁遠道：「您放心。這件事一定會辦妥的。」

他話音剛落，三木喘著粗氣，懷裡抱著兩個匣子跑了進來。

郁棠接了匣子，親手遞給了裴宴。

裴宴仔細地看了看他們家的匣子，道：「這雕工真的很一般。你們看，這裡，這裡，還有這裡，線條都處理得不夠明快。我要的匣子你們一定得注意了。還有，這漆也不夠亮。是因爲漆不好？還是你們家調不出更亮的漆來？我在宮裡看到的那個剔紅漆的匣子，光可鑑人，像鏡子似的，你們得想辦法達到這樣的工藝才行。」

關於剔紅漆的手藝，郁棠也不是十分懂。就和裴宴一起看著郁遠。

郁遠緊張得背心冒汗，道：「是漆不好。從前我祖父在的時候，也曾做出過像鏡子一樣光亮的匣子，不過要花很多的功夫。」

也就是說，手藝方面還是可以解決的。

裴宴立馬道：「那好。你先去進點好漆，再和家裡的師父商量怎麼樣能做出光亮如鏡的匣子來，怎樣改良你們家的雕工。」說完，還大聲叫了阿茗進來，「你去帳房裡支兩千兩銀子給小東家。」

郁氏兄妹被這通變故弄得目瞪口呆，齊聲道：「不用、不用。我們家這些銀子還是有的。您上次幫我們家那麼大的忙，還有錢存在錢莊裡呢！」

裴宴卻不改初衷，道：「既然是我的主意，那這件事的成敗就是由我負責。這銀子也不是給你們的，是暫時借給你們的。等你們賺了錢，是要還給我的。」說完，還一副怕他們不收的樣子，頓了頓，繼續道，「算你們三分的利好了。」

這下郁棠和郁遠都沒話說了。

裴宴又說了幾個他們匣子上的不足，阿茗來稟說沈先生來了。

裴宴眉頭皺得能夾住蚊子了，道：「請沈先生去花廳裡坐會兒，我這就來。」

郁遠看著起身告辭。

郁棠也不好多留，可她臨出門前還是忍不住悄聲問裴宴：「沈先生找您做什麼？我聽說他這些日子總是來找您！」

裴宴欲言又止。

郁棠非常詫異。是什麼事？居然會讓直來直去的裴宴不知道說什麼好……

但她不是那強人所難的人，她就當沒有問過這話似的，笑道：「那我先去送送我阿兄。」

裴宴頷首。

郁氏兄妹出了耕園。

郁遠道：「妳還要在這裡住幾天？到時候我來接妳吧？」

郁棠搖頭，道：「阿嫂過些日子不是要生了嗎？你還是別管我了。我還要在裴家住上兩、三天，到時候裴家的轎子會送我回去，你不用擔心，只管把三老爺交代的事辦好了。」

「那肯定的。」郁遠感慨道，「三老爺對我們有大恩，我們可不能抽他的船板。無論如何我這次也要把三老爺要的匣子做出來。」

郁棠鼓勵了大堂兄幾句，看著大堂兄離開了裴家，她這才慢悠悠地往自己住的客房走去。

前世，在她看不到的地方，裴宴貌似也幫了她很多。今生，她希望有個機會能報答裴宴才好。

而且裴宴幫助郁家漆器鋪子的事，裴宴並沒有刻意隱瞞，相信裴家上上下下的人很快就會知道了。她要不要跟裴老安人說一聲呢？畢竟是他們郁家受了恩惠，她於情於理都應該去道聲謝才是。

郁棠拿定了主意，就去了裴老安人那裡。

老安人正倚在貴妃榻上聽著珍珠給她讀佛經。見她進來，就笑著讓珍珠去搬了繡墩過來。

郁棠客氣了一番，坐了下來，和老安人寒暄了幾句，就把話題慢慢地往剛才的事上引：「……送走了我阿兄，想著他回去做匣子去了，我就想問問您有沒有什麼喜歡的圖樣？我讓阿兄也做幾個給您裝東西。」

裴老安人眼睛轉了轉。

小丫頭，是想告訴她郁家受了裴宴的恩惠吧？

裴老安人笑道：「妳說遐光幫你們家畫了兩幅圖樣？我也不想要別的，妳就送我兩個他畫的圖樣的匣子給我好了。」

這個簡單。

郁棠最怕裴老安人覺得她是別有用心，來蹭裴宴的光似的。

「好的。」她忙不迭地應道，「我讓我阿兄給您選兩個雕得最好的。」

裴老安人想了想，道：「那就乾脆給我多做幾個，浴佛節，我要給昭明寺送佛經。妳就再做兩個能裝佛經的匣子。」

郁棠連聲應下，等到五小姐下了學，兩人陪著裴老安人用了晚膳，又說了會佛香的事，這才各自回了屋。

陳大娘就問裴老安人：「要不要跟三老爺說一說？」

這樣無緣無故地突然照拂起郁家的生意來，誰知道了都會多想一會兒的。

裴老安人明白陳大娘的意思，她也覺得有點不妥當了，但郁棠的身分……不僅差著輩分，還太低了些，她覺得兒子不至於有這樣的心思。而且，就算是兒子有這樣的心思，她也不想管了。

他們家的三小子，拗起來那可是眞拗。丈夫已經走了，她不想再和兒子們離心了。

最最要緊的是，隨著丈夫的去世，那個和她盟約白頭不相離的人就這樣突然沒了，她感覺到了世事的無常，年輕時堅持和固守的一些不關底線的事也就不再那麼堅持了。

裴老安人就若有所指的對陳大娘道：「遐光年紀最小，是我們的老來子，生他那會兒，他兩個哥哥都已經大了，看得出來都是讀書的種子，我們對他的要求就不像對他兩個哥哥那麼嚴了。常言說得好，抱孫不抱子。可遐光，從小就是在他爹肩膀上長大的，是第一個由老太爺親自照顧大的孩子，就是阿彤這個長孫，也沒有享受過這種溺愛。你別看遐光總是和老太爺對著幹，實際上，他是和老太爺最親的那一個。老太爺呢，也是最心疼他。老太爺去了，就連我這個未亡人，有孫女、孫子在膝下孝敬，也都慢慢緩了過來。但遐光這口氣，還堵在胸口呢！妳別以爲妳們瞞著我，我就不知道。前些日子，遐光屋裡那個叫什麼芷的，不就是在身上灑了點香露，他就直接叫了牙婆過來……從前他可不是這樣暴躁的脾氣。可妳看這兩年——他心裡不痛快，又說不出來，我是知道的。要是這件事能讓他高興，就隨他去好了。」

陳大娘想了想，也跟著釋然了，笑道：「也是。我們家三老爺是個有主見的，我們能想到，他肯定也能想到。要說這郁小姐，還真是個可心人，會說話不說，性子也嫻靜，識大體。」

裴老安人不置可否，問起了浴佛節的事：「高僧住的地方可安排好了？讓胡興盯著點。他也是老人了，有些規矩應該不用我說才是。」

陳大娘忙道：「您放心好了。除了胡興，三老爺還拔了兩個管事的過來幫忙，什麼事都安排得妥妥貼貼的了。」

兩人就坐在昏黃的瓜燈下說著話。

臨安城裡的郁家漆器鋪子，卻是徹夜未眠。

按照裴宴的要求，郁遠領著夏平貴忙著做匣子。兩人的眼睛都熬紅了，特別是夏平貴，因爲拿刻刀的時候太長，手都開始發抖起來。

郁遠看著這樣不是個事，勸道：「你別因小失大。不行就先休息休息。」

夏平貴苦笑，道：「新漆什麼時候能到？」

郁遠到底是做少東家的，更注意的是鋪子裡的銷量。夏平貴是手藝人，更關心的是技藝。裴宴的話讓他豁然開悟，突然眼前一亮，從前一些想不通的事一下子全都想通了。裴宴不懂漆器，卻知道欣賞，而且欣賞水準非常的高。他想再遇到這樣的事，聽到這樣的指點，非常的難。

他想抓住這次機會。

如果夏平貴沒有點韌勁，早就隨著郁博隨波逐流了。

郁遠看夏平貴的樣子，知道自己勸不了他，也就不再勸他，道：「明天一早就能來。照往年的經驗，應該來得及。」

江南的梅雨季節要過了端午節。

夏平貴點頭，把目光重新聚集在桌上的紅漆匣子上，「你覺得這次我雕蓮花花瓣怎麼樣？有沒有裴三老爺說的線條明快，轉角清楚？」

郁遠笑道：「不管有沒有，你都去眯一會，等新買的漆過來了，我再來叫你──這次我們郁家的鋪子能不能像裴三老爺說的那樣賺大錢，就全看你了，你可不能在關鍵的時候給我倒下。」然後又苦口婆心地道：「你就算是不為了自己，也要為了鋪子裡的這些師兄弟們著想啊！」

夏平貴猶豫了半晌，有小徒弟登登登地跑了進來。

「師父、師父。」他也沒有仔細看看屋裡的人就是一通亂喊，「少東家呢？少奶奶生了個小少爺，大太太讓少東家快點回去！」

「啊?!」不僅是郁遠和夏平貴，作坊裡的人全都抬起頭來望著郁遠。

有反應快的小徒弟已站起來嚷著「恭喜少東家」了。

其他人也跟著回過神來，紛紛向郁遠道賀。

郁遠笑得眼睛都眯成了一道縫，也顧不得和夏平貴討論剔紅漆匣子的事了，拔腿就往外跑，一面跑，還一面高聲道：「平貴，這裡就交給你了。我先回家去看看，等會就回來。你也不妨先睡個覺。」

還沒有等夏平貴回答，他已經跑得不見了蹤影。

❈

回到家裡，王氏懷裡抱著個襁褓，正喜出望外地和陳氏說著話：「要不怎麼說得找個身體好的呢？妳看妳姪兒媳婦，昨天晚上發動的，今天一早就生了。孩子八斤七兩不說，坐起來就能吃東西了，我們家的這個心肝寶貝張開眼睛就有吃的了。我準備的米湯都沒有用上。」

陳氏稀罕得扒著襁褓看，嘴裡應道：「誰說不是。像我當年就不行，我們家阿棠生出來跟著受了罪。姪兒媳婦能吃就好，我已經跟城西的屠戶說好了，明天一早我再去拿兩隻豬腳過來。」

說話的內容讓郁遠臉紅得能滴出血來，他卻還得硬著頭皮上前去給兩位長輩問好。

王氏有了長孫，萬事都好。衝著兒子點了點頭，道：「快去看看你媳婦。她可給我們家立了大功了。你以後要待她好點才是。」

郁遠連聲應了，看了看周圍，發現除他母親和陳氏，就是給孩子請的乳娘和兩個相氏身邊的人，不由道：「阿棠呢？通知她了沒有？」

「通知了、通知了。」陳氏連連道，「和去給你報信的人是前後腳走的，算算時間，她也應該知道了。」

郁遠笑著說了聲「那就好」，接過母親手中的襁褓看了幾眼，覺得這孩子紅彤彤的、皺巴巴的，像隻猴兒似的，就把孩子重新放到了母親的懷裡，道了聲「我去看看孩子他姆媽」，就急匆匆進了內室。

王氏看著直搖頭，笑著對陳氏道：「妳可看清楚了，這是典型的有了媳婦就忘了娘。」

陳氏抿了嘴笑，道：「阿嫂還不是一樣。從前郁遠回來的時候您多關心啊，問吃了、喝了沒有不說，還會倒杯茶給他，再看您剛才，別說是茶水了，就是眼神都沒有多給他一個，一直都望著您這大孫子了。您也就是五十步笑百步，誰也不比誰好。」

王氏被打趣了也不惱，哈哈大笑，繼續和陳氏說著自己的大孫子，至於郁遠怎麼安排他自己的妻子，王氏問都懶得問了。

❋

郁棠到了下午才趕回來。

又帶了一車的東西。除了裴老安人送的，還有裴宴送的。

因爲此時郁博和郁文也得了信，一家人才圍坐在小孩子的周圍，笑咪咪地看著孩子說著話，誰也沒注意到這車東西有一張禮單是裴老安人的，有一張是裴宴的。

東西被拿出來先給王氏挑了一遍，送給相氏補身體，然後車夫才把東西送到了郁棠家裡。

郁遠卻是在家裡已經待了大半天了，要趕著回鋪子裡去，只來得及問郁棠：「妳這麼快就回來了，佛香的事怎麼辦？」

郁棠笑道：「沒事，裴三老爺派人去看了，比我們靠譜多了。」

郁遠拍了拍郁棠的肩膀，示意自己知道了，就急匆匆的出了門。

郁棠搶著抱了會孩子，隨後去內室和相氏說了會話，等她出來的時候，幾位長輩正在商量孩子過「洗三禮」的事。

❖

這樣忙了幾天，郁遠的匣子做好了，他邀了郁棠一起去裴府。

郁棠見他鬍子邋遢的，只在她那小姪兒出生的那天回來看一眼，其他時間就一直待在鋪子裡，她不禁道：「有必要這麼急嗎？」

「怎麼能不急？」郁遠滿臉的疲倦，可滿眼的神采，「我現在做父親了，就更要賺錢了，要不然連孩子讀書都供不起，這次能不能借了裴三老爺的東風，就全看這一次了。」

郁棠覺得要是自己，肯定受不了。

她道：「你也太怠慢我阿嫂了。」

誰知道郁遠卻得意地道：「這也是妳阿嫂的意思，她和我一條心，都盼著能做出裴三老爺說的那種匣子。」

郁棠撫額，思忖著難怪老一輩的人都告訴小一輩的，別人家的家務事別摻和，可見是很有道理的。

她拿了郁遠帶過來的匣子看，有圖案的雕的是裴宴的蓮花和梅花圖，沒有圖案的是素面。有圖案的都正如裴宴所說的，雖然雕的是花，卻輪廓分明，帶著幾分剔紅漆器特有的繁華之美；素面匣子都光鑑如鏡，透著幾分古樸大氣。

郁棠驚道：「這、這就算成了嗎？」

「不知道！」郁遠狀似謙遜，實則驕傲地道：「要給裴三老爺看過才知道。」

「我覺得能成！」郁棠實際上覺得那幾個素面匣子應該可以更亮，蓮花和梅花圖有些小小的細微之處還是讓人看著不太舒服，但她看大堂兄這樣的辛苦，又不好意思打擊他，「那我們就先去裴家給三老爺看看，之後你也可以回家好好的睡一覺了。」

這次郁遠沒有反駁。

兄妹兩個人捧著匣子，坐上轎子，往裴府去。

——全八冊・未完待續——

全十四冊
慕南枝
吱吱 著
容境 繪
她待誰都冷靜淡然，
唯獨對他橫眉怒目。
人生可以重來，
路也能重選——
朝野詭譎，江山飄搖，
這一世，想達成她心中所願，
就不能再退居一隅，任人擺布！
吱吱
熱播影劇《嘉南傳》
原著小說，翩然登場！

{溪畔茶} 繼《美人戾氣重》後，以女扮男裝為題材，再創精采之作！

她在這具身子五歲時穿了過來，
自此成了滇寧王府唯一的世子沐元瑜。
可，原以為是女穿男，殊不知其實是女扮男，
這世子，竟是個女兒身！

而這一切的原因，源自她爹——滇寧王。
身為本朝唯一的異姓郡王，為了爵位的承襲，
滇寧王鋌而走險，將女兒當成長子養育，
甚至大膽地向朝廷請封為世子。

從此，她的性別祕密成了關乎性命的大事，
不過既來之則安之，
沐元瑜仍舊放寬心地當起了這個要命的世子。
可隨著她越發長大，父親卻待她日益冷淡，
她這個工於心計的父親，是否……又在盤算著些什麼？

穿越成王府世子，應當算是很好運了吧？
只除了……

她這個世子，少了最關鍵的部分——

全四冊

原以為是女穿男，殊不知其實是女扮男，這世子，竟是個女兒身！
王女韶華
溪畔茶
容境——繪

全一冊

《紐約時報》暢銷作家 **薇・基蘭＆潘妮洛普・沃德**

六月，初夏時節，莎笛正埋頭於雜誌社的電腦前，
試圖將昨晚的糟糕約會變成足夠吸睛的文章，
在抽空整理剛送來的信件時，
她發現有封信的收件人寫著「聖誕老人」，
而寄件人，是十歲半的柏蒂——
一個和她有著相似經歷的小女孩。

小女孩與她都是在六歲半失去母親，留下父親單打獨鬥，
觸景傷情，莎笛因此決定：
假扮聖誕老人，幫柏蒂實現信中許下的小小願望！
可是次數多了，莎笛越來越無法控制自己對柏蒂的關心，
直到那天，她遇見了柏蒂的單親爸爸——
英俊又迷人的賽巴斯欽。

她發誓！她只是想在採訪工作結束後散個步，
沒想到「順路」走到了麥斯威爾家門口，
又「剛好」被開門的賽巴斯欽誤認為新僱用的馴犬師……
這一切，絕對只是巧合！

亞馬遜
4.5顆星
浪漫推薦

一封信，是一場緣分的開始，
也是真愛降臨的訊號

親愛的聖誕老人
信箋傳情
系列
康學慧——譯
林花——繪
Happily
Letter
Afte
對親情與愛情的渴望，
讓她情不自禁又毫無理智……

愛讀 L180

花嬌·四

作　　者　吱吱
插　　畫　容境
責任編輯　陳冠吟
美術編輯　許舒閑·詹妤涵

發 行 人　連詩蘋
發　　行　知翎文化
出 版 者　欣燦連股份有限公司
地　　址　242051新北市新莊區中正路653號2樓
電　　話　02-29019913
傳　　眞　02-29013548
E-mail　service@revebooks.com
初版發行　2024年（民113）1月4日
定　　價　台幣300元
ISBN　978-957-787-449-8

總 經 銷　聯合發行股份有限公司
電　　話　02-29178022
地　　址　新北市新店區寶橋路235巷6弄6號2樓

國家圖書館出版品預行編目（CIP）資料

花嬌／吱吱著. -- 初版. -- 新北市：知翎文化，
民113.1
冊；　公分. --（愛讀）
ISBN　978-957-787-449-8（平裝）. --

857.7　　112010755

知翎

知翎